Una Novella Morte

I MISTERI DELLA LIBERIA NEVERMORE, BOOK 6

STEFFANIE HOLMES

ISCRIVITI ALLA NEWSLETTER PER RICEVERE AGGIORNAMENTI

Vuoi una scena bonus gratuita dal punto di vista di Quoth e le regole del negozio di Heathcliff? Se ti iscrivi alla newsletter di Steffanie Holmes riceverai una copia gratuita di *Cabinet of Curiosities:* un compendio di racconti e scene bonus di Steffanie Holmes.

http://www.steffanieholmes.com/newsletteritalian

Ogni settimana, nella mia newsletter, parlo di vere e proprie infestazioni, strani avvenimenti, rovine fatiscenti e fatti inquietanti che ispirano le mie storie. Con la newsletter riceverai anche scene bonus e aggiornamenti esclusivi. Adoro parlare con i miei lettori, quindi unisciti a noi per un po' di spettrale divertimento:)

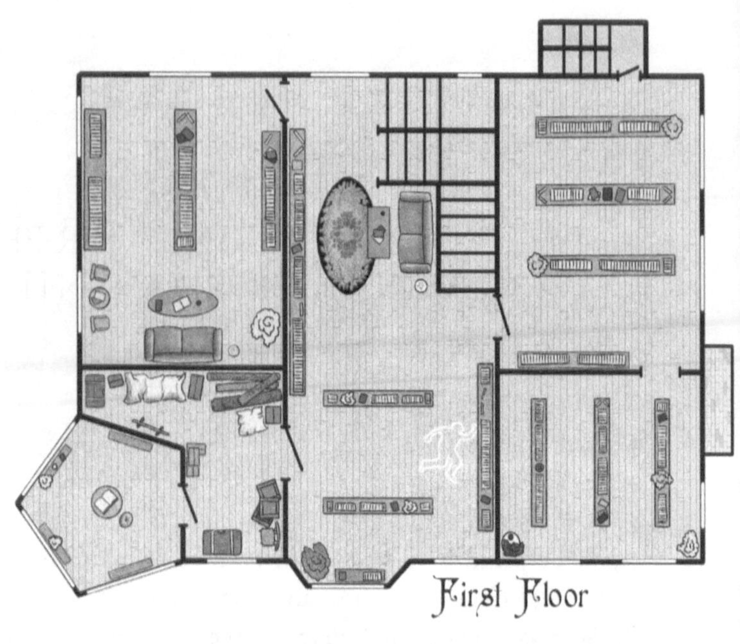

First Floor

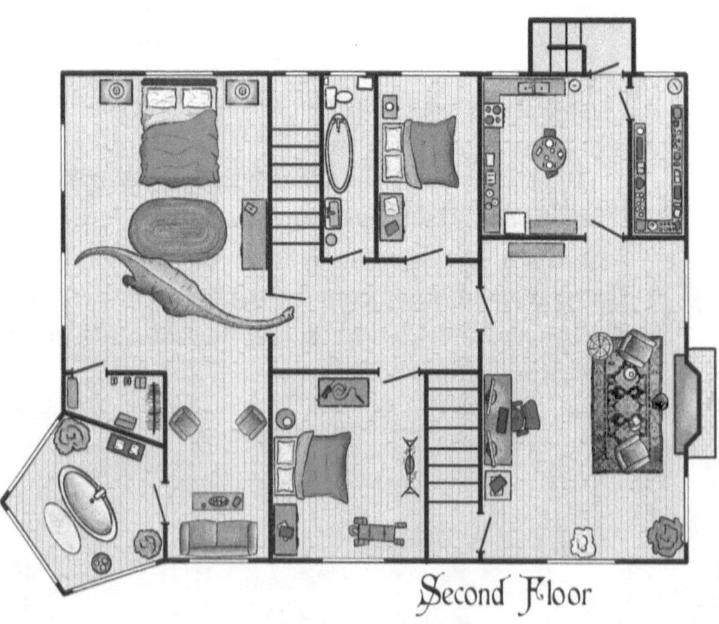

Second Floor

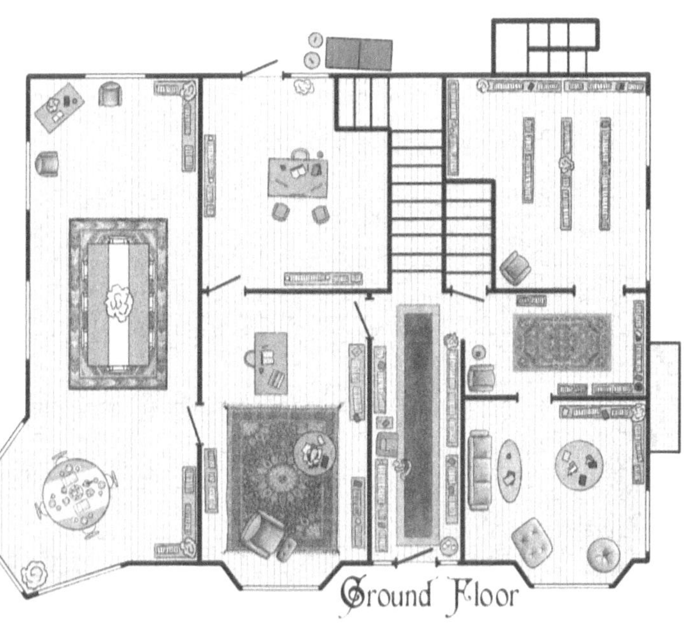

Ground Floor

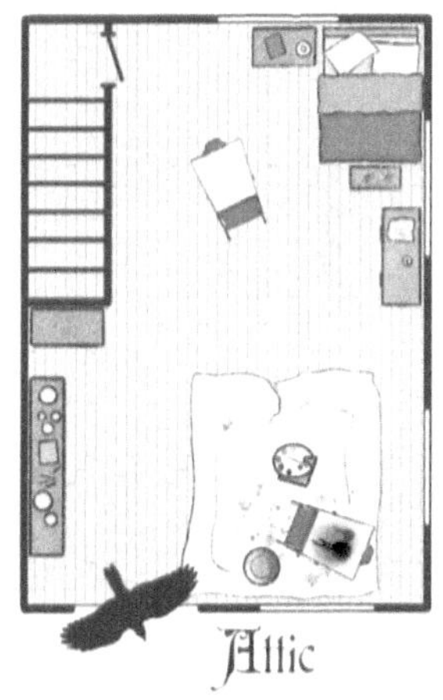

Attic

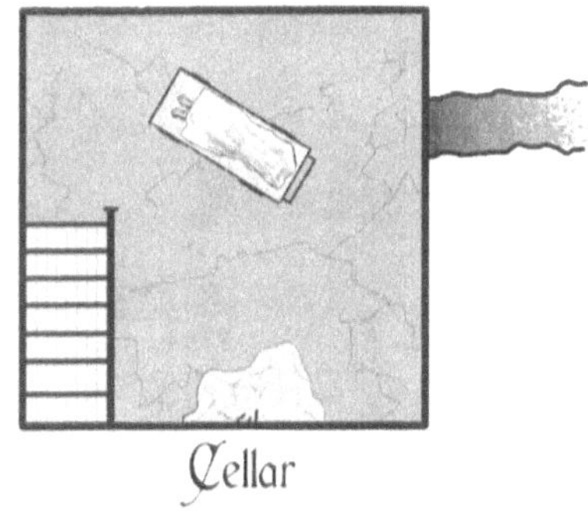

Cellar

A tutti i miei amanti del mondo dei libri
che mi tengono sveglia la notte.

«Sono portati a ogni tipo di credenza meravigliosa, sono soggetti a trance e visioni, e spesso a strani avvistamenti e sentono musica e voci nell'aria. L'intero quartiere abbonda di racconti locali, luoghi infestati e superstizioni sul crepuscolo...»
    - Washington Irving, *La leggenda di Sleepy Hollow*.

«Ho attraversato gli oceani del tempo per trovarti.»
    - Bram Stoker, *Dracula*.

LA GAZZETTA DI ARGLETON

DRACULA, IL SOSPETTO ASSASSINO: TERZO MACABRO OMICIDIO

Halloween sarà anche dietro l'angolo, ma i residenti di Argleton sono invitati a chiudere a chiave le porte e a evitare di fare "dolcetto o scherzetto" dopo che il cadavere, completamente dissanguato, di Debbie Malcolm è stato ritrovato sul terreno della locale chiesa presbiteriana.

Il serial killer che terrorizza il villaggio è stato soprannominato Dracula, poiché i suoi attacchi imitano le uccisioni vampiresche della mitologia e della letteratura. Molti ipotizzano che le sue attività notturne siano collegate a una serie di furti presso tombe nel cimitero presbiteriano di Argleton. La polizia non ritiene che i crimini siano collegati.

Sylvia Blume e Helen Wilde, che gestiscono il negozio locale di cristalli e lettura dei tarocchi misteriosamente esploso all'inizio dell'anno, ritengono che l'assassino in realtà possa essere un vampiro. «È stato attratto qui, nel nostro mondo, dalle celebrazioni della vigilia di Ognissanti, quando il velo tra paradiso, inferno e mondo dei vivi è più sottile,» spiega la signora Wilde. «Ho preparato un nuovo tè curativo per respingere gli attacchi paranormali: solo 12 sterline alla scatola.»

Mabel Ellis, responsabile della Società delle Cacciatrici di Spiriti di Argleton, concorda sul fatto che gli omicidi abbiano un'origine soprannaturale. «Alla mia età, ho già visto molti omicidi nel villaggio, ma mai nulla di simile. La natura rituale degli omicidi, il fatto che una vittima sia stata trovata nel cimitero, il periodo dell'anno: tutto fa pensare a un assassino che non appartiene a questo mondo. È davvero molto eccitante. Ma non lasciate che questo vi impedisca di godervi il primo Festival annuale di Halloween di Argleton: vi promettiamo che non ci saranno omicidi, ma solo un po' di sano e spaventoso divertimento.»

La Società delle Cacciatrici di Spiriti sponsorizza il locale festival di Halloween e per il mese di ottobre offre indagini paranormali scontate a tutti i residenti di Argleton che si sentono turbati da strani avvenimenti nella propria casa o azienda.

L'autore del presente articolo rimane scettico, ma a parte le arcane superstizioni, è chiaro che c'è un killer che continua ad agire ad Argleton. Chi sarà la sua prossima vittima? Riusciranno le Cacciatrici di Spiriti a esorcizzare il demone in mezzo a noi? La situazione verrà messa in sicurezza dalla polizia locale o dagli investigatori dilettanti della libreria?

I

«Oh, fantastico.» Morrie sgranò gli occhi di fronte alla mostruosità architettonica che ci sovrastava. «Un altro acquario per umani. Perché l'assistente del nostro succhiasangue preferito non può comprare palazzine a schiera dove nessuno si accorge se noi entriamo e usciamo?»

«Sembra un incrocio tra *Grand Designs* e Alcatraz,» azzardai. Nell'oscurità riuscivo a distinguere solo delle forme vaghe, che facevano sembrare la casa ancora più sinistra. Chi avrebbe voluto vivere in un posto come quello, tutto spigoli vivi e acciaio sporgente? Datemi un caminetto in uno squallido appartamento al piano superiore, un gatto sulle ginocchia, un libro in mano e dei fantasmi nei muri, e io sarò perfettamente felice.

Soprattutto se sulla sedia di fronte a me c'era la figura cupa di Heathcliff Earnshaw, e un allampanato Moriarty che si chinava per porgermi un piatto di roast beef con occhi pieni di desiderio, mentre il corvo Quoth mi bruciava dall'ombra con occhi gentili bordati di fuoco.

Quello era esattamente il posto in cui desideravo essere: alla Libreria Nevermore, rincantucciata davanti al fuoco con una tazza della fantastica cioccolata calda di Quoth a scaldarmi le dita. Non di certo a congelarmi il culo nella frizzantina aria di ottobre, in procinto di commettere l'*ennesimo* reato, il tutto solo per liberare il mondo da un vampiro assetato di sangue.

Come può essere la mia vita questa?

Era passato quasi un anno da quando ero tornata ad Argleton da New York per leccarmi le ferite e cercare di capire che cosa mi sarebbe successo quando avessi perso la vista. Non mi sarei mai aspettata di scoprire di essere la figlia di Omero che dava la caccia di vampiri, che risolveva misteri stando costantemente circondata dai libri, con tre bellissimi amanti e una nonna gatto. E qui, la Libreria Nevermore ci aveva messo del suo.

Negli ultimi mesi avevo aggiunto alla lista delle cose che mi riguardavano anche il termine "topo d'appartamento", in riferimento a quando io e Morrie cercavamo le scatole e le casse di terriccio rumeno che Dracula nascondeva per garantirsi l'immortalità. Se fosse stato ucciso e il suo servitore lo avesse seppellito nel terriccio della sua madrepatria, si sarebbe rigenerato. Non potevamo dargli la caccia finché non ci fossimo assicurati che tutti i contenitori di terra fossero stati distrutti.

Tamburellai nervosamente le dita sulla tuta nera attillata che indossavo. Almeno le tutine da topo d'appartamento mi davano un look *aggressivo*.

Ci avvicinammo al bordo dell'edificio. Tutto era buio, a parte la luna che splendeva luminosa sopra di noi e che si rifletteva a chiazze sulla porta d'ingresso in acciaio. A dire il vero, in quei giorni la maggior parte delle cose era buia. Nei mesi trascorsi da quando avevo scagionato Morrie dall'accusa di omicidio, la mia vista si era deteriorata al punto che la mia visione notturna era ormai costituita solo da ombre e contorni.

Ero praticamente il peggior topo d'appartamento del

mondo. Per fortuna avevo al mio fianco il Napoleone del crimine.

Morrie tirò fuori il suo kit per scassinare serrature e si mise al lavoro sulla porta, mentre io sbirciavo alle mie spalle per guardare la luna luminosa, lasciando che i miei occhi si adattassero al buio per distinguere le forme approssimative del giardino minimalista davanti alla casa, la strada al di là e poi il bosco del King's Copse ai margini della proprietà. Il mio cane guida Oscar era seduto ai miei piedi, le orecchie tese e attento a ogni movimento. Era diventato molto abile a orientarsi nel cuore della notte, grazie alle nostre recenti avventure notturne.

Povero Oscar. Mi dispiace di averti fatto diventare un criminale. Forse dovrei iniziare a chiamarmi "cane", non "topo" d'appartamento.

«Ci siamo, bellezza.» La voce intensa di Morrie ruppe il silenzio.

Sentii la porta aprirsi con uno scatto. Morrie entrò per primo, usando un'applicazione del suo telefono per disattivare l'allarme. Feci cenno a Oscar di seguirlo, sperando che non avesse le zampe sporche di fango che avrebbero lasciato impronte. Non che fosse importante: l'uomo che possedeva quella casa, Grey Lachlan, raramente risiedeva nelle sue proprietà. Era troppo impegnato a ristrutturare l'appartamento di fronte alla libreria e a rendere deprimente la nostra vita.

«Qual è la disposizione di... ahia!» Qualcosa di duro e metallico mi sbatté sulla fronte, facendomi cadere all'indietro. Il mio osso sacro andò a sbattere sulle piastrelle dure. Oscar abbaiò nervoso. Il suo compito era quello di guidarmi tra gli ostacoli, ma era un cane, e non era perfetto: probabilmente si era perso nel buio, cosa che potevo capire.

«Shh, buono.» Lo presi tra le braccia e gli accarezzai il collo finché lui non mi leccò il viso. Morrie mi aiutò ad alzarmi. Accese la luce, rivelando la forma di una scultura d'acciaio, con otto braccia slanciate, simili a zampe di ragno, attaccate alle pareti con corde elastiche.

«Chi mette un maledetto strumento di tortura medievale nell'ingresso?» sbottai, dando un calcio con un anfibio rosso ciliegia a quella cosa. Le braccia d'acciaio traballarono e Oscar si scansò.

«Qualcuno che vuole impalare un ladro cieco.» Morrie si strofinò il mento. «Forza, bellezza. Prima troviamo la terra, prima potremo andarcene da qui, ed eviteremo che tu sfondi un altro Constable con la testa.»

«Uff, non ricordarmelo.» Tre case prima ero inciampata sul bordo di un tappeto. Solo che invece di atterrare sul tappeto stesso, che era piuttosto morbido e soffice, avevo sbattuto contro il muro e mi ero fatta cadere in testa un'opera d'arte di valore inestimabile. Così accendemmo le luci e Morrie controllò minuziosamente l'assenza di pericoli di inciampo.

Una volta che ebbe dichiarata la proprietà a prova di Mina, ci dividemmo. Lui si occupò del soggiorno mentre io cercavo tra gli armadietti della cucina, tastando gli scaffali vuoti e infilando le dita nelle tazze da tè di buon design, esposte in bella mostra. Tirai via il retro della macchina del caffè, ma non era pieno di terra. Nel libro, Dracula aveva grandi casse di legno piene di terra della Transilvania, ma tutte le scorte che avevamo trovato noi erano relativamente piccole: evidentemente gliene bastava poca per rigenerarsi.

«*A-ha,*» urlò Morrie.

Mi girai e lui arrivò di corsa in cucina. Riuscivo intuire che aveva un oggetto rettangolare in mano, e che si trascinava dietro una lunga corda.

«Che cos'è?»

«Non ne ho idea. Era collegato alla televisione. Potrebbe essere una specie di lettore DVD, ma guarda le dimensioni di questo buco.» Morrie infilò le dita in una larga apertura.

Quando le tolse e le avvicinò al mio naso, vidi che erano coperte di terra.

Terra della Transilvania.

«Credo sia un videoregistratore.» Frugai nella borsa alla ricerca della mia fiala di acqua santa. Era quasi finita, il che significava che alla nostra lunga lista di indelicatezze avremmo dovuto aggiungere "rubare (di nuovo) in una chiesa cattolica". «Mia madre ne aveva uno quando ero piccola. Si usava per guardare i video, che sono su bobine di nastro magnetico. Si doveva tenere premuto un pulsante per andare avanti o indietro velocemente e non si potevano saltare le scene. Però era utile per registrare i programmi alla televisione, per non perdere nulla.»

Morrie sembrava confuso. «Vuoi dire che non potevi semplicemente selezionare un programma e premere play?»

«No. Il giornale pubblicava un elenco di quali erano i programmi e i loro orari, e tu dovevi essere pronto a quell'ora, altrimenti ti perdevi il programma. A meno che non si avesse un videoregistratore, ovviamente.»

«Che cosa bizzarra.» Morrie guardò la macchina con un disgusto così impareggiabile che mi innamorai di lui ancora un po' di più. Nella sua vita James Moriarty voleva sempre il meglio di tutto, compresa la tecnologia più avanzata.

E vuole anche me. Il pensiero mi fece correre un brivido nelle vene. C'era un motivo per cui andavo con Morrie a commettere quei furti. Probabilmente poteva anche fare da solo e anzi a volte, come quella volta con il Constable, ero più che altro un peso. Ma il modo in cui mi sorrideva quando indossavo la tuta e sgattaiolavo con lui per la campagna mi faceva venire in mente cose deliziose. Morrie tendeva a considerare la maggior parte delle interazioni con gli esseri umani come esercizi per le funzioni cerebrali inferiori, ma con me non aveva mai paura di essere completamente se stesso, nemmeno se si trattava di usare il suo fascino per manipolare un innocente, o per commettere in tutta spensieratezza danni a proprietà altrui.

Se devo essere sincera, mi eccitava ogni momento che passavamo insieme e in cui camminavamo sul filo del rasoio per non essere scoperti. Il mio genio del crimine mi aveva contagiata più di quanto volessi ammettere.

Morrie tenne aperto lo sportello del videoregistratore mentre io aspergevo con l'acqua santa la terra al suo interno. Per buona misura, ci buttai dentro anche un frammento di ostia della comunione. Se la mia vita fosse stata un film, in quel momento sarebbe successo qualcosa di magico per indicare che la terra non era più utilizzabile da Dracula, invece non era un film, quindi non ci fu nessuno scintillio né effetti sonori speciali.

Non ci restava che sperare di aver fatto il nostro lavoro.

Per i miei gusti, c'erano un po' troppe cose che ruotavano intorno al concetto di "speriamo che".

Morrie gettò il videoregistratore sul tavolo. «Già che ci siamo, voglio dare un'occhiata a questo posto. Chissà se è tanto agghiacciante quanto l'ultimo appartamento... quello con la vasca d'oro. Sto pensando di prendermi una casa per conto mio, e non mi dispiacerebbe qualcosa di moderno ed elegante come questo. Nella camera provvisoria che ho ora, non c'è spazio per i miei giocattoli.»

Immaginai Morrie che viveva lì, con tutte quelle inquietanti sculture moderne e tutto il resto. Gli si addiceva sicuramente di più della nostra attuale sistemazione. Morrie aveva rinunciato alla sua camera da letto nell'appartamento per permettermi di avere uno spazio tutto mio. Dormiva nel ripostiglio del primo piano, ma bastava solo per il suo letto. Tutti i suoi "giocattoli" (i vari accessori BDSM e l'attrezzatura informatica) erano ancora nella mia stanza e occupavano dello spazio prezioso che avrei usato volentieri per il giradischi e la mia collezione di scarpe. La verità era che ci stavamo tutti franando l'uno sopra l'altro in quell'appartamento così angusto, ma con Morrie che doveva rimborsare diversi clienti dopo la chiusura della sua attività di morti simulate, non avevamo i fondi per ulteriori ristrutturazioni.

Percepii a distanza un rumore: un fruscio tra gli alberi. Il cuore mi batteva forte.

«Forse dovremmo andarcene...»

«Sciocchezze. Non possiamo andare finché non avrò preso le misure della camera da letto per vedere se ci sta la mia attrezzatura bondage, e quel cucciolo non avrà fatto i suoi bisogni nel tostapane. Un piccolo regalo da parte nostra a Grey perché ci tiene svegli tutta la notte con i lavori. Ah, e magari prendo una bottiglia di vino. Grey ha sempre un gusto eccezionale.»

Morrie si spostò in cucina e fece danzare le lunghe dita sulle bottiglie nello scaffale. Era quello il problema quando si faceva irruzione in un appartamento in compagnia di un uomo che non temeva la legge. Morrie era sempre pronto a combinare guai. Non vedevo l'ora di tornare a casa, alla mia cioccolata calda e al mio Quoth.

Un altro rumore mi fece sobbalzare il cuore. «Sei sicuro che in questo condominio non viva nessuno? Giurerei di aver sentito...»

Feci un salto quando all'esterno risuonò un lungo e basso ululato, seguito da un digrignare e uno schioccare di denti. Sul tappeto, Oscar scalpitava e guaiva.

«Hanno sguinzagliato i segugi,» sussurrò Morrie.

«Non mi avevi detto che c'erano dei segugi!»

«Non me l'avevi chiesto.» Morrie azzardò uno dei suoi sorrisi imbarazzati.

«Dobbiamo andare.» Mi immaginai l'arrivo di Hayes con la sergente Wilson, che ci avrebbero trovati rannicchiati lì dentro, con i cani feroci che abbaiavano fuori. Se mi avessero rinchiusa in una cella non avrei potuto fare molto contro Dracula.

«Ottima deduzione.» Morrie si infilò sotto il braccio la bottiglia di Château Lafite rubata. Io gli infilai la mano nell'incavo del braccio e lui mi guidò intorno alla scultura. Uscimmo. Il ringhio si avvicinava, i cespugli frusciavano mentre le bestie feroci si avvicinavano alla casa. Morrie sbatté la porta e mi tirò con sé mentre urlavo a Oscar di correre. Il mio coraggioso cagnolino abbaiò alle bestie mentre Morrie ci conduceva a passo spedito nel bosco.

Chiusi gli occhi per il terrore. I rami degli alberi mi graffiavano le braccia. Inciampavo e sbandavo addosso a rami nodosi e pietre pericolanti. Mi concentrai a stringere l'imbracatura di Oscar il più possibile. Morrie e Oscar non mi avrebbero mai fatto sbagliare strada. Mi fidavo pienamente di loro.

Il ringhio si fece più vicino. La paura mi strinse il cuore mentre i cani ci circondavano, avvicinandosi. Sentii un alito caldo che mi solleticava la parte posteriore delle gambe. Urlai e accelerai il passo, lanciandomi dietro a Morrie nell'oscurità.

Dietro ai cani giunse un altro suono: uno sferragliare ritmico come di zoccoli di cavalli, che portava con sé un terrore opprimente che mi si depositò nel petto. Le membra mi facevano male, i polmoni urlavano in cerca di aria. Ancora poco e poi non avrei più potuto correre. Il suono si avvicinava sempre di più e...

SBAM.

Un tremito sordo, terribilmente vicino, mi percorse il corpo. Poi un mugolio e uno scalpitio che si allontanava. Zampe che calpestavano le foglie cadute, via via più lontane da noi. *Che cosa è successo, nel nome di Iside?*

Aprii gli occhi.

Azione inutile. Al buio, lontano dai lampioni, non avevo

speranza di vedere più che sagome approssimative. Però sentivo cani che si allontanavano mugolando ed emettendo sonori guaiti. Oscar si rannicchiò con la testa addosso alla mia spalla, con tutto il corpo che tremava. *Che succede?*

«Mina, guarda.» Morrie mi prese la testa e me la girò per farmi guardare «Credo che sia stato lui a far scappare i cani.»

La luna brillava attraverso un varco tra gli alberi, proiettando abbastanza luce da permettermi di distinguere la sagoma di un uomo seduto in cima a un mostruoso cavallo nero. Dalle narici dell'animale usciva del vapore mentre sbuffava e batteva a terra un enorme zoccolo nero. Non avevo mai visto un cavallo del genere, così enorme e cattivo, con quegli occhi gialli e luminosi. Ma non fu quello a farmi fermare il cuore e a prosciugarmi la saliva in bocca.

«Sono io,» riuscii a dire tra i respiri ansimanti, «o quel cavaliere... è senza testa?»

2

orrie sembrava del tutto impassibile, ma le sue dita si strinsero attorno alle mie e capii che anche lui era spaventato. «Già. Effettivamente mi sembra abbastanza privo di testa.»

Il cavaliere inclinò il moncone del busto verso di me, poi diresse il cavallo al trotto verso gli alberi. Io affondai il viso nella pelliccia di Oscar, mentre sentivo un gemito che mi saliva dal più profondo.

Il Cavaliere Senza Testa.

Da *La leggenda di Sleepy Hollow,* di Washington Irving.

Non va bene.

Come ha fatto ad arrivare fin qui?

Ero troppo infastidita per avere ancora paura. Un cavaliere diversamente-craniato che si aggirava per Argleton poteva provenire da un solo posto, il che lo rendeva il terzo nuovo personaggio letterario apparso nella Libreria Nevermore quella settimana. Ora c'era Socrate che dormiva su un letto pieghevole nella sala di Filosofia e il dottor Victor Frankenstein che aveva preso possesso della cantina per farne il suo laboratorio. La

Nevermore sembrava sempre meno una libreria e sempre più un centro di riabilitazione per malvagi della letteratura.

Misi Oscar a terra e gli feci segno di condurmi tra gli alberi dietro al cavallo.

«Cosa stai facendo?» Morrie mi seguì di corsa.

«Non possiamo lasciarlo vagare per Argleton. Qualcuno potrebbe vederlo.»

«E allora?»

«E allora... abbiamo già abbastanza problemi da affrontare senza che gli abitanti del villaggio scoprano che la loro libreria preferita dà vita a personaggi letterari.»

«Rilassati, bellezza. Penseranno che faccia parte della festa di Halloween.»

Morrie aveva ragione. Era ottobre e, in un Paese che non aveva delle celebrazioni ufficiali per la festa, il villaggio di Argleton si stava un po' scatenando per Halloween. La mia vecchia vicina, la signora Ellis, aveva deciso che il villaggio aveva bisogno di qualcosa di divertente per distogliere la mente dal serial killer che si aggirava tra di noi, così aveva organizzato un festival di Halloween della durata di una settimana. Vedere tutte le decorazioni nelle vetrine dei negozi e le zucche lungo i sentieri dei giardini mi aveva fatto venire la nostalgia dei miei quattro anni a New York. Ogni anno, io e Ashley passavamo mesi a disegnarci i costumi in una sorta di gara di creatività. Rivelavamo le nostre creazioni quando finalmente le indossavamo all'epica festa di Halloween di Marcus Ribald. L'America era un paese di pazzi, ma loro vivevano Halloween come si deve.

Argleton non riusciva a eguagliare l'eleganza grintosa di Marcus, anche se stava più che compensando con un entusiasmo spericolato. Il festival non sarebbe iniziato ufficialmente prima di qualche giorno, però c'era già così tanta gente che si aggirava in costume, che dubito che il nostro fantino decapitato avrebbe suscitato molto clamore.

Però...

«Io vado a cercarlo. Tu vieni o no?» Non attesi la risposta di Morrie. Oscar aveva percepito l'odore del cavallo. Si mise a trotterellare a una velocità discreta, guidandomi tra alberi e cespugli. Davanti a un basso muretto a secco si fermò per permettermi di scavalcarlo, poi riprese il cammino, con il naso a terra.

Nei pochi mesi trascorsi insieme, io e Oscar eravamo diventati una bella squadra. Conosceva intimamente ogni angolo della Libreria Nevermore, tanto che a volte gli attaccavo all'imbracatura un carrettino per bambini pieno di libri e glielo facevo portare fino allo scaffale giusto. Una volta, dopo una giornata intensa, l'avevo persino sorpreso accoccolato davanti al fuoco con Heathcliff. Era diventato una parte sostanziale della nostra strana famiglia.

E ora lo stavo trasformando in un criminale.

Se non avessi avuto Oscar con me in quelle pericolose missioni notturne, sarei andata completamente alla cieca (il gioco di parole è voluto). E per nessun motivo me ne sarei stata seduta a casa ad aspettare che Morrie, Heathcliff e Quoth facessero fuori Dracula per me.

Ero Mina Wilde, figlia di Omero. In qualche modo, ero responsabile di ciò che usciva dalla Libreria Nevermore. Non mi sarei sottratta a tale responsabilità, ed era esattamente quello il motivo per cui mi ero lanciata nel bosco, a costo di inciampare e cadere, all'inseguimento del Cavaliere Senza Testa.

Arrivammo a una radura. La luce della luna brillava su un grande specchio d'acqua circolare. Avevamo raggiunto lo stagno ai margini del quartiere popolare dove un tempo vivevo con mia madre. Da bambina a volte andavo lì a leggere sotto il gazebo e per evitare di farmi schiavizzare da Helen Wilde e il suo ultimo progetto per fare soldi.

Cavallo e cavaliere giravano intorno allo stagno delle anatre. Il mantello del cavaliere si gonfiava nella brezza tesa. Il cavallo abbassò il collo verso l'acqua. In quel momento la mia mente immaginò ogni sorta di trucchi sinistri e spettrali: l'acqua che ribolliva, le teste delle anatre che volavano via, un volto demoniaco che emergeva dalle profondità...

«Oh, sta bevendo.» Tirai un sospiro di sollievo quando tra gli alberi risuonò il rumore di una sonora bevuta.

«Credo che anche i cavalli fantasma, fatti di puro male, abbiano bisogno di idratarsi.» Morrie apparve accanto a me. «Forse lui... Mina, cosa stai facendo?»

Drizzai le spalle e uscii dagli alberi, stringendo tra le dita l'imbracatura di Oscar. Mi schiarii la voce.

Il cavallo continuò a bere, ma il cavaliere si girò verso di me. Anche se non riuscivo a vedere molto di più oltre la sua sagoma, qualsiasi movimento di una sagoma senza testa faceva parecchia paura.

Il terrore mi serrava la gola e sentivo il cuore che mi batteva forte contro il costato. Anche se sapevo che cavallo e cavaliere erano personaggi di un libro, sapevo anche che avevano le stesse motivazioni e desideri che avevano dentro le loro pagine. L'incontro con quel duo bestiale non era finito bene per Ichabod Crane.

«Salve.» Li salutai con una mano. «Sono Mina. Volevo ringraziarti per averci salvato.»

Il cavaliere si agitò sulla sella. Immaginai che fosse il modo in cui il Cavaliere Senza Testa diceva: *«Non c'è di che.»*

Continuai. «Dunque... non so se l'hai notato, ma non sei più a Sleepy Hollow. È una storia un po' lunga, ma immagino che non vorrai vagare senza meta per tutta la notte. Se ci segui, ti porterò in un posto sicuro e magari ti procurerò una stalla per il cavallo.»

Mi voltai per andarmene, facendo cenno a Oscar e Morrie di dirigersi verso la strada. Cavallo e cavaliere continuarono a rimanere lì. Sentii prudere dove uno sguardo senza occhi mi fissava.

«Ho detto che puoi seguirci.» Mi misi dietro al cavallo per cercare di incoraggiarlo a muoversi. Agitai le braccia, ma il cavallo rimase ancorato al suo posto, così mi avvicinai. *Come si fa a far muovere un cavallo spettrale? Non posso certo dargli da mangiare una mela...*

«Ah... Mina.» Sembrava che Morrie stesse facendo grossi sforzi per non ridere. Aprii la bocca per chiedergli cosa ci fosse di così divertente quando un getto d'acqua maleodorante mi inzuppò il davanti dei vestiti.

«Argh!» Feci un balzo indietro. Oscar abbaiava per l'eccitazione. Pensava che fosse molto divertente.

Il cavallo non si muoveva perché stava pisciando.

Sulla mia tutina nuova di zecca.

«Che schifo.» Mi avvicinai a Morrie zoppicando. «Avresti potuto avvertirmi.»

«E perdermi l'espressione di felicità sul tuo volto? Mai.» Morrie mi accarezzò il mento con un dito, inclinandomi la testa verso l'alto. Mi si avvicinò, dandomi una visione del suo viso aristocratico e di quegli zigomi affilati come lame di rasoio, il tutto illuminato dalla luna. Poi la sua voce roca: «Inoltre, ho sentito dire che il piscio di cavallo è un grande afrodisiaco.»

Con il pollice mi sollevò la testa all'indietro per reclamare le mie labbra. Mi dimenticai del Cavaliere Senza Testa e del piscio molto reale e molto puzzolente di cui era zuppo il mio miglior vestito da topo d'appartamento. Riversammo tutta l'adrenalina e la paura della serata in quel bacio, ardente per la nostra voglia reciproca...

Okay, forse non avevo dimenticato del tutto il piscio di cavallo. Mi tirai indietro, storcendo il naso. «Possiamo riparlarne più tardi, quando non puzzerò di urina equina?»

«Come desideri.» Morrie mi mise un braccio sulla spalla mentre tornavamo indietro lungo l'ampio sentiero verso il villaggio, con il rumore degli zoccoli dietro di noi mentre il Cavaliere Senza Testa ci seguiva in buon ordine. Oscar tirava il guinzaglio, desideroso di tornare alla libreria.

Passammo davanti alla vecchia stazione ferroviaria dove si ritrovavano i senzatetto di Argleton. Sembrava che stessero facendo baldoria: un fuoco ardeva in un vecchio bidone da carburante accanto ai binari e sentii un coro di voci che cantava canzoni popolari sconce, con l'accompagnamento di un violino stonato.

Mentre passavamo, Earl Larson si affacciò dal finestrino di una vecchia carrozza. «Salve, Mina. Morrie.»

«Ciao, Earl. Come sta il tuo gattino?»

«Oh, è proprio un bel birbante; l'altro giorno ha rubato delle frittelle alla caffetteria e ci ha fatto cacciare via.» Proprio in quel momento, Oscar alzò il capo e capii che accanto a Earl era spuntato il musetto di un gattino nero. «Vi va di fermarvi per una tazza di tè?»

«Ehm... non possiamo fermarci adesso.» Il cuore mi batteva forte contro il petto. Dovevamo muoverci prima che Earl notasse il nostro amico decapitato. Avevo anche una gran voglia di togliermi la tuta sporca di piscio.

«Dovresti passare in libreria la prossima settimana,» disse Morrie. «Heathcliff ha messo da parte alcuni nuovi libri per te, e stiamo organizzando una serie di piccoli eventi per il festival. Oliver sta preparando dei biscottini di Halloween.»

Diedi una gomitata a Morrie nelle costole. *Vogliamo stare qui a chiacchierare e a far finta che il cavaliere dietro di me abbia tutte le sue appendici corporee?*

«Può darsi, può darsi.» Ci fu una pausa, poi Earl disse: «Non parla molto, vero?»

«Chi?»

«Il vostro amico fantino.» Earl fece un cenno al Cavaliere Senza Testa.

Non sapevo se ridere o piangere. «No. Non tanto.»

Earl ci sventolò una fiaschetta. «Beh, sapete dove trovarmi se avete bisogno di un po' del sidro di Earl per sciogliergli la lingua.»

Salutammo Earl e guidammo cavallo e cavaliere su per la collina, oltre il buio delle case a schiera e il fatiscente parco da skateboard del villaggio. Appena svoltammo in Butcher Street schivando le impalcature della Lachlan Enterprises, non potei fare a meno di guardare verso il vecchio appartamento della signora Ellis. Era avvolto nell'oscurità come il resto del villaggio, ma c'era qualcosa di particolare che mi fece correre un brivido lungo la schiena.

Mentre salivamo pesantemente i gradini, Heathcliff si affacciò alla vetrina del negozio. «Ma vi sembra l'ora?»

«È sempre l'ora di una bella scrollatina di ciò che non si può nominare, brutto insolente esemplare di virilità,» ribatté Morrie.

Anche se non riuscivo a distinguere il suo volto, sapevo che Heathcliff era torvo. Da quando aveva salvato Morrie dalle cascate di Barset Reach e tutti e tre insieme ci eravamo scambiati un intenso e appassionato bacio, era in uno stato quasi costante di irritazione. Pensavo che quel bacio avesse significato che *finalmente* sarebbe stato in grado di riconoscere i suoi sentimenti per Morrie, invece Heathcliff si era ritirato tanto da lui quanto da me, il che ovviamente aveva spinto Morrie a provocarlo ancora di più. Lo stallo che ne era derivato aveva aggiunto un'altra voce alla mia crescente lista di "cose che Mina deve affrontare mentre cerca di salvare il mondo da un vampiro letterario assetato di sangue".

«Heathcliff, amore mio,» gli dissi dolce. «Questa sera hai per caso notato un cavallo nero con un cavaliere senza testa che si aggirava per il negozio?»

Heathcliff grugnì. «Dopo che ve ne siete andati, è arrivata una fabbrica di colla a quattro zampe. Il tizio che lo montava era abbastanza gradevole, ma quel bastardo dal muso lungo ha defecato sul tappeto. Li ho spinti entrambi fuori dalla porta e ho detto che avrebbero fatto meglio a venire da te.»

«Beh, l'hanno fatto.» Mi feci da parte, dando a Heathcliff la possibilità di vedere i nostri nuovi amici. Il cavallo abbassò la testa e sbuffò in direzione di Heathcliff, mentre il cavaliere si agitò sulla sella, come per dire: *«Non permettere a quel burbero bastardo di tormentarmi di nuovo.»*

«Sparisci.» Heathcliff brandì la scopa dalla finestra, agitandola in faccia al cavallo. «Non abbiamo bisogno di quelli come te qui.»

Il cavallo si impennò quando il cavaliere tirò le redini.

«Smettila.» Allungai la mano e afferrai la scopa. Volevo ridere, ma ciò non avrebbe fatto altro che incoraggiare Heathcliff. «Sai che non possiamo permettergli di andare in giro per il villaggio.»

«Perché no?»

«Perché non ha la testa.»

«Beh, non può rimanere in questo cazzo di negozio. Il cavaliere sarà anche un ghoul spettrale, ma il puzzo di cavallo è molto concreto.» Heathcliff fece una smorfia di disgusto.

«Non me ne parlare.» La brezza mi portò alle narici una zaffata del puzzo che avevo addosso, e non fu una cosa bella. «Dove possiamo nascondere un cavallo in questo villaggio?»

«Ci sono quelle vecchie stalle sul retro del pub,» suggerì Morrie.

Il pub del villaggio, il Rose & Wimple, aveva più di cinquecento anni. Era un labirinto di travi spesse, soffitti bassi e pavimenti storti, e comprendeva alcuni degli annessi originali Tudor. Il proprietario Richard usava la vecchia distilleria per produrre il suo sidro artigianale, ma per quanto ne sapevo io, le stalle erano vuote... e abbastanza lontane dall'edificio principale da non essere visitate. Era un posto decente per tenerci il nostro terrore monco e il suo destriero.

Heathcliff lanciò un'occhiata al cavaliere. «Non mi interessa dove va, basta che non stia nel negozio.»

Il cavaliere scese dalla sella. I suoi piedi atterrarono sul selciato senza fare il minimo rumore. Prese le redini e mi fece cenno, con un'inclinazione del collo, che mi avrebbe seguita. Gli zoccoli del cavallo produssero un *cloppete-clop* mentre si girava, ma il Cavaliere Senza Testa sembrava sfiorare il terreno senza toccarlo.

Ero abituata a vedere cose strane nel mio lavoro, ma uno spettro senza testa e la sua bestia erano tutt'altra cosa. Ed erano un richiamo fin troppo costante al male sovrannaturale che stavamo combattendo.

Oscar mi fece strada, attraversando a passo deciso il parco deserto, infilandosi tra le bancarelle semi-allestite e i preparativi per il falò. Legai il cavallo nella stalla. Il Cavaliere Senza Testa si chinò e accarezzò il muso del destriero. Il cavallo nitrì. Pensavo che il cavaliere sarebbe rimasto con la sua bestia, ma dopo un'ultima carezza, si allontanò e ci seguì fino al negozio. Morrie tenne aperta la porta e io entrai a passo stanco.

Non appena ebbi attraversato lo stretto corridoio affollato di libri, la paura e lo stress scivolarono via. La Libreria Nevermore aveva quell'effetto su di me. Non ero sicura se fosse la magia del negozio o una prova di quanto mi sentissi a mio agio lì. La Nevermore era la mia casa sotto tutti gli aspetti che contavano.

Heathcliff aveva acceso tutte le lampade per me, così il negozio aveva luce sufficiente per permettermi di distinguere scaffali, mobili, scale, e persino singoli libri. Proprio quando pensavo di non poter più sopportare la sua lontananza e la sua scontrosità, mi aveva dimostrato che ci teneva ancora a me, che pensava sempre a me.

Oscar aspettò che gli togliessi i finimenti. Lo lasciai libero e lui scappò via, subito diretto alle ciotole del cibo e dell'acqua. Avevo lo stomaco che brontolava, ma prima dovevo occuparmi di una questione di vitale importanza: una doccia.

Heathcliff apparve nel corridoio, con una camicia nera che metteva in risalto i suoi occhi scuri e il cipiglio che di solito riservava ai clienti. Gli gettai le braccia addosso, affondando il viso nel suo collo e respirando il suo profumo di torba. C'era qualcosa in Heathcliff che mi teneva ancorata a terra, mi dava stabilità. Dopo un primo momento di rigidità, si abbandonò al mio abbraccio, avvolgendomi e stringendomi così forte che avremmo potuto fondere insieme i nostri atomi.

«Puzzi di piscio di cavallo,» mormorò, ma non si allontanò.

«Ovvio. Mi sei mancato stasera.»

«Ora sei a casa.» La voce di Heathcliff era ruvida per l'emozione mentre lui mi stringeva la schiena nella sua morsa. Si stava allontanando da me, non mi diceva quello che voleva dire, e io mi preoccupavo per lui. Temevo che si stesse trattenendo così tanto, che sarebbe rimasto bruciato nell'inferno delle sue passioni represse. Però poi mi abbracciava *così*, con tutto il corpo che vibrava sul filo del rasoio della perdita di controllo, e io riuscivo a leggere la sua mente e il suo cuore come se fossero i miei.

«Faccio sistemare il nostro ospite e arrivo subito di sopra.» Con le labbra gli sfiorai leggermente una guancia. Socchiuse gli occhi e tutto il suo corpo si irrigidì. Si scostò da me come se avessi potuto bruciarlo. *Odio tutto questo.* Il mio tocco lo commuoveva, ma lo distruggeva allo stesso tempo. Io non capivo perché, e lui non me lo diceva, e avrei voluto strozzarlo, ma anche abbracciarlo e non lasciarlo mai andare.

Heathcliff si voltò verso le scale. «Ti preparo il bagno e una cioccolata calda.» Non si girò a guardarmi mentre spariva nella penombra. Non aveva nemmeno rivolto un cenno a Morrie.

«Io ho portato il vino.» Morrie alzò la bottiglia che aveva rubato dalla casa di Grey. «Non serve che mi ringrazi.»

Nessuna risposta da parte di Heathcliff. Nemmeno un grugnito.

«Vedo che Lord Stizzoso di Stizzeton è in ottima forma stasera.» La voce di Morrie era su di giri, ma dal modo in cui studiava il dorso di un romanzo di Dan Brown come se avesse contenuto i segreti dell'universo (e non li conteneva) capii che era rimasto profondamente ferito dall'atteggiamento di Heathcliff.

Siamo in due.

«Sono sicura che sta solo cercando disperatamente di sfuggire al mio delizioso profumo,» dissi fingendomi allegra.

Il Cavaliere Senza Testa si avvicinò fluttuando alle spalle di Morrie. Alzò una mano. Sentii una morsa al petto. *Cosa sta per...*

Lo spettro decapitato diede una pacca sulla spalla di Morrie, inclinando il suo moncone.

«Fantastico,» gemette Morrie. «Persino il nostro ghoul è dispiaciuto per me.»

«Morrie.»

Ma era già scomparso nelle profondità del negozio. Non lo biasimavo. Erano mesi che lottava con la situazione di Heathcliff e io avevo addosso un puzzo piuttosto sgradevole.

«È meglio se mi segui,» dissi al cavaliere. «Temo che siamo un po' a corto di letti. Se ti fermi qui al negozio, dovrai dividere un letto con gli altri.» Lo condussi al primo piano e aprii la porta con il cartello STARE ALLA LARGA: SPRAY PER INSETTI.

Poi accesi la luce e vidi un materasso gonfiabile sistemato a terra. «Dividerai questa stanza con... Ehi, ma cos'è successo qui dentro?»

Qualcuno aveva tolto le lenzuola al letto che avevo preparato quella mattina e aveva messo sottosopra la stanza. C'erano libri sparsi sul pavimento, con le copertine strappate, le pagine sgualcite e accartocciate. Uno era stato infilzato con un coltello da cucina e ora era appeso al muro.

La persona che ritenevo responsabile di tale scempio saltò sul divano, un turbine di pelle rugosa e di legittima indignazione con le ginocchia bitorzolute che sporgevano in tutte le direzioni e gli occhi spiritati mentre gesticolava indicando la pagina di un libro. Il lenzuolo che portava appuntato su una spalla ossuta scendeva pericolosamente, rivelando un petto pallido ricoperto di peli argentati.

«Non ho mai detto questo!» si infervorò, colpendo il libro con un dito. «Non ho mai detto: "Guardatevi dalla sterilità di una vita impegnata". Una volta ho detto al mio studente Platone che *mia moglie* passava così tanto tempo a escogitare modi per farmi infuriare che non aveva un minuto da dedicare alla procreazione di figli, così che le circostanze in pratica la rendevano sterile, ma non credo che si tratti di una lezione che può essere insegnata...»

«Oohhh.» Alzai le mani in aria mentre Socrate scalciava con una gamba ossuta, facendo volare in aria il lenzuolo ed esibendo una quantità eccessiva di pelle grinzosa.

È in momenti come questo che vorrei essere cieca del tutto.

Socrate era stato il primo degli arrivi recenti, un'aggiunta interessante, considerando che non era tecnicamente un personaggio *di fantasia*. Ma il signor Simson (mio padre, Omero) aveva insistito per rifornire gli scaffali dei Classici con alcuni capisaldi della letteratura greca e romana: le sue opere, Ovidio, Erodoto, Plutarco, Platone, Aristofane, eccetera. Così immaginammo che ciò spiegasse la presenza rumorosa, ma generalmente innocua, di Socrate nel negozio. Speravamo che non sarebbe stato seguito da Nerone o da Caligola.

«E *non ho mai* detto questa sciocchezza che la calunnia è l'arma dei perdenti. Io adoro le calunnie! Io stesso uso le calunnie migliori. Bah, tutto quello che ho fatto io è stato porre domande, lasciando che gli altri si facessero le loro stupide idee, e guarda un po' come la storia mi ha reso ridicolo.» Socrate gettò il libro a terra e lo calpestò, facendosi svolazzare il lenzuolo intorno alle braccia ossute.

«Socrate, ti presento il Cavaliere Senza Testa. Senza Testa, ti presento il tuo compagno di stanza, Socrate, il più grande filosofo mai esistito. Sono sicura che voi due andrete molto d'accordo. Ringrazia che non hai le orecchie,» mormorai sbattendo la porta in *non-faccia* al cavaliere.

«Bevutina pre-bagno?» Heathcliff mi porse un bicchiere mentre salivo al piano superiore del nostro appartamento privato. Morrie era già al computer, intento a inserire i dettagli dell'incursione di quella sera nel nostro database di Dracula. La nostra gatta (nonché mia nonna), Grimalkin, era acciambellata sulle sue spalle.

Buttai giù il bicchiere e raggiunsi il bagno per fare la doccia. Una volta lì, spalancai la finestra e gettai la mia tutina nel vicolo sottostante, probabilmente mancando di qualche chilometro il bidone della spazzatura. *Alla faccia della mia tenuta aggressiva da topo d'appartamento.*

Dopo essermi strofinata la pelle ed essermi spruzzata sette litri di profumo alla vaniglia, crollai sulla sedia di fronte al fuoco e accettai un altro bicchiere. Poco alla volta sentii lo stress della nottata scivolarmi via. E che importava se Dracula era ancora là in giro, se Heathcliff stava comportandosi come una testa di cazzo e se ora dovevamo fare i conti con un altro personaggio immaginario, questa volta senza testa? Ero lì, sulla mia poltrona, accanto al fuoco. L'antieroe gotico più sexy del mondo mi stava divorando il corpo con quei suoi occhi ardenti, mentre un allampanato genio del crimine si alzava dal suo computer per preparare uno spuntino di mezzanotte in cucina. Mi serviva solo della cioccolata calda e il mio corvo preferito e...

«Ehi, ehi, dov'è Quoth?»

«Non è ancora tornato dalla sua *lezione privata*,» brontolò Heathcliff. «La cioccolata calda di Morrie è di gran lunga inferiore. Non ci mette abbastanza whisky.»

Inarcai un sopracciglio. Quoth era stato invitato dalla signora Ellis a esporre i suoi dipinti nella passeggiata artistica organizzata nel villaggio per il giorno di Ognissanti, l'ultimo giorno del festival. Si trattava di una sorta di percorso "dolcetto o scherzetto" per adulti: i visitatori potevano raggiungere diversi luoghi del villaggio per sperimentare opere d'arte e performance spettrali e per acquistare prodotti di artigianato locale. Era stata un'idea carina. La data si avvicinava in fretta e Quoth non era riuscito a pensare ad altro. O era allo studio della sua scuola d'arte, o a prendere lezioni private con il suo nuovo insegnante preferito, il professor Sang. Quando era a casa, passava ogni momento libero rannicchiato davanti a una tela nella sua mansarda, e si rifiutava di farmi vedere le sue creazioni.

Tuttavia, ero sorpresa che fosse ancora fuori. Era mezzanotte passata da un pezzo. Sicuramente la scuola aveva delle norme di sicurezza che impedivano a studenti e insegnanti di rimanere anche a dormire. E Quoth *sapeva* che quella sera io e Morrie avremmo cercato la successiva cassa di terra. Tirai fuori il telefono e controllai i messaggi. Non aveva nemmeno risposto ai miei. Non potei evitare di sentirmi ferita per il fatto che non aveva controllato che fossimo rientrati a casa sani e salvi.

Non è giusto. Questa mostra è importante per lui e sai che ne ha di bisogno. È così difficile per lui uscire dal suo guscio e stare in mezzo alla gente. Se riesce a parlare attraverso le sue opere d'arte, è un passo avanti per sentirsi veramente libero.

Heathcliff mi toccò un ginocchio con una mano, passando il pollice sul tessuto. «Nessun messaggio dall'uccellino?» I suoi occhi intensi incontrarono i miei. Sapevo che, per quanto si lamentasse di Quoth, era preoccupato anche lui.

Almeno, io pensavo che fosse preoccupato. Era difficile dirlo, quando si trattava del Duca Culopeloso. Più Heathcliff si allontanava da me e Morrie, meno mi sentivo sicura.

«Niente.» Gettai il telefono sul tappeto e Grimalkin saltò giù dalle spalle di Morrie e attraversò la stanza per andarlo a colpire con una zampa.

«In men che non si dica tornerà a defecare in giro per il negozio. Com'è andata la vostra irruzione?» Heathcliff sembrava così distaccato che a me sembrò stesse chiedendo del tempo. Non aveva nemmeno commentato il mio delizioso profumo di cavallo. Voleva davvero far parte di quella relazione o l'aveva accettata solo perché aveva bisogno di distrarsi dalla perdita di Cathy?

Cathy. Sapevo che era un personaggio di fantasia, ma *odiavo* lei e la sua perfetta Cathytudine. La più grande storia d'amore mai scritta riguardava Heathcliff e Cathy, non Heathcliff e Mina e Morrie e Quoth. Mi ero innamorata di Heathcliff per il modo in cui mi amava: intenso e possessivo. Però, ogni volta che si allontanava mi chiedevo se stesse preservando un pezzettino di sé per la sua sfortunata ex, nella speranza che forse un giorno lei sarebbe apparsa nel negozio.

Non era giusto per nessuno di noi, ma non è che si può decidere come sentirsi, soprattutto quando qualcuno che ti aveva promesso di stare con te per sempre si raffredda. Deglutii, con un nodo in gola.

«Siamo riusciti a prendere la terra, ma poi siamo stati

inseguiti da cani feroci. Per fortuna è arrivato il Cavaliere Senza Testa e li ha spaventati, ma ora il nostro problema è lui.» Rabbrividii quando dal piano di sotto si sentì un botto, seguito da delle grida incomprensibili in greco antico da parte di Socrate. «Perché ora compaiono così tanti personaggi letterari?»

Anche se nella penombra non riuscivo a scorgere i suoi lineamenti, sentii lo sguardo di Heathcliff che mi fulminava.

«Che c'è?» Mi scostai i capelli dalle spalle e ricambiai il suo sguardo.

«Non è ovvio? Sono attratti da te,» disse. «Le acque del Meles scorrono nelle tue vene. Questi bastardi ne sono attratti come Morrie è attirato dalla mia scorta di whisky.»

«Ma mio padre è stato qui per anni e le cose non sono mai andate così male, no?»

«No,» ammise Heathcliff. «Secondo i suoi registri, erano al massimo un paio di personaggi all'anno. E anche dopo, da quando ho rilevato io il negozio.»

«Allora, cosa è cambiato? E perché è cambiato *proprio ora?* Abbiamo già abbastanza da fare con Dracula e le bizzarrie di Halloween della signora Ellis, senza dover trasformare il negozio in un centro di recupero per sfaccendati letterari.»

«E non dimenticare il misterioso biglietto di tuo padre,» osservò Morrie.

Proprio così. Il biglietto di mio padre. Il biglietto che lui aveva chiesto a Sherlock Holmes di consegnarmi. Il biglietto che mi aveva inseguito nello spazio e nel tempo per darmi delle informazioni vitali.

Il messaggio era semplice:

PORTA IL VINO

Per Hathor, che cazzo, papà?

Mi presi la testa tra le mani. «Porta il vino? Che cosa significa? Quale vino? Dove lo porto? Sembra più un messaggio scritto da Jo, che un indizio vitale del mio caro padre defunto, che viaggia nel tempo.»

«Immagino sia un altro mistero da risolvere per la grande Mina Wilde.»

«Non stasera.» Sbadigliai. Grimalkin ronfava beata acciambellata sulle mie ginocchia. «La grande Mina Wilde ha bisogno di dormire.»

E di allontanarsi da Heathcliff e dalla sua indifferenza.

Mi misi Grimalkin, addormentata, su una spalla e salii le scale pericolanti fino alla stanza di Quoth. Il suo letto era sotto la finestra e le coperte erano sparse ovunque. Quando avevo visto per la prima volta la sua camera in soffitta, mi ero rattristata. Perché Quoth doveva nascondersi lassù, nella stanza più piccola e angusta della casa? Ora che frequentava la scuola d'arte e usciva più spesso, aveva bisogno di quel rifugio, di un luogo dove poter essere completamente se stesso. Così l'avevamo resa bellissima. Noi quattro avevamo ridipinto le pareti e costruito una palestra per uccelli in un angolo, con un'altalena, un tunnel e una scatoletta per le sue bacche preferite. Le sue opere d'arte adornavano le pareti e Morrie gli aveva persino regalato un impianto audio perché ascoltasse la sua musica post-punk preferita mentre dipingeva.

Mi fermai davanti al cavalletto di Quoth. C'era una grande tela quadrata coperta da un telo grigio, fissato ai bordi in modo che nessuno vi sbirciasse. Mi prudevano le mani per la voglia di strappare il lenzuolo e vedere a cosa stava lavorando il mio bellissimo artista. Scossi la testa. Non gli volevo fare un torto, dato che ci aveva chiesto di rispettare il suo desiderio di mantenere i dipinti una sorpresa.

Il filo d'aglio intorno alla finestra di Quoth era caduto di nuovo. Lo trovai in un angolo e lo riattaccai. Anche senza vedere ciò che succedeva fuori dalla finestra, sapevo che dall'altra parte della strada c'era un pipistrello appeso.

Gli occhi di Dracula mi arrivavano attraverso l'oscurità che ci separava, e mi osservavano, nell'attesa del momento giusto.

Tirai le tende con più forza di quanta volessi e mi sdraiai sul letto, appoggiandomi Grimalkin sui piedi. Respirai a fondo, mentre il profumo leggero e frizzante di Quoth saliva dalle lenzuola.

Avevo tutto ciò che potevo desiderare, proprio lì, in quella libreria. Ma ciò significava che avevo anche molto da perdere. Dall'altra parte della strada incombeva il più grande pericolo che l'umanità avesse mai conosciuto, e io avevo la responsabilità di fermarlo.

«Mina. Miiiiina...»

Chiamava con voce stridula il mio nome nell'oscurità: una provocazione notturna che solo io potevo sentire. Quello era il suo gioco quando la luna lo destava dal suo sonno quotidiano: fare in modo che anche nel sonno non potessi sfuggire al terrore incombente della sua presenza.

«Ho attraversato i secoli per trovarti, Miiiiina. Presto assaggerò il tuo dolce sangue e staremo insieme per l'eternità.»

3

La bocca di Heathcliff era spalancata, il suo grido roboante reso muto dal sangue che gli sgorgava dalla ferita lacera alla gola. Barcollò all'indietro, gli occhi scuri spalancati dalla paura e le mani che si stringevano lo squarcio come se potesse costringere il sangue a rientrargli nel corpo.

No, ti prego, no.

Cercai di correre da lui, per stringerlo tra le braccia. Ma le mie membra rimasero immobili. Non potei far altro che abbassare lo sguardo sulle mie mani, macchiate di sangue scuro. Il *sangue di Heathcliff.*

E io lo sapevo. La nauseante verità mi colpì.

Sono stata io... ho ucciso Heathcliff.

«M... mmm... mmminaaaaaa...» Heathcliff cercava di parlare. Con un ultimo sforzo si lanciò verso di me, ma scivolò nel suo sangue e si accasciò a terra. Sbatté le palpebre sugli occhi vitrei: una volta, poi un'altra, e poi basta. Lo sguardo gli si offuscò. Mi leccai il sangue dalle dita. Aveva il sapore del miglior whisky.

Ho ucciso Heathcliff.

Ho bevuto Heathcliff.

Io sono Heathcliff. Io sono...

Mi alzai di scatto. «Cazzo.»

La luce del sole entrava dalla finestra, proiettando un fascio di luce sul piccolo letto. Ma nella mia testa ero ancora in piedi davanti al corpo di Heathcliff, a succhiare fino all'ultima goccia di sangue dalle mie dita. *Sento il suo sapore sulle labbra...*

Il cuore mi batteva forte nel petto. Sollevai una mano contro la luce. Niente sangue. Neanche una goccia. Mi asciugai la fronte umida e delle labbra morbide mi sfiorarono la spalla. Un braccio caldo mi strinse la vita, tirandomi indietro addosso a un corpo sodo. Dei baci mi sfiorarono la clavicola.

«Svegliarsi accanto a te è un regalo bellissimo.»

Quoth. Nessun altro parlava come una poesia.

Il mio corpo rispose alle sue parole. Il calore mi si accumulò nel ventre e mi si diffuse nelle membra.

«Di nuovo quel sogno?»

«È solo un sogno. Non può farmi del male nei sogni, se ho te che mi proteggi. Quando sei arrivato?» Allungai una mano per passargli le dita tra i capelli. Quoth aveva il tipo di capelli che tutte le compagnie produttrici di shampoo invidiavano: lunghi fino al fondoschiena, folti e scintillanti. Mi scivolavano tra le dita come seta e, quando mi sfioravano la pelle, si lasciavano dietro una scia di fuoco.

Tra le sue braccia, le minacce del sogno di Dracula non potevano toccarmi.

«Credo fossero circa le tre. Dormivi profondamente.» Le labbra di Quoth mi sfiorarono il lobo dell'orecchio mentre le sue dita scivolarono nelle mie mutandine, trovarono il mio clitoride e lo accarezzarono piano e con dolcezza. «Mi sono infilato accanto a te e tu mi hai grugnito contro e hai rubato tutte le coperte.»

Gli accarezzai il viso mentre mi toccava. La luce lo colpiva in modo tale che la sua pelle sembrava ancora più pallida del solito, luminosa come intessuta d'oro. I capelli gli ricadevano sulle spalle, sfiorandomi la pelle nuda. Gli presi le labbra con le mie, mentre le sue dita facevano la loro magia su di me, immergendosi e roteando, risvegliandomi un delizioso dolorino nel basso ventre. In pochi istanti, rabbrividii e sussultai tra le sue braccia.

Quando ebbi finito, Quoth mi strinse forte, accoccolando la testa nell'incavo della mia spalla. Il mio sguardo cadde sulla tela coperta dal lenzuolo. «Non vedo l'ora di vedere la tua opera.»

Il respiro di Quoth si fece affannoso. Faceva ancora fatica a condividere la sua vera essenza con il mondo, persino con me. Si rendeva vulnerabile attraverso la sua arte: a ogni colpo di pennello temeva di non essere abbastanza bravo, di non essere al posto giusto, di doversi nascondere invece di mostrare al mondo la sua bella anima. Era già stato abbastanza difficile per lui mettere in vendita alcuni dei suoi dipinti nella libreria, anche se erano stati un grande successo per la nostra clientela a volte bizzarra. Per lui era un'impresa enorme mostrarsi al pubblico in quel modo, cioè essendo fisicamente accanto ai suoi quadri ed esponendosi al giudizio altrui.

Però io non ero una persona qualsiasi: ero la sua ragazza. Sapeva che amavo tutto ciò che faceva. Non capivo perché dovesse essere nervoso con me.

«Non vedo l'ora che anche tu li veda,» mi sussurrò all'orecchio. «Sarai davvero sorpresa.»

«In bene, vero?»

Quoth ridacchiò, baciandomi la pelle sensibile della nuca. E la mia testa non fu più sui dipinti o su Dracula.

Lasciai Quoth che dormiva, con le coperte tirate sopra la testa, e scesi al piano di sotto. Oscar mi seguì e lo feci uscire dalla porta sul retro, nel vicolo, perché facesse i suoi bisogni.

Mi mossi in punta di piedi e sbirciai nel ripostiglio, alias la stanza di Morrie. Il suo letto era già vuoto e ben sistemato con gli angoli tesi come un letto di ospedale. Probabilmente era uscito per un caffè. Heathcliff aveva scagliato la macchina contro il muro dopo che Morrie gli aveva dato un pizzicotto sul sedere l'altra settimana, e non l'avevamo ancora sostituita, e il Napoleone del crimine non poteva funzionare senza il suo caffellatte mattutino. Sentii un tonfo dall'aula di Filosofia, ma non volevo affrontare Socrate senza avere prima preso un caffè, così tornai di sopra.

Heathcliff era accasciato sulla sedia accanto al fuoco spento, con la testa china su una spalla e le grandi mani che avvolgevano il corpo di Grimalkin, addormentata felice sulle sue ginocchia. Sembrava così tranquillo e a suo agio, così diverso dal mio Heathcliff degli ultimi tempi.

Mi chinai e gli sfiorai le labbra, inspirando il suo profumo legnoso e selvaggio, che non mancava mai di fare cose magiche al mio ventre. Lui socchiuse un occhio, fissandomi con un'iride scura come il vino.

«Buongiorno,» mormorò. Lo fissai nelle profondità e non capii come avessi fatto a dubitare del suo amore. L'avevo sorpreso prima del caffè mattutino, quando non aveva ancora indossato la sua maschera di indifferenza, e si vedeva che scoppiava di brama selvaggia.

Inoltre, non stava certo morendo dissanguato per una ferita

sul collo, e quella era senza dubbio la condizione in cui preferivo i miei uomini.

Sorrisi e mi portai un dito alle labbra. Appoggiai Grimalkin sul pavimento e le diedi una spintarella con la punta dello stivale. Lei mi lanciò un'occhiata schifata mentre scendeva le scale, con Oscar alle calcagna.

Non dovresti giudicarmi, nonna. Ieri sera ti ho sentita, mentre con il gatto del signor Hartford facevate bisboccia alla grande dietro i bidoni della spazzatura.

Gli occhi di Heathcliff ora erano spalancati, eccitati e affamati, ogni traccia di indifferenza cancellata. Mi misi a cavalcioni su di lui, sollevandomi la gonna per sistemarmi meglio sopra le sue cosce. Le sue dita mi scivolarono sulla pelle, facendo emergere l'animale selvaggio che era in me, quello che non sapeva se voleva combattere o scopare.

Una cosa che mi aveva stupita nel perdere la vista era stata la quantità di tempo che passavo a notare altre sensazioni. Prima, la sola vista della grinta possessiva di Heathcliff mi avrebbe fatto tremare le ginocchia. Ora, era la sua barba ispida che mi sfiorava la pelle, o il modo in cui le sue dita affondavano con un po' troppa foga, come avesse avuto il terrore che, se mi avesse lasciata andare sarei volata via. E il suo sapore... quello splendido sapore di peccato, corretto col whisky, che poteva essere solo di Heathcliff Earnshaw.

Ora me lo gustavo, lo divoravo con le labbra. Mi sollevò la maglietta dei Sex Pistols e mi palpò il seno, strizzandomi la carne sensibile finché non gemetti appoggiata alle sue labbra. Non c'era nessuna messinscena. Heathcliff non faceva giochetti come Morrie e non aspettava il permesso come Quoth. Lui ringhiava, un gemito basso, di un uomo posseduto dal bisogno di me. Era una maledetta droga.

Mi sollevai sulle ginocchia per tirargli via i boxer, poi mi abbassai sul suo sesso. Non mi toccava da un sacco di tempo, e ora era dentro di me, ed era una sensazione *fantastica*. Oscillai il bacino, un sorriso sulle labbra mentre lui toccava luoghi oscuri e segreti dentro di me.

Heathcliff emise un suono soffocato che mi fece salire il calore nel ventre. Si spinse dentro di me con una forza che quasi mi fece cadere a terra. *Sì, ti prego.* Con una mano mi afferrò la nuca, e mi bloccò mentre tutta la sua forza si scatenava su di me. Ecco cosa significava amare Heathcliff Earnshaw: amare uno tsunami che si abbatte e ti trascina sotto.

Mi muovevo, assecondando ogni sua spinta con la mia forza. Il mio clitoride sbatteva su di lui mentre la pressione dentro di me aumentava sempre più. Gli affondai le unghie nelle spalle. Rovesciai la testa all'indietro. Per un attimo non fui altro che stelle che esplodevano dalle profondità dei suoi occhi insondabili.

Lo respirai, finché il mio corpo non diventò fatto della sua essenza, pezzi di Heathcliff dentro di me, che mi facevano impazzire, che mi amavano, sempre.

Venne con un urlo che fece tremare la casa. Appoggiai la fronte alla sua, tracciandogli con le dita ogni piega del viso. Aveva gli occhi così scuri da risucchiare tutta la luce, tranne le stelle che brillavano nel loro profondo e che bruciavano per me. Mi piaceva quell'immagine di lui, la visione di lui, di come era veramente. Sapevo che un giorno non l'avrei più vista. Non mi rattristavo più per la mia perdita della vista, ma ero determinata a godermi ciò che potevo, finché potevo.

Avevo anche deciso che, ora che Heathcliff era solo, e in qualche modo vittima del mio incantesimo, l'avrei messo al muro per il modo in cui si era comportato. Mi allontanai leggermente da lui e incrociai le braccia sul petto. «Cosa ti sta succedendo?»

«Il solito. Vampiri che ci minacciano, clienti che esistono, Grimalkin che mi sputa palle di pelo in faccia.» Fece ondeggiare il bacino, cercando di sfilarsi via da sotto di me, ma io lo tenni ben fermo. Però lui mi afferrò le cosce, mi sollevò senza nessuno sforzo, come fossi stata un maglioncino estivo, e mi depositò con modi bruschi sulla poltrona di fronte a lui.

«Oh, no, non è vero.» Gli afferrai il polso mentre cercava di scappare verso la cucina. «Ultimamente ti comporti in modo strano. Freddo. Distante.»

«Sciocchezze. Io mi sto impegnando per essere ogni giorno più positivo.» Heathcliff forzò un sorriso che sembrava più una smorfia. «Oggi sono *positivamente* convinto che tutti siano degli idioti.»

«Sono seria, Heathcliff. Siamo tutti stanchi e stressati, ma nel tuo caso c'è dell'altro. Non capisco. Pensavo che quella sera alle cascate tu e Morrie aveste risolto i vostri problemi. O non si tratta di Morrie? Si tratta di me? I tuoi sentimenti verso di me sono cambiati? Perché se non puoi amarmi come amavi Cathy, allora capisco...»

«Tu non c'entri,» sbottò con una furia che mi trafisse l'anima. «Tu sei tutto. Non potrei dimenticare te come non potrei dimenticare la mia esistenza.»

«E allora, che succede? Io mi sento perennemente in ansia, penso che da un momento all'altro Dracula potrebbe arrivarmi alle spalle e affondarmi i denti nel collo. Avrei davvero bisogno di te, di *tutto* te, non di questi freddi pezzi che esibisci. E anche Morrie avrebbe bisogno di te.»

«Sono qui.»

Mi scese una lacrima. Heathcliff la sfiorò con il pollice, asciugandola prima che si facesse strada lungo la mia guancia. «Tu non ci sei. Sei da qualche altra parte.»

Heathcliff aprì la bocca e la richiuse. Alzò gli occhi neri come il carbone verso il soffitto e fissò a lungo qualcosa fuori dalla mia portata. Trattenni il respiro, osando sperare che crollasse e si liberasse da qualsiasi oscurità gli avesse ingabbiato il cuore.

«Sono quasi le 9,» mormorò. «I clienti staranno aspettando fuori.»

Resistetti all'impulso di strozzarlo. «Heathcliff, perché non puoi...»

«Vai ad aprire,» mormorò. «Io mi faccio una doccia.»

«Dovrei farla *io* la doccia. Sono io quella con il tuo seme che mi cola lungo la gamba...»

«Non farla,» sussurrò. «Mi piace sapere che sei al lavoro e hai il mio seme dentro di te.»

Incrociai le braccia. «Nei romanzi che parlano di malavita è una cosa eccitante, ma nel mondo reale è appiccicoso e disgustoso, *soprattutto* se poi tu ti comporti come uno emotivamente sottosviluppato. Ci metto solo un minuto, e poi la doccia è tua.»

Heathcliff fece per prendermi, ma io mi allontanai da lui e fuggii.

«Torna qui,» urlò. «Sai che non ci metterai un minuto. Tra te, Morrie e quegli impestati del piano di sotto, non rimarrà una goccia d'acqua calda per me.»

«Allora forse dovresti valutare di installare un secondo bagno. O di farti la doccia insieme a Morrie,» gli urlai da sopra una spalla mentre sbattevo la porta dietro di me.

Aprii l'acqua, girando la manopola fino alla fine per avere un getto il più forte possibile, ma non scese altro che un rivolo moscio e tiepido. I ragazzi avevano rifatto il bagno per farmi una sorpresa quando mi ero trasferita a vivere lì. Era bellissimo, ma Heathcliff aveva ragione. Ultimamente l'acqua calda non durava più a lungo, il flusso si era ridotto a un filo e a volte il lavandino non scaricava bene. Avevo anche notato alcune assi del pavimento allentate davanti agli scaffali dei Classici e una sorta di aura generale di *umidità* nella libreria. Quando avevo suggerito a Heathcliff di chiamare un idraulico, lui aveva fatto una scenata così indecente che ci avevo rinunciato. La Libreria

Nevermore stava cadendo a pezzi e a lui andava bene così. E io avevo altri problemi, troppi.

Dopo essermi fatta la doccia ed essermi truccata feci capolino in cucina. Come ci si trucca da ciechi? Etichette in Braille sugli ombretti, ciglia finte e tatuaggi per sopracciglia (un male cane ma almeno ora sono sempre perfetta giorno e notte, sette giorni su sette), e un sacco di domande a Morrie per verificare se ho un trucco che mi fa sembrare un'artista da circo ubriaca. Comunque sia, Morrie non era ancora tornato e Heathcliff era impegnato in un'accesa discussione con il tostapane. Presi una barretta dalla scatola e mi diressi al piano di sotto per far entrare Oscar e aprire la libreria.

Scartai lo snack e diedi un bel morso mentre attraversavo il pianerottolo del primo piano. Sentivo Oscar che grattava alla porta. *Mi chiedo se...*

«Occhio, milady!»

Feci appena in tempo ad abbassarmi che una freccia mi passò sopra la testa e si conficcò nel muro dietro di me.

4

«M a che cazzo?»

Andai addosso alla balaustra. Il mio ginocchio sbatté sulle scale e il cuore mi batteva forte nel petto. Nella penombra non vedevo nulla, ma sapevo di non aver mai sentito prima quella voce. Tastai la parete finché le mie dita non trovarono l'interruttore della luce. L'accesi e mi si rivelò un uomo magro che indossava un paio di leggings attillati e un farsetto verde. Tra le mani teneva quello che sembrava un... arco?

Per Iside, non un altro.

«Chiedo venia, bella fanciulla.» L'arciere vestito di verde mi fece un inchino. «Stavo cercando di usare il mio arco per risolvere il vostro problema dell'infestazione, ma il tiro è andato un po' storto.»

«Non dargli retta.» Una voce signorile con un leggero accento svizzero si levò da dietro di me sulle scale. Sarebbe stata una figura perfettamente innocua, se non fosse stato per il sacco che portava sulle spalle e che emanava un distinto odore di terra e decomposizione. «Quel mascalzone non mirava a un topo. Voleva trafiggermi il cranio.»

«Sul mio onore, non è vero.» L'arciere sembrò in imbarazzo, ma estrasse un'altra freccia e gli puntò l'arco contro.

«Onore?» L'uomo mi passò oltre salendo le scale e lasciò cadere a terra il suo sacco disgustoso per poter indossare un camice bianco. «Sei un fuorilegge. Che ce ne facciamo del tuo onore?»

«È meglio dell'onore di un medico pazzo,» ribatté l'arciere. «Almeno io rubo solo ai ricchi per dare ai poveri. Tu, invece, sei stato visto rubare dalle tombe di innocenti per creare la tua aberrazione...»

«Signori, *per favore*.» Alzai le mani. «È troppo presto per tutto questo, e non ho ancora preso il caffè. Victor, porta i tuoi reperti notturni nel seminterrato. Ti chiamo quando arriva il caffè. E tu,» feci un cenno al nuovo arrivato. «Dimmi, anche se credo di saperlo già, chi sei?»

L'arciere gonfiò il petto. «Mi chiamo Robin di Sherwood. Sono al comando di una banda di allegri compari che rubano ai ricchi per dare ai poveri e proteggono la brava gente della foresta di Sherwood dalla tirannia dello Sceriffo di Nottingham.»

«Piacere di conoscerti, Robin.» Mi strofinai gli occhi mentre un ghirigoro arancione mi attraversava la vista. «Perché hai scoccato una freccia al qui presente Victor?»

«Ma guardalo! Quegli occhietti vispi, quei baffi malvagi, sulle spalle quel sacco di parti di corpo sgraffignate.»

Sospirai di nuovo. Non potevo discutere di fronte a tali argomentazioni.

«Mi ritengo offeso.» Victor si sfregò il viso. «Questi baffi sono estremamente eleganti.»

Robin si guardò in giro. «Devo essermi ubriacato di birra. Poi mi sono risvegliato qui, nella vostra strana dimora. Mentre ero a caccia per la cena, ho notato questo individuo, che usciva dall'edificio con quel sacco vuoto, così l'ho seguito, pensando che potesse essere un innocente contadino che cacciava di frodo nella Foresta del Re per sfamare la sua famiglia. Solo che, invece di piazzare delle trappole, è andato in un cimitero e...» Robin scosse la testa. «Non dirò altro. Non voglio sottoporre una fanciulla così bella alla descrizione di tanta depravazione. È un vanesio di prim'ordine, e io...»

«Caffè!» si sentì la voce di Morrie. Il campanello tintinnò mentre la porta si richiuse.

«Caffè? È una specie di stregoneria per scacciare questa canaglia dal naso storto?»

«Il caffè è di sicuro una stregoneria, ma decisamente benevola.» Misi un braccio intorno alle spalle di Robin. «Ho molto da insegnarti. Sei parecchio lontano da Sherwood, amico mio.»

Morrie passò a fatica portando in mano due vassoi di cartone pieni di bevande. Si scatenò una ressa, mentre personaggi letterari apparivano da ogni angolo della libreria per avventarsi su di lui. Nella maggior parte dei loro libri il caffè non esisteva, e sembravano esserne diventati dipendenti. Comprensibile.

«Allora. Ho un caffè alto macchiato, con doppia panna e caramello, per Socrate...» Il filosofo afferrò la bevanda allungata e la sorseggiò felice.

«E un caffelatte di soia, tripla soia, per lo stimatissimo dottor Frankenstein...» Victor prese la tazza da asporto e si avviò verso la cantina. Da quando era arrivato alla Nevermore, tre giorni prima, raramente era uscito dall'oscurità, se non per fare le sue puntate notturne al cimitero per motivi che preferivo non chiedere. Poi Morrie mi passò la mia tazza e mise quella di Heathcliff sulla sua scrivania.

Il Cavaliere Senza Testa fluttuava dietro Robin, e Morrie si strinse nelle spalle mentre gli porgeva una tazza. «Non sapevo cosa volessi, amico, così ti ho preso un nero lungo.»

Il nostro amico diversamente-craniato inclinò il moncone verso la tazza, si raddrizzò e versò la bevanda in aria, nel posto dove si supponeva dovesse avere la testa. Il caffè gli finì nella cavità del collo e scomparve nel suo corpo spettrale. Morrie si accasciò sulla sua poltrona di velluto e si portò la bevanda calda alle labbra, mentre Robin rubò quella di Heathcliff e la sorseggiò, sgranando gli occhi scuri per la gioia.

Il primo cliente della giornata fu Bernie, un pensionato della stessa struttura per anziani che ora la signora Ellis chiamava casa. Bernie veniva ogni settimana a sfogliare la sezione Erotica. I tipi come lui venivano con regolarità. Erano sempre uomini, sempre barbuti e sempre in abiti che credevano li rendessero invisibili ma che in realtà li facevano risaltare a un miglio di distanza, etichettandoli esattamente come il tipo di uomo che aveva bisogno di una visita settimanale a uno scaffale della sezione Erotica. Bernie iniziò la sua ricerca di materiale da lettura scabroso nello stesso posto di sempre: la sezione ferroviaria. Lì, tolse la sovracoperta da un libro sulle locomotive della Great Wester Railway e la posizionò su una collezione di antiche litografie lesbo. Poi si sedette in un angolo per circa un'ora con il suo libro segreto. Ero grata di non poter vedere fino all'altra parte della stanza, perché non sapevo cosa combinasse laggiù, però era silenzioso e non disturbava mai gli altri clienti; inoltre, quando aveva finito, rimetteva al loro posto le sovracoperte. Quindi lo lasciavamo fare.

Dopo Bernie entrò un gruppo di ciclisti vestiti con le tipiche tutine in lycra. Andarono dritti verso la sezione delle cartine ufficiali, le dispiegarono tutte e le stesero sul tavolo per pianificare il loro percorso, e nel fare ciò rovesciarono l'armadillo impagliato. Dopo un'accesa discussione sulle strade secondarie, uscirono dal negozio, lasciandomi con l'arduo compito di ripiegare le mappe, mentre loro rimasero almeno altri venti minuti a bloccare l'ingresso armeggiando con cinghie, caschi e borracce.

«Questi sono origami di Satana,» mormorai a Victor che era emerso dalla cantina. «Tu sei bravo a ricucire le cose. Apprezzerei un po' di aiuto.»

«Non posso. Sono nel bel mezzo di un'operazione molto delicata. Sono venuto di sopra solo per ricordarti dell'impianto idraulico.» Victor si alzò l'orlo dei pantaloni e vidi che aveva almeno tre centimetri di tessuto completamente inzuppati. «È quasi impossibile rimanere concentrato sul mio lavoro con il livello dell'acqua che sale.»

«Lo faccio sistemare, Victor. Te lo prometto.» Era da quando era arrivato che mi tormentava per la perdita che avevamo nel seminterrato. Chiamai Andy l'Aggiustino, l'artigiano del villaggio, che mi disse che sarebbe passato a dare un'occhiata appena ne avesse avuto la possibilità, il che, nel linguaggio dei tuttofare, significava che non l'avrei visto fino al giugno successivo. In un villaggio come Argleton, bisognava imparare a fare tutto a un ritmo più lento.

Heathcliff scese dopo che i ciclisti se ne furono andati. Fu una fortuna, visti gli insulti che di solito lanciava loro. Si mise alla cassa (per tenere d'occhio eventuali taccheggiatori e guardando di storto chiunque avesse l'aria di voler contrattare), così io potei fare una rapida visita alla stanza dell'Occulto.

Entrai nel magazzino, ovvero nella camera da letto provvisoria di Morrie, e mi chiusi la porta alle spalle. Lungo gli scaffali Heathcliff aveva sistemato dei fili di lucine natalizie, che io accesi per orientarmi nello spazio angusto. Individuai la porta segreta dei libri sull'occulto, che avevamo soprannominato il nostro "gabinetto di guerra". Su una lavagna appesa al muro, Quoth aveva scritto "casse di terriccio" in una grafia grande e piena di volute, con un gesso fluorescente, in modo che fosse più visibile delle altre cose (anche se faceva un po' pensare a un rifiuto tossico). Sotto c'erano due colonne per contare i contenitori di terra della Transilvania che avevamo distrutto: una per noi e una per Sherlock a Londra.

Feci un segno sotto la nostra colonna e mi avvicinai per contare i segni di spunta. Contai e ricontai, tre volte, per essere sicura che non me ne sfuggisse neanche uno. Sherlock ne aveva individuati quindici intorno a Londra e a Dartmoor, dove Grey Lachlan aveva diverse proprietà, e ne avevamo trovati altri trentuno sparsi nel Barsetshire e nel vicino Loamshire, dove si trovava il resto del suo patrimonio immobiliare. Non potevo credere che dopo averci sorpreso in una delle sue proprietà Grey non avesse pensato che avremmo controllato le altre, ma era anche vero che aveva cercato di incastrare Morrie per omicidio in una storia davvero intricata, con l'unico obiettivo di eliminare dai giochi colui che considerava il suo avversario più forte. In pratica, non credo fosse destinato a entrare nella lista delle Onorificenze della Regina per la sua intelligenza.

Avevamo distrutto quarantasei casse di terra.

C'eravamo quasi. Però ne mancavano ancora quattro prima che potessimo fare la nostra mossa contro Dracula, e il tempo stava per scadere. Erano mesi ormai che ci stavamo lavorando e io ero davvero stanca di dovermi sempre guardare alle spalle. Soprattutto ora che era diventato audace, e andava in giro a uccidere persone e dissanguarle senza curarsi della polizia che indagava sui crimini. Più beveva, più diventava forte.

Sapevamo cosa volevano Dracula e Grey: la libreria e l'accesso alle acque del Meles. Grey sapeva del tunnel che conduceva dal nostro negozio al seminterrato del vecchio appartamento della signora Ellis. Lo avevamo tamponato in qualche modo (Andy l'Aggiustino avrebbe dovuto murarlo, ma naturalmente non si era ancora presentato per farlo) e avevamo addobbato la libreria con aglio, acqua santa e crocifissi a volontà. Per accedere alla stanza che viaggiava nel tempo

Dracula sarebbe dovuto entrare nel negozio, ma non poteva varcare la nostra soglia senza un invito esplicito. A meno che... la libreria non fosse più stata nostra.

Così Grey aveva cercato di comprarci. Quando ci eravamo rifiutati di vendere, Grey aveva provato a farci impazzire con il rumore incessante dei lavori del cantiere a tutte le ore, e a bloccare l'accesso al negozio da Butcher Street con le sue impalcature in modo da intercettare i pedoni che volevano entrare in libreria. Ma se pensava che ciò ci avrebbe fatto crollare, non conosceva Mina Wilde.

La prima convention annuale di fantascienza di Dave Danvers alla Nevermore aveva fruttato un sacco di soldi e la libreria era diventata così famosa sui social media che i clienti ci cercavano. Avevamo scritto al Comune, che aveva costretto Lachland a rimuovere l'impalcatura che bloccava la nostra porta d'ingresso.

Non potevo fare a meno di chiedermi se la successiva fase del piano fosse disseminare Argleton di corpi di donne morte. Dracula avrebbe presto avuto il potere di prendere da noi tutto ciò che voleva?

Mandai un rapido messaggio a Sherlock, comunicandogli la nostra quota di casse scovate. Avevamo iniziato come acerrimi rivali, ma a dire il vero non era poi così male... ora che viveva a Londra e aveva un nuovo fidanzato. Rispose un istante dopo sottolineando che, secondo l'app di Morrie, avevamo controllato tutte le proprietà di Lachlan. Non avevamo uno straccio di indizio su dove Grey e Dracula avessero nascosto il resto della terra.

Ottimo.

Mi accasciai davanti al piedistallo e studiai gli indizi inviati da mio padre: le lettere, le parole scarabocchiate nelle pagine vuote dei libri di occultismo e il libro sulla Guerra delle Rane e dei Topi che era opportunamente apparso mentre ci occupavamo del Terrore di Argleton. Lisciai la sua ultima nota e la rilessi.

PORTA IL VINO

Cosa stai cercando di dirmi, papà? Perché non puoi...
«Mina! C'è tua madre!»
Merda.

Non era mai una buona idea lasciare mia madre e Heathcliff da soli.

Richiusi i libri di botto e uscii di corsa dalla stanza, spingendo la porta del ripostiglio per chiudermela alle spalle. Al piano di sotto, mia madre era china sulla scrivania e brandiva in faccia a Heathcliff un pesante volume rilegato in pelle con un cristallo incollato sul dorso.

«Non vedo perché non possa avere un minuscolo angolo della libreria dedicato al mio stand di bibliomanzia. Sarò l'attrazione del festival, i clienti accorreranno qui per le mie accurate previsioni, e la prospettiva è molto *coerente*...»

Heathcliff la fissò sospettoso. «Signora Wilde, vorrebbe far pagare la gente per aprire a caso dei libri?»

«Giovanotto, sappi che l'arte della bibliomanzia è stata praticata per secoli da greci, romani e nel mondo musulmano. È molto più che aprire un libro a caso e usare il testo per predire il futuro. Devo canalizzare i pensieri interiori degli autori e catturare la storia naturale dell'universo. È un processo molto complesso che richiede una profonda connessione spirituale. Non potresti mai capire...»

«Ehi, ciao mamma.» Mi intromisi tra di loro, afferrando il libro che aveva in mano prima che potesse sbatterlo sulla testa di Heathcliff. «Cos'è questa storia della bibliomanzia?»

«Mina.» Ignorò le mie domande e mi strinse in un enorme abbraccio. «Sono molto arrabbiata con te. Mi stai evitando?»

«Niente affatto. Io...»

«Perché sono preoccupata per te. Ogni volta che ti chiamo sei troppo occupata. Sembra che lavori a tutte le ore e sono settimane che non vieni a cena da me. Non è bello ignorare così tua madre.»

«Non ti sto ignorando, mamma. È solo che sono stata occupata qui al negozio e a prepararmi per la festa di Halloween e per la mostra d'arte di Quoth.»

«Non è una scusa per non parlare con me. Volevo darti questo.» Frugò nella borsetta e tirò fuori una vaschetta di una sostanza vischiosa verdastra. «È un balsamo curativo fatto di dionee macinate, e si dice che abbia proprietà *incredibili*. L'adorabile giovanotto che me l'ha venduto ha detto che ha curato il cancro di sua moglie.»

«Mamma, io non ho il cancro.»

«Lo so, cara, ma questo *ripara le cellule*. È questo il punto. Sarà in grado di sistemarti gli occhi.» Mi lanciò un'occhiata trionfante mentre mi porgeva quella sostanza, come se avesse appena fatto un *mic drop* epico e avesse messo in soggezione tutti gli oftalmologi del mondo per la sua genialata.

Da quando la mia vista aveva iniziato a deteriorarsi, mia madre era determinata a trovare la cura miracolosa che mi avrebbe riparato le retine. Finora mi aveva dato un lavaggio oculare a base di rosa canina e carota, più un'intera collezione di cristalli multicolori da mettere sotto il cuscino.

Sollevai il contenitore alla luce, ma questo lo fece apparire di un verde ancora più disgustoso. «Se è così miracoloso, perché la moglie di quel bel giovanotto non è su tutti i telegiornali a parlare di questa roba?»

«Ah, sembra sia morta per un'improvvisa insufficienza epatica,» disse mia madre agitando la mano come a sminuire la cosa. «Però è arrivata alla morte senza cancro.»

«Grazie, mamma. È molto gentile da parte tua.» Mi misi il

contenitore in borsa, dove non avrebbe mai più rivisto la luce del giorno. «Allora, bibliomanzia? Ammetto che sia un'idea carina per il festival, tuttavia non abbiamo molto spazio in negozio, quindi non credo...»

«Cos'è questo?» Mia madre estrasse dalla mia borsa una scatolina nera e forzò il chiavistello.

«Ah, è un...» Cercai una risposta, ma non mi venne in mente nulla. «Beh, è un kit per la caccia ai vampiri.»

Mi guardò come se fossi impazzita.

«È solo un mazzetto di aglio, dell'acqua santa e delle ostie da comunione. Me l'ha fatto Morrie. È una specie di scherzo. Cioè... non uno scherzo divertente, però è bello che voglia proteggermi. Hai presente tutti quegli omicidi in paese, in cui le vittime muoiono dissanguate con dei segni di morso sul collo?»

«Certo che ho presente. Sono in prima linea per cercare di convincere la polizia a prendere sul serio la minaccia dei vampiri.» Mia madre incrociò le braccia. «Ci crederesti che l'ispettore Hayes ha avuto la faccia tosta di dire che i vampiri non esistono? Quando ne ha le prove proprio davanti agli occhi. Se non iniziano a prendere sul serio questa minaccia, la Società delle Cacciatrici di Spiriti dovrà prendere in mano la situazione.»

Fui presa dal panico. L'ultima cosa che ci serviva era mia madre che se ne andasse in giro per la città a uccidere chiunque parlasse con la "s" sibilante o amasse le bistecche al sangue. «Vampiro o no, mamma, si tratta di un serial killer pericoloso. Devi lasciar fare ai professionisti.»

Come me, Heathcliff, Morrie e Quoth.

«Beh, non hanno fatto un granché di buono finora, con tre ragazze morte e il nostro amato cimitero storico che sembra una fetta di formaggio svizzero. Anche se devo dire che sono grata che stiate prendendo sul serio questa minaccia soprannaturale...» Accarezzò la scatola e vidi come le si erano messi in moto gli ingranaggi del cervello. Aveva lo sguardo che intercettavo ogni volta che percepiva un'opportunità di guadagno rapido. Ma cosa c'era nel mio kit da vampiro che le aveva acceso una qualche idea? Non osavo pensarci. Posò la scatola e batté le mani.

«Beh, amore, devo andare. Ho delle cose da fare.»

«Ma non vuoi convincermi dei meriti della bibliomanzia?»

«Oh, e perché mai? È meglio che vada, ho una riunione delle Cacciatrici di Spiriti...» Mi salutò con un cenno della mano e uscì dalla stanza.

«Ma hai dimenticato il tuo libro di bibliomanzia!»

«Non ne ho bisogno,» ribatté lei. «Heathcliff ha ragione. È un mucchio di sciocchezze.»

La porta sbatté alle sue spalle.

«Hai sentito?» Heathcliff si appoggiò alla sedia. «Dice che ho ragione.»

Annuii. «Di tutti i cattivi presagi che abbiamo ricevuto questa mattina, il fatto che mia madre sia d'accordo con te è quello che mi preoccupa di più.»

5

«Credo che questo libro le piacerà.» Sorrisi al mio cliente occhialuto mentre battevo il suo acquisto alla cassa. Era il giorno prima dell'inaugurazione della festa di Halloween e lui faceva parte di una comitiva di turisti americani che si erano fermati in paese per l'occasione. Aveva un'aria decisamente triste, nei vestiti tutti zuppi. Si erano aperte le cataratte del cielo: non era la giornata migliore per cogliere la vita idilliaca di un villaggio inglese, ma aveva sicuramente avuto un assaggio dell'autentica Gran Bretagna.

«Grazie, signorina.» Si tolse il berretto e lo strizzò, producendo una piccola pozzanghera d'acqua sul tappeto già fradicio. «Devo dire che è più piacevole trattare con lei che con l'altro venditore. È un po'... strano. Mi ha fatto un sacco di domande profonde e personali, e poi mi ha fatto un'enorme predica sul fatto che non credo negli dei.»

Non di nuovo. «Sì, grazie. Gli parlerò.»

I turisti uscirono, facendo commenti a gran voce sulla "Bella Vecchia Inghilterra" e parlando con entusiasmo del loro pranzo al pub. Girai il cartello sulla porta in modo che dicesse "a pranzo", anche se erano solo le 10 del mattino, e andai a cercare il mio "venditore".

Era nella sezione Filosofia, ovviamente, il viso seppellito in Nietzsche. Arricciò il naso e si gettò il volume dietro le spalle, aggiungendolo a una pila di libri sgualciti sul pavimento. «Che boiate.»

«Senti, Socrate.» Gli strappai dalle mani un volume della *Critica della ragion pura* di Kant prima che andasse insieme a Nietzsche ad aumentare il mucchio di pagine stropicciate. «So che stai cercando di aiutare, ma devi smetterla.»

«Eh?» Socrate si portò all'orecchio una mano raggrinzita.

«Non puoi strappare i libri con cui non sei d'accordo, altrimenti non avremo nulla da vendere. E non devi parlare con i clienti.»

«Sì, grazie. Adoro le patate bollenti.» Socrate tornò a guardare il libro.

«NON DEVI PARLARE CON I CLIENTI.»

«Ma in quale altro modo posso rifondare la mia Scuola? Da questi torbidi cervelli di uccello devo selezionare gli studenti che trarranno maggior beneficio dalla mia tutela.» Socrate gettò con disgusto il libro di Kant dietro le spalle e ne prese un altro. «Voglio dire, guarda queste nozioni ridicole. Cos'è questo nichilismo? Non vuol dire nulla, per me.»

Dovetti mordermi il labbro per non ridere. «I nichilisti rifiutano la religione e la morale perché credono che la vita sia priva di significato. Credo che in realtà lo troveresti interessante...»

«Ma nessuno di questi cosiddetti pensatori riconosce mai che l'unica vera saggezza è sapere di non sapere. Proprio stamattina il vostro uccello mi ha insegnato un'importante lezione filosofica.»

Mi grattai la testa. «Hai visto Quoth? Dov'è? Ieri sera non è tornato a casa.»

«Stavo guardando fuori dalla finestra aperta, verso le nuvole splendide, e riflettevo sulla natura dell'universo, quando mi è volato sopra la testa e mi ha defecato in faccia. È una lezione importante: tutti i filosofi dovrebbero passare più tempo a interrogare l'universo, che non ad aprire la bocca per parlarne.»

«Sì, una lezione davvero eccellente. Però ho bisogno che le tue domande te le tenga per *te*.» Gli presi un braccio e lo guidai fuori dalla sala di Filosofia. «So che per te è difficile da capire, ma il mondo è un posto molto diverso dall'Atene che hai lasciato. Nessuno vuole essere interrogato sul senso della vita da un vecchio seminudo, mentre è a caccia dell'ultimo Jeffery Archer, capisci?»

«Ma cosa fanno i filosofi del tuo tempo?» Gli tremolò la mascella.

«Sono sui social media.» Presi fuori il telefono e gli mostrai come scorrere YouTube. «Guarda, questo è Peter Jordanson; è un professore di filosofia e ha mezzo milione di follower. Se vuoi sondare i misteri dell'universo, fallo con contenuti video di dieci secondi su come salvare la nostra corruttibile gioventù.»

Lasciai Socrate tutto felice che si guardava i video di Peter Jordanson e andai a cercare Quoth. Lo trovai rannicchiato a letto, con le tende tirate, le lunghe ciglia abbassate. Gli scossi la spalla, ma lui non si mosse. Lo lasciai dormire e tornai al piano di sotto proprio mentre un gruppo entrava nel negozio. Pensai che si trattasse di un altro gruppo di turisti arrivati in autobus (il numero elevato di calzature ortopediche tra di loro era un indizio significativo). Ma invece di sparpagliarsi e di fare complimenti per i caratteristici angoli di lettura e i soprammobili che si trovavano in giro per il negozio, si diressero in formazione militare verso il bancone. Riconobbi la donna davanti al gruppo come Dorothy Ingram, la matrona iperreligiosa che un tempo avevo ritenuto colpevole di aver ucciso i membri del Club dei Libri Banditi di Argleton. Eravamo riusciti a scagionarla, ma lei non era mai stata molto riconoscente. Per questo mi ero fatta l'idea che Dorothy Ingram fosse una gran acidona.

«Mina.» Dorothy serrò le labbra in una linea sottile mentre batteva il bastone sul pavimento. Il suo tono implicava che si sarebbe aspettata di trovarmi a scorrazzare con i demoni e che era un po' delusa dal fatto che invece stessi semplicemente prezzando nuove scorte.

«Dorothy, è *un piacere* rivederti.» Non resistetti e aggiunsi: «Sei emozionata per la festa di Halloween?»

«*Affatto*. Mabel ha trasformato il nostro adorato villaggio in una esibizione di depravazione demoniaca.» Si accigliò. «Persino il nostro nuovo vicario, il reverendo Mosley, è stato corrotto. Ha dato il permesso a un coro satanico di esibirsi nella nostra chiesa domani! Nonostante tutti gli accadimenti infernali al cimitero.»

«Ah, sì, ho sentito parlare del saccheggio delle tombe. Che peccato.» Cercai di non trasalire ai rumori di Victor giù in cantina.

«Il fatto è che non si tratta solo di disturbare i morti! Quella povera ragazza è stata uccisa lì... da dei satanisti, naturalmente. La polizia ha trovato un teschio di capra vicino al corpo. Ad Argleton c'è una setta satanica che usa il cimitero per i suoi oscuri rituali. Proprio la settimana scorsa Hazel ha visto un uomo e una donna avere *rapporti carnali* dietro il mausoleo. È una cosa decisamente *depravata*.»

«A me sembra una cosa tipica da sabato sera,» si intromise Morrie da dietro gli scaffali di Poesia.

«Non c'è niente da ridere, signor Moriarty.» Le guance di Dorothy si arrossarono per legittima indignazione. «Ho letto tutto su questi culti satanici: sacrifici di animali, omicidi rituali, *necrofilia*. Ed è tutto in preparazione del loro sanguinoso rituale di Samhain. Servono misure estreme per preservare le povere anime di Argleton dall'influenza di Satana. Vorrei acquistare questi libri.»

Appoggiò una lista sulla scrivania. La passai a Morrie, che lesse i titoli con un'espressione scettica. «La *Chiave di Salomone*, il *Libro di Soyga*, il *Saducismus Triumphatus*, il *Codice Rohonc*... Sono alcuni dei nostri più rari libri sull'occulto. Vuole forse evocare Belzebù per un piccolo rapporto carnale depravato?»

«Stiamo organizzando un rogo di libri.» Dorothy tirò su con il naso. «Abbiamo raccolto i fondi per acquistare questi titoli, in modo da assicurarci che nessuna anima innocente possa metterci le mani sopra.»

Cosa?

Scossi la testa. «Non potete bruciarli. Alcuni sono testi storici importanti...»

«Sono tomi ignobili, scritti per corrompere le buone menti cristiane. Sono opera di Lucifero e dei suoi demoni e devono essere bruciati. Ma poiché so che entrambi avete chiaramente simpatia per il diavolo...»

Annuii. «*Sympathy for the Devil* è una gran bella canzone dei Rolling Stones.»

«... e poi sapevo che non avresti mai consegnato questi libri di tua spontanea volontà. Ma noi, il Comitato per la Difesa contro l'Immoralità, l'Adulterio, la Bestialità, Lucifero e l'Occulto...» indicò con un gesto la sua banda, «...abbiamo raccolto i soldi per acquistarli. Quindi, li vogliamo.»

«Sai, il nome del vostro comitato si scrive DIABLO,» intervenne Morrie.

Soffocai una risata. Dorothy divenne così rossa che giurai di vederle uscire fumo dalle orecchie.

«Ha ragione, Dorothy,» disse debolmente Cassandra Irons. «Difesa contro l'Immoralità, l'Adulterio, la Bestialità, Lucifero e l'Occulto fa DIABLO»

«Sì, beh, è stata una scelta per attirare l'attenzione sull'importanza della nostra causa.» Dorothy batté il bastone a terra, per enfatizzare. «Sottolinea come Satana sia penetrato in ogni strato della nostra vita. Non mi hai ancora recuperato i libri. Per favore, sbrigati, non ho tutto il giorno.»

«Mi dispiace,» disse Morrie con dolcezza. «Li abbiamo appena esauriti tutti.»

«Tutti, nessuno escluso?» Dorothy lo guardò con sospetto.

«Cosa posso dire?» si strinse nelle spalle. «Colpa degli adoratori di Satana di questa città. Sono insaziabili di conoscenza.»

«Non è che li state conservando per questo incontro satanico che avete in programma?» Dorothy mi ficcò un volantino sotto il naso. Era uno degli annunci che avevo messo in vetrina, per dare il benvenuto a un occultista in visita per una conferenza sulla necromanzia nell'ambito del festival.

«Certo che no.» Sbattei le ciglia. «Per quello ho in arrivo una nuova serie di tomi sui malefici occulti.»

«Non c'è niente da ridere.» Dorothy batté il bastone sulla scrivania. «Una donna innocente è stata uccisa nel nostro cimitero da un depravato adoratore di Satana, eppure continuiamo con questa festa pagana che invita Lucifero in mezzo a noi. Ricorda le mie parole, Mina: il Comitato per la Difesa contro l'Immoralità, l'Adulterio, la Bestialità, Lucifero e l'Occulto intende fare qualcosa al riguardo.»

Girò sui tacchi e se ne andò, seguita dal suo esercito di vecchiette criticone.

Mi voltai verso Morrie, riuscendo a malapena a nascondere un sorriso. «Feste sataniche nel cimitero presbiteriano di Argleton. Ma dove andremo a finire?»

«Non ci credo nemmeno per scherzo.» Morrie scosse la testa. «Ogni satanista che si rispetti sa che Lucifero è stufo di mangiare capre e preferirebbe di gran lunga la pizza.»

PER IL RESTO della giornata fui troppo impegnata con i clienti per pensare a Dracula, finché Socrate non scese di sotto, con il suo chitone approssimativo, e fece scappare un gruppo di adolescenti spaventate. Mi sventolò il telefono in faccia.

«Questo affare è posseduto da un demone,» urlò mentre ne usciva una stonata interpretazione di *God Save the Queen*, dei Sex Pistols.

«È solo il suono che fa quando arriva un messaggio.» Diedi un'occhiata al messaggio della mia amica Jo. Voleva incontrarmi al pub dopo il lavoro. Il mio cuore ebbe un sussulto. Jo era il medico legale della contea, il che significava che stava facendo le autopsie sulle vittime di Dracula. Non sapeva che nel villaggio c'era un vampiro in carne e ossa, né che io ero la figlia del poeta epico Omero, né che Heathcliff, Morrie e Quoth erano in realtà personaggi letterari che avevano preso vita. Immaginavo che avrebbe voluto parlare di lavoro ed ero per metà eccitata e per metà spaventata da ciò che poteva aver scoperto. Sarebbe stata una delle poche persone in grado di collegare quegli omicidi al corpo che era stato usato mesi prima, per incastrare Morrie.

Dovevo scoprire cosa sapeva.

«Occupati tu del negozio. Io vado a incontrare Jo.» Mi misi sulle spalle la mia giacca rossa preferita e agganciai la pettorina a Oscar.

«Bau!»

«Esatto, ragazzo. Andiamo da Jo.»

Dovemmo camminare tenendoci sul bordo del parco del villaggio: era tutto un caos di fili aggrovigliati, stand in costruzione e mucchi di zucche. La signora Ellis si trovava al centro, circondata dal suo gruppo spiritato di cacciatrici di fantasmi, e dirigeva quel caos come il direttore di un'orchestra di dannati. Nonostante tutto, provai un piccolo brivido di eccitazione per il festival. Tutto sembrava fantastico. *New York, beccati questa. Il posto giusto è Argleton.*

Notai mia madre che affiggeva un cartello su una bancarella, ma non ero abbastanza vicina per leggere cosa c'era scritto.

Per Artemide, credo che abbia trovato un nuovo business. Spero che almeno questo non finisca con un'altra causa legale o una multa dell'Agenzia per l'Ambiente.

Non appena io e Oscar entrammo nel pub, Richard si precipitò da noi. «Ciao, Mina. Jo è nel tavolo in angolo. Vuoi che porti a Oscar la sua ciotola con l'acqua e il suo giocattolo da masticare?»

«Grazie, Richard.» Essere famosa nel villaggio di Argleton per la risoluzione dei crimini aveva i suoi vantaggi, in particolare il fatto che conoscevo tutti i proprietari degli esercizi locali, che erano ben felici di ospitare Oscar. Gli esercizi commerciali erano obbligati per legge ad accogliere i cani da assistenza, ma non dovevano per forza esserne entusiasti. Ma noi (beh, Heathcliff) avevamo fatto fare a Richard così tanti affari e risolto così tanti casi di omicidio nel villaggio che Oscar era diventato una leggenda. Fuori dal villaggio, a volte mi trovavo ancora nei guai, ma stavo diventando più brava a farmi valere e a rivendicare i miei diritti. Il fatto che Oscar fosse maledettamente adorabile non guastava, e io amavo i suoi occhioni e la sua furbizia tanto quanto amavo i miei ragazzi.

Ordinai alla mia guida di portarmi al tavolo, e Richard sparì dietro il bancone per prendergli le sue cose. Se per caso aveva scoperto un cavallo mai visto prima che viveva nella sua stalla, non disse nulla. Ringraziai le dee per tali, piccole, generosità.

Quando mi sedetti sulla panca di fronte alla mia amica, lei alzò gli occhi, cerchiati di rosso. Aveva pianto.

«Jo, cos'è successo?» Allungai una mano sul tavolo per stringere le sue. Qualcuno aveva già messo un G&T davanti a me. Anche quando era arrabbiata, Jo pensava sempre a me. Era una grande amica e io... non avevo mai smesso di mentirle.

Le mie bugie sono solo per proteggerla.

Jo scosse la testa. «Ha... ha fatto un'altra vittima.»

Sapevo che stava parlando del nostro assassino, Dracula. Da quando aveva iniziato a disseminare Argleton di cadaveri non avevamo quasi mai parlato d'altro, il che aveva reso ancora più difficile tacere il fatto che l'assassino ribattezzato Dracula fosse *in realtà* proprio Dracula in persona.

«È terribile. Sanno...»

«È Fiona!» Le lacrime ripresero a scendere copiose sulle guance di Jo.

Il mio cuore ebbe un sussulto. Erano tre mesi che Jo frequentava Fiona, una svedese bella e statuaria che andava in giro a fare trekking, con lo zaino in spalla. Jo era innamorata persa, ed era una cosa meravigliosa da vedere. Avevo incontrato Fiona un paio di volte al pub e mi era sembrata esattamente il tipo di Jo: spumeggiante, divertente e per nulla schizzinosa nei confronti dei cadaveri.

Perché Fiona? Perché Dracula ha dovuto portare via la felicità di Jo?

«Jo, mi dispiace tanto, tanto. Non riesco a credere che sia morta. Tu stai bene? È una domanda sciocca; certo che non stai bene. Posso aiutarti in qualche modo? Oh, per Iside, non avranno chiesto a te di fare l'autopsia, vero?»

Jo scosse la testa. Alle sue spalle, oltre la finestra, un lampione in strada illuminava un'ombra scura. Il Cavaliere Senza Testa mi fece un cenno con il suo moncone mentre scivolava lungo il lato dell'edificio verso le scuderie. «Hanno chiesto all'ufficio del Loamshire di occuparsene. Non ci permettono di lavorare su persone a cui siamo vicini. E sì, c'è qualcosa che puoi fare.»

«Qualsiasi cosa. Sono qui per te.»

«Senti, Mina. Hayes è completamente disorientato da questi omicidi, e la Wilson è così impegnata a schernire la Società delle Cacciatrici di Spiriti della signora Ellis che non prende nulla sul serio.» Jo si sporse sul tavolo. Le sue dita strinsero le mie in una morsa. «Sono l'unica a pensare che ci sia un collegamento tra la morte di Fiona e il corpo che Kate ha usato per simulare la sua morte. Ho bisogno del tuo aiuto.»

«Cosa posso fare?»

«Le tue solite cose. Fai i tuoi incantesimi cattura-assassini. Chiedi a Morrie di infrangere leggi e a Heathcliff di sfasciare ossa, se necessario. Non mi interessa. Però voglio che questo assassino venga assicurato alla giustizia, e non sembra che lo farà la polizia. Ti farò avere tutte le informazioni che ti servono. A me basta che scovi il bastardo che ha fatto questo a Fiona.»

Deglutii. «Jo, ti rendi conto che potresti finire in un mare di guai se mi beccano a curiosare?»

«Lo so bene. Non te lo sto chiedendo perché sono pazza di dolore e non ragiono. Beh, sì, sono pazza di dolore.» Jo si frugò in tasca e posò sul tavolo un piccolo portagioie nero. «Volevo chiederle di sposarmi alla festa di Halloween.»

«Oh, Jo.» Mi si riempirono gli occhi di lacrime.

«Sì, te l'avrei detto oggi e tu avresti cercato di dissuadermi dicendomi che è troppo presto e che siamo troppo giovani e io ti avrei risposto che siamo innamorate e che quando sei innamorata non ha senso aspettare, ma ora è *morta*.» Le mani di Jo tremavano attorno al bicchiere che stringeva. «So che sto mettendo a rischio il mio lavoro e la mia reputazione, ma so anche che tu riesci a ottenere dei risultati dove non arriva la polizia. Voi non siete vincolati dalle loro regole...»

Puoi ben dirlo. Pensai a Quoth che aveva assunto la sua forma di corvo per intrufolarsi in una finestra aperta ai tempi della nostra indagine su Ginny Button, o a Morrie che aveva avviato un business per aiutare la gente a simulare la propria morte.

«...e tu sei una buona amica e mi proteggerai se puoi.» Jo si chinò sul tavolo e mi strinse la mano. Le sue dita tremavano ancora. Mi sentivo il cuore a pezzi. Non sapevo cosa avrei fatto se fosse successo qualcosa a uno dei ragazzi. Mi ricordai del terribile panico che mi aveva avvolta qualche mese prima quando Morrie era precipitato nel dirupo, o quel giorno in cui avevo pensato che Quoth fosse stato ferito da Christina Hathaway.

Mi si contorse lo stomaco. La verità era che non ci serviva fare nessuna indagine. Io lo sapevo chi era l'assassino: Dracula. Il mio vicino di casa. Solo che non potevo dirlo a Jo.

Non avrei mai potuto confessarle chi ero veramente o cosa stava succedendo. La sua vita era all'insegna della scienza. Credeva nell'evidenza empirica e rifiutava il minimo cenno a cose soprannaturali. Se avessi cercato di convincerla che Fiona era stata uccisa da Dracula in persona, avrebbe pensato che ero pazza o che la stavo prendendo in giro. Non mi avrebbe mai più rivolto la parola.

Se avessimo avuto l'accesso ai risultati dell'autopsia di Jo e ai rapporti della polizia, avremmo potuto individuare uno schema tra i vari omicidi, capire come sceglieva le vittime e forse fermarlo prima che facesse fuori qualcun altro.

«Jo, certo che indagherò. Metterò i ragazzi sul caso. Ora lascia che ti offra un altro drink e potrai dirmi tutto quello che sai su Fiona e sulle altre vittime.»

6

«**N**on posso credere che se ne sia andata...» Jo inciampò sui gradini, mentre agitava freneticamente le braccia per rimanere in piedi. «Io... *hic*... non so... *hic*... come farò a vivere senza di lei.»

Mentre aiutavo Jo, sconvolta e ubriaca fatta, a salire l'ultimo gradino per entrare in casa sua, ripensai al breve periodo in cui avevamo vissuto insieme. Jo era stata una coinquilina... interessante. Tra i cuori che mi faceva trovare nel frigorifero e la piaga delle cavallette che si era scatenata in casa, non avevamo mai avuto momenti di noia.

Appena entrata, notai un profumo insistente, floreale, che non assomigliava alla solita miscela fumosa di Jo. Accesi le luci e notai dei cuscini batik sul divano, uno stendibiancheria da viaggio pieno di abiti da esterno e delle istantanee di luoghi del Barsetshire attaccate alla parete: piccoli tocchi della vita che Jo e Fiona avevano iniziato a costruire insieme.

«Quindi l'ultima volta che hai visto Fiona, stava andando al cimitero?»

«Sì. Era venuta ad Argleton perché suo nonno è sepolto nel vecchio cimitero e voleva mettere una cosa sulla sua tomba.

Voleva che la accompagnassi, ma io dovevo andare al lavoro, così le dissi che ci saremmo incontrate dopo, al Rose & Wimple. Quando non si è presentata, sono andata al cimitero a cercarla, ed era lì.» Jo si conficcò i pugni nelle orbite mentre nuove lacrime le scorrevano sulle guance. «Non riesco a capire. Chi può avere ucciso Fiona solo per rubarle una vecchia cassa di terra?»

«Cosa?»

«La cassa di Fiona non è stata trovata insieme al suo corpo. Deve averla presa l'assassino.» Jo tirò fuori il telefono e fece scorrere le immagini. Io tenni il telefono alla luce, strizzando gli occhi verso lo schermo per distinguere la forma vaga di Fiona che teneva in mano una cassetta di legno con un coperchio intarsiato. «Ecco. Quella cassetta è piena di terriccio proveniente dalla Romania. Fiona aveva visitato la vecchia fattoria della sua famiglia, perché suo nonno voleva essere sepolto lì, ma avevano dovuto venderla. È una cosa estremamente sentimentale, ma lei era così, sai? Così premurosa...»

Jo si abbandonò ad altri singhiozzi. Le tolsi il telefono dalle mani e fissai il viso luminoso di Fiona. Aveva ereditato l'aspetto della madre svedese: i lineamenti statuari, i capelli biondi dorati, il sorriso solare che riservava alla mia Jo. *Aveva così tanto di cui essere entusiasta.*

Dracula l'aveva uccisa e le aveva rubato quella cassa, ma ciò non ci dava alcun indizio su dove l'avesse nascosta.

«Parlami delle altre vittime.» Tirai Jo con me sul divano. Cercai tastoni sul tavolo la scatola dei fazzolettini. Sentii un paio di bicchieri di vino vuoti e qualcosa di appiccicaticcio di cui preferivo non sapere nulla, ma niente fazzoletti. Mi tolsi la sciarpa e gliela porsi, e lei la usò per soffiarsi il naso con un forte rumore. Erano quelli i dettagli da cui si riconosceva una vera amicizia.

Accesi il registratore vocale del mio telefono e lo posai davanti a Jo. Lei si strinse le braccia intorno al busto. «La prima vittima è Miriam Bledisloe, impiegata e appassionata di escursionismo. Fiona l'aveva incontrata qualche volta alle riunioni degli Escursionisti di Argleton. Miriam è tornata da un'escursione nei Carpazi un paio di settimane fa ed è stata trovata uccisa a casa sua. Non c'erano segni di effrazione e l'unica finestra aperta era una in alto, piccolissima, dalla quale nessun essere umano sarebbe potuto passare. La polizia ritiene che conoscesse l'assassino e che l'abbia fatto entrare lei in casa, e che lui abbia richiuso la porta a chiave una volta uscito. Non mancava nulla, ma Miriam viveva da sola, quindi è difficile confermarlo.»

«Bene.» Quindi era stata in Romania di recente, a fare escursioni in un luogo remoto. Avrebbe potuto portare a casa un po' di terra. Ma come faceva Dracula a saperlo?

Jo continuò. «La seconda vittima è Dana Hill, l'archeologa. È stata trovata nella legnaia dietro casa sua. Quello che i giornali non hanno detto è che rubava manufatti dai siti su cui lavorava e li vendeva online a collezionisti privati. Quando la polizia ha perquisito la legnaia, ha trovato ogni genere di monete e oggetti che lei aveva sottratto da siti di tutto il mondo. Però mancava una scatola da scarpe con dentro il teschio di un ottomano, ancora posizionato nella terra in cui era stato trovato, insieme ad alcuni gioielli e cocci di ceramica. Quella settimana Dana aveva cercato di venderla online.»

Annuii, prendendo mentalmente nota di controllare se tale manufatto potesse avere qualche legame con la Romania.

«La terza vittima è Jenna Mclarey. È stata trovata nel cimitero, distesa su una tomba, con il corpo posizionato post-mortem con le braccia in fuori, come un crocifisso. Lavorava al mercato del paese. Sposata; il marito è un po' un troglodita.» Jo fece un respiro tremante. «E poi c'è Fiona. Per quanto riguarda il collegamento tra le vittime, siamo perplessi. Non si conoscevano. Cioè, Fiona conosceva vagamente Miriam, come ho detto, e anche se Jenna probabilmente conosceva tutti gli abitanti del villaggio per via del suo lavoro, non è stato individuato nessun legame profondo. Sia Fiona che Miriam avevano fatto di recente un viaggio in Romania, ma non risulta che le altre due avessero alcun legame con quel Paese. Jenna e Fiona sono state uccise nel cimitero, ma le altre no. Perché? L'unico dettaglio che fa pensare a un serial killer è il metodo di omicidio, e l'unica altra volta che ho visto qualcosa di simile è stato nel caso di Kate Danvers...»

Mentre Jo blaterava mezza ubriaca passando di palo in frasca, mandai un messaggio a Morrie per chiedergli di scoprire se il guerriero ottomano di Dana Hill provenisse da un sito rumeno. Avrei voluto poter dire alla mia amica quello che sapevo già per certo: tutte e quattro le vittime erano in possesso di terriccio rumeno, e tutte erano state dissanguate da un mostro che voleva diventare forte abbastanza per dissanguare il mondo intero.

E la Libreria Nevermore era l'unica cosa che lo ostacolava. In pratica: zero pressioni.

7

«Credo di sapere come possiamo trovare i contenitori di terra rimasti,» annunciai mentre entravo in libreria.

«Dove sei stata? Dovevi chiamare uno di noi per farti accompagnare a casa.» Heathcliff mi afferrò le spalle, tirandomi contro di lui. «E se Dracula ti avesse attaccata?»

Al suono della voce di Heathcliff, Oscar mugolò. Era troppo buio perché potessi scorgerlo in volto, ma nelle sue parole percepii nettamente il panico. Mi affondò le dita nella carne.

«Rilassati, è improbabile che il Vecchio Dentone mi zompi addosso in mezzo al parco con tutte le seguaci della signora Ellis che sono là a preparare il festival. E poi non mi ucciderà, perché sa che sono la figlia di Omero.»

«Donna esasperante,» ringhiò Heathcliff, per poi togliermi le mani di dosso e allontanarsi. «Non deve per forza ucciderti. Potrebbe trasformarti in vampiro come lui. Potrebbe portarti via da noi.»

«Ho preso le mie precauzioni.» Mi abbassai il collo del maglione rosso, mostrandogli il crocifisso d'argento che portavo appeso a una catenina. «Ho una borsa piena di acqua santa e di ostie per la comunione. Non sono una damigella in pericolo che ha bisogno di essere sorvegliata, soprattutto non da un fidanzato che ha passato gli ultimi mesi a comportarsi come se non gliene fregasse un cazzo.»

Heathcliff attraversò la stanza come una furia. Mi voltò le spalle e afferrò il bordo della scrivania. Emanava ondate di rabbia che scuotevano la stanza.

«Ci tengo a te.» Pronunciò quelle parole così piano che le sentii a malapena. «Ci tengo così tanto che non riesco a respirare.»

«Allora dimostramelo con i fatti. Non ho bisogno di qualcuno che mi urli contro. Ho bisogno di *te*, Heathcliff. Ho bisogno di te al mio fianco, con la spada in mano. Invece, ricevo solo fredda indifferenza...»

Heathcliff emise un urlo, mentre si tirava i capelli con le mani. «Non capisci che non posso vivere senza di te? Se ti portasse via da me, da *noi*, porterebbe con sé anche la mia anima.»

«Come posso crederti, se mi tratti con questo distacco?» replicai. «E che dire di Morrie? E se Dracula prendesse lui al posto mio?»

SBAM.

Heathcliff batté con violenza un pugno sulla scrivania. L'antico registratore di cassa cadde dall'estremità del tavolo, riversando monete e banconote sul tappeto.

«In quel caso la mia anima morirebbe due volte.» Tutto il corpo di Heathcliff rabbrividì.

«Heathcliff...»

Mi avvicinai alla sua spalla. Volevo che mi guardasse in faccia, che mi guardasse negli occhi e mi dicesse perché si stava comportando in quel modo. Ma prima che potessi afferrarlo, un'altra mano spuntò dall'oscurità e me lo strappò via.

Trattenni un urlo mentre la figura in ombra incombeva su di noi. Colsi l'odore inconfondibile di Morrie.

«Dici sul serio?»

«Vaffanculo,» ringhiò Heathcliff.

Morrie strinse la presa su Heathcliff, scuotendolo con una forza che non credevo possedesse. «Nel senso che moriresti due volte se ci perdessi?»

I due si guardarono, ma ora vidi che non era odio quello che guizzava tra di loro come una tempesta che si abbatte sulle scogliere. «Nel mio petto, dove dovrebbe esserci il mio cuore, ho un pezzo di carbone,» disse a fatica Heathcliff. «Tu e Mina starete meglio senza di me. Il mio amore è un veleno. Non vi contaminerò come sono stato contaminato io.»

«Non è vero.» Mi si riempirono gli occhi di lacrime. «Amarti ed essere amata da te è il più grande onore della mia vita. Ti amo come uno scrittore ama una storia che si rifiuta di uscirgli dalle dita. Ti amo perché sei esasperante, e prezioso, e sempre un millimetro oltre la mia portata. Non voglio che tu mi salvi dall'amarti. Voglio gettarmi nel tuo fuoco e bruciare. Ed è proprio perché ti amo, che quello che stai facendo *mi ferisce...*»

«Qui non si tratta di noi, bellezza.» Le parole di Morrie dicevano *pericolo*. «Ho capito il suo gioco. Non avrei mai pensato di vedere il grande Heathcliff Earnshaw cedere alla codardia.»

Heathcliff era rabbioso. Mise le sue grandi mani intorno al collo di Morrie e per un attimo mi chiesi fino a che punto si sarebbe spinto, pur di impedire a Morrie di parlare.

«Ho il terrore di perdervi entrambi, idiota!» Heathcliff urlò in faccia a Morrie. «Non capisci che per me tu e Mina siete più importanti del mio stesso essere?»

«Non vedi, Mina? Il suo cuore non è di carbone, è fatto di carta. Un origami fatto a cuore che si è strappato e sfilacciato ai bordi, e lui pensa che metterlo sottovetro gli eviterà di strapparsi di più. Vuole aiutare anche noi a non finire con cuore lacerato. Non sembra rendersi conto che i tagli, gli strappi e le ferite da taglio *sono* amore. Non si può mai tenere il cuore intero e al sicuro, ma quando cuori imperfetti si uniscono...»

Heathcliff interruppe Morrie con un bacio ardente, un bacio di cui nessun uomo con un pezzo di carbone al posto del cuore sarebbe stato capace. In quel bacio, sentii che tutto ciò che avevo temuto su Heathcliff gli si riversava addosso. Non era che si stesse disinnamorando di noi. Ci amava troppo, e l'idea di ferirci se lo avessimo perso gli bruciava così tanto in profondità che pensava che l'unica cosa che poteva fare per salvarci da quel dolore fosse renderci indifferenti a lui. Come se ciò fosse possibile.

Heathcliff si staccò da Morrie per afferrarmi di nuovo le spalle, ma ora incollò le labbra alle mie. Ansimai, presa alla sprovvista da quel bacio. Su quella lingua così violenta sentii tutto il tormento a cui si era sottoposto negli ultimi mesi, credendo di dover fare sì che lo odiassimo, credendo di *poter* fare qualcosa per rendersi odioso, in modo da metterci al sicuro dal dolore della sua perdita.

Alle mie spalle, Morrie si strinse a me, avvolgendo entrambi con le sue lunghe braccia. Strinse tra le dita i capelli di Heathcliff, mentre gli premeva le labbra su una guancia.

«Ti prometto questo,» sussurrò contro la pelle di Heathcliff. «Nulla di ciò che ci farai ridimensionerà mai ciò che sei nei nostri cuori.»

Il corpo di Heathcliff si irrigidì. Le sue labbra si staccarono dalle mie per baciare Morrie. Poi entrambi mi stavano baciando e io li stavo baciando e tutto ciò che volevo era riempirmi i polmoni con il loro respiro.

Morrie mi stuzzicò il labbro con la lingua, e io affondai il viso nei capelli di Heathcliff, e la sua essenza selvaggia attirò entrambi ancora di più sotto il suo incantesimo. Con una delle sue mani enormi strinse la mia camicia, e con l'altra quella di Morrie. Poi ci tirò contro di sé con tanta forza da togliermi il fiato dai polmoni.

Con un ringhio, Heathcliff passò il braccio sulla scrivania. Carte, libri, penne e tutto l'armamentario del nostro negozio si sparpagliarono a terra. Le lunghe dita di Morrie mi afferrarono le gambe mentre mi spingeva in avanti in per farmi appoggiare la parte anteriore delle cosce contro il legno.

Il cuore mi martellava contro il costato. Il petto di Heathcliff si gonfiò, come se fosse emerso dalle profondità più oscure dell'oceano e avesse avuto un disperato bisogno di aria. «Voglio vedere.» Digrignò i denti. «Voglio vedere voi due con i vostri cuori di carta. Voglio vedervi senza di me.»

Io non capivo, ma Morrie sì. Mi passò le dita lungo la spina dorsale. «Che ne dici, bellezza? Vogliamo dimostrargli che la sua anima nera non può spezzarci, che c'è abbastanza spazio per due cazzi in quel tuo bellissimo cuore?»

La mano di Morrie mi strinse il collo, piegandomi fino a farmi stendere sulla scrivania. «"Ho visto il mio amore chinarsi sul mio triste letto,» mormorò, citando una poesia di Swinburne che sapeva che amavo. Strinse le dita tra i miei capelli. «Pallido come la più scura foglia o corolla di giglio..."»

Mi infilò la mano libera sotto il maglione, tirandolo su, esponendo la mia carne a una silenziosa venerazione. Appoggiai la guancia al legno liscio, bagnata e dolorante tra le gambe nell'attesa che entrambi riversassero il loro dolore dentro di me. Da quell'angolazione, la luce esterna filtrava dalla strada attraverso la finestra e proiettava la silhouette di Heathcliff sull'estremità della scrivania. Era dritto, all'erta, come il lupo che attende il richiamo della luna piena, con le spalle tese e il corpo straziato dal bisogno.

Morrie recitò la poesia con la sua voce roca mentre mi faceva scivolare via i vestiti dalla punta delle dita, lungo le cosce, inseguiva con il suo tocco il fantasma del tocco dei miei abiti e mi strappava un lungo sospiro dal profondo. Heathcliff emise un respiro tremante. I suoi occhi mi bruciavano più a fondo del tocco di Morrie.

«"Dalla pelle liscia e scura, con la gola nuda che vuole essere morsa,"» continuò Morrie. «"Troppo pallida per arrossire e troppo calda per essere smunta..."» Poi le sue dita interruppero quella danza liquida. Sembrava aver preso una decisione, perché si voltò verso Heathcliff e lo attirò a sé per un bacio che avrebbe potuto far crollare le montagne, da tanto era pieno di fame oscura. Con quel bacio si raccontarono tutto, ogni dettaglio che avrebbero dovuto scambiarsi dopo la cascata, ma che non erano riusciti a dirsi perché erano entrambi dei bastardi testardi e io li amavo, li adoravo e li amavo insieme. *Ci* amavo.

«Ti prego,» sussurrai. Il dolore dentro di me era diventato una bestia, che rantolava e digrignava i denti per il fuoco che la infiammava.

Heathcliff interruppe il bacio per spostarsi davanti al tavolo, mentre con una mano Morrie mi lavorava il sedere nudo, e mi spostava l'altra dal collo alla schiena, in una soave danza. Heathcliff si chinò per baciarmi di nuovo, ora con una delicata cortesia che non avrei mai creduto possibile.

«Grazie,» sussurrò. «Grazie per non avermi mai abbandonato, per non avermi lasciato nell'abisso da solo.»

Heathcliff mi baciò con più passione, usando labbra e lingua per dirmi quanto avesse paura di perdermi, o di perdersi. Alzai la mano per appoggiargli le dita sul petto. Dentro quella bestia di uomo viveva un cuore di carta, lacerato ai bordi ma che batteva ancora per me, per *noi*.

Dietro di me, Morrie mi stuzzicava la fessura con la lingua, alimentandomi il desiderio con un tocco leggerissimo che io cercavo di assecondare con il bacino. Mi passò un dito intorno al clitoride e affondò la lingua finché non mi contorsi e attraverso le spinte del mio bacino non implorai di averne ancora.

CLANK. La fibbia della cintura di Morrie colpì il pavimento, una campana che annunciava lo sgretolamento dei muri che avevamo costruito per proteggerci, e l'inizio di qualcosa di più. Non mi resi conto che stavo trattenendo il respiro finché il sesso caldo di Morrie non scivolò dentro di me. Heathcliff colse il mio sospiro con la lingua e lo ingoiò, come fosse nutrimento per la sua anima.

Morrie mi prese per una spalla, tenendomi ferma con una presa decisa mentre usciva piano da me per poi rientrare voluttuosamente. «È una sensazione fantastica,» disse con quel suo ghigno provocante, e sapevo che i due stavano avendo un'intensa conversazione con gli occhi da una parte all'altra del tavolo, una conversazione che desideravano da tre lunghi anni.

Heathcliff intrecciò le dita con le mie, gli occhi che mi divoravano mentre inclinavo il collo all'indietro e aprivo le labbra. Mi baciò la fronte e si alzò. I suoi pantaloni caddero a terra e un attimo dopo sentii sulla lingua il sapore del suo sesso.

Sopra di me, sentii lo schiocco delle loro labbra, l'umido delle loro lingue che si baciavano mentre mi condividevano come avevano sempre desiderato, e al contempo ognuno condivideva un pezzo di sé con l'altro.

Era il suono più squisito del mondo, perché nel momento in cui persi il controllo, quando l'orgasmo mi invase e il mio cuore di carta prese fuoco tra le fiamme del loro amore, sapevo che Heathcliff non avrebbe mai più potuto credersi fatto di carbone e indifferenza. Noi eravamo lui e lui era noi.

«È STATO DAVVERO SPETTACOLARE.» Morrie mi baciò la guancia per poi afferrare la camicia da terra. «Cioè, ovviamente io sono stato brillante come al solito, ma voi due siete stati all'altezza. Vi eravate esercitati?»

«Non parliamone,» ringhiò Heathcliff mentre armeggiava con i bottoni della camicia. «Non ho bisogno di una valutazione della mia performance.»

Morrie gli diede una pacca sulla schiena. «Perché no? Un bel cinque stelle per te, Granatiere Culobrontolone. Ti scoperei di nuovo...»

«Darei *qualsiasi cosa* perché tu la smettessi di parlare, ora.» Heathcliff andò al cassetto della scrivania per recuperare il suo whisky.

«Qualsiasi cosa, hai detto?» Il sorriso diabolico di Morrie era tornato. «Che ne dici se faccio venire qui Socrate per mostrarti il suo ultimo tweet?»

«Non dirmelo,» gemette Heathcliff. «Dimmi che non hai mostrato al vecchio come si usano i social media.»

«Colpa di Mina.» Morrie si sfilò il telefono dalla tasca. «A quanto pare, *qualcuno* ha affermato che non approva la calunnia, quindi al momento la usa per prendere in giro altri filosofi con battute terribili. Per essere un nonnetto anziano che non riesce a tenere l'uccello dentro quel lenzuolo, è piuttosto intelligente. Guarda questa: "Quanti surrealisti ci vogliono per cambiare una lampadina?" Risposta: "Per me è la cipolla".»

«Ma se ha scoperto appena ieri, cos'è una lampadina! Tu ci hai messo lo zampino e la pagherai tu, Moriarty, se trasforma questo negozio in una specie di ritrovo per influencer hipster. La pagherai.»

Con uno sbadiglio toccai il telefono, che mi lesse l'ora ad alta voce: l'1:03 del mattino. Era tardi e il giorno dopo sarebbe stata una giornata impegnativa, ma sapevo che, anche se il mio corpo era ancora tutto squassato per il sesso incredibile, non sarei riuscita a dormire se non avessimo iniziato a lavorare. «Volete stare zitti e ascoltarmi? Sono tornata a casa per dirvi che c'è stata una quarta vittima. È Fiona, la ragazza di Jo. Jo è sconvolta. Vuole che indaghiamo.»

«Jo ci sta dando il permesso di intrometterci in affari che è meglio lasciare ai nostri onesti ragazzi e ragazze in divisa blu?» Morrie si sporse in avanti. «Voglio esserci anche io.»

«Non è una grande indagine.» Heathcliff infilò un piede nei pantaloni, saltellando mentre si tirava su la gamba. «Sappiamo già chi l'ha uccisa. Vive dall'altra parte della strada e probabilmente sta spiando dalla finestra il culo pallido di Morrie.»

«Certo che sta guardando. Questo culo è una casa stregata; fa urlare le persone, quando ci si infilano dentro.» Morrie mosse il culo nudo verso la finestra.

«Più che altro è pieno di demoni e di cose che ti uccideranno,» mormorò Heathcliff praticamente dentro il suo whisky.

Mi sfregai le tempie, avvertendo l'inizio di un gran mal di testa. «Jo non sa di Dracula, quindi questo ci dà la scusa perfetta per spillarle informazioni. Per esempio, stasera sono bastati tre G&T per scoprire che le donne uccise potevano essere tutte in possesso di terriccio rumeno. Quindi, quattro donne e quattro contenitori di terra. Ora non gli serve altro, perciò dobbiamo trovare e distruggere in fretta il resto delle scorte. So anche che Fiona conservava il terriccio in una cassa di legno intarsiato e che un'altra vittima, Dana, probabilmente stava cercando di vendere il suo su internet. Beh, non la terra, ma gli artefatti che erano nella terra. Si chiama...»

«Non discutiamone qui. Non sappiamo chi potrebbe essere in ascolto alle finestre.» Morrie balzò in piedi e indicò le scale. «Alla stanza degli omicidi.»

«Sssshhh.» Mi portai le dita alle labbra. «Cerca di non

svegliare nessuno dei nostri ospiti. Sotto la porta della cantina Victor ha ancora la luce accesa, e ho visto il Cavaliere Senza Testa andare dal suo cavallo, ma è meglio se Socrate e Robin non si intromettono. Vado a svegliare Quoth e... cosa?»

Anche nell'oscurità, non potei non notare lo sguardo teso tra Heathcliff e Morrie.

«Quoth è allo studio d'arte,» disse Heathcliff. «È uscito dopo cena.»

Le sue parole furono un pugno allo stomaco. Ero felicissima che Quoth si sentisse pronto a esporre le sue opere al pubblico degli acquirenti d'arte, e mi piaceva il modo in cui si era buttato nella mostra con tutto il suo essere, ma sentivo la sua mancanza. Quando era lì si comportava come se fermare Dracula fosse la cosa più importante del mondo, ma quando era preso dalla sua arte, dimenticava tutti e tutto al di fuori della sua testa, me compresa.

Dovrebbe essere qui.

Ma non era giusto. Quoth aveva bisogno di quella mostra. Aveva bisogno di credere in se stesso tanto quanto io credevo in lui. E non avrei permesso a Dracula di distruggere la possibilità che Quoth fosse felice.

«Gli mando un messaggio.» Inviai un rapido messaggio. Se Quoth avesse saputo cosa stava succedendo, sarebbe voluto tornare a casa per aiutarmi, ne ero certa.

Andammo tutti nel magazzino. Robin Hood fece capolino dalla porta. «Vi ho sentito parlare di omicidio? Perché se avete bisogno di uomini di buona volontà che combattano con voi, offro il mio arco per aiutarvi a catturare questo demonio.»

«È molto gentile da parte tua, Robin, ma è una cosa che dobbiamo affrontare da soli in questo momento.» Ero disposta a chiedere aiuto a Robin, soprattutto perché le sue frecce di legno erano praticamente dei pali scagliati ad alta velocità. Ma per il momento non volevo metterlo in pericolo.

«Ah.» Incurvò le spalle. «Ma naturalmente, capisco che per la vostra libreria non sono altro che un estraneo...»

Mi fece tenerezza. Non doveva essere facile essere strappati da una storia d'avventura in cui si è l'eroe che salva fanciulle a destra e a manca per diventare una ruota di scorta nella storia di qualcun altro. Ma non avevo tempo per smussare gli ego ingarbugliati: avevo il mio bel da fare con Morrie e Heathcliff. «Ti prometto che ti dirò se avremo bisogno delle tue abilità.»

Cercai di chiudere la porta, ma Robin la bloccò con uno stivale di cuoio. «Volevo informarvi che è arrivato un altro tipo. Si fa chiamare Puck, parla in una lingua strana e continua a dire che mi condurrà in giro, attraverso una palude, una boscaglia, dei rovi...»

Gemetti. *Ottimo. Proprio quello di cui avevamo bisogno.* «Grazie, Robin. In tal caso, il tuo aiuto mi serve. Prepara un letto per Puck nella stanza di Filosofia. Ti ho mostrato dove teniamo le lenzuola di ricambio. E se domani ti svegli con una testa d'asino al posto della tua, allora... beh, ehm... tu non farti prendere dal panico.»

Robin annuì, con la bocca serrata per la preoccupazione. Socchiuse la porta per far passare Grimalkin, poi la richiuse dietro di sé. Controllai due volte la serratura e vi posizionai davanti una pesante cassa, per evitare altri problemi.

Eravamo tutti stipati nella stanza dell'Occulto. Morrie preparava i Martini (perché ovviamente non potevamo avere una stanza segreta degli omicidi senza un bar) e io consultavo il sito web della Gazzetta di Argleton per cercare gli articoli su ognuno degli omicidi. Mentre il mio telefono mi leggeva le informazioni e io aggiungevo i dettagli appresi da Jo, Morrie scribacchiava appunti e Heathcliff sembrava malinconico.

«Non vedo perché dobbiamo farlo.» Heathcliff prese un secondo Martini dalle mani di Morrie. «Sappiamo esattamente chi ha ucciso queste donne. Tutto quello che dobbiamo fare è andare là, infilzargli il cuore e tagliargli la testa.»

«Non prima di aver eliminato tutta la terra,» dissi. «Dobbiamo trovare gli ultimi quattro depositi. La cassetta di Fiona sappiamo com'è fatta e...»

«...e io posso confermare che i manufatti di Dana Hill provengono da un sito archeologico rumeno. Uno studioso ottomano li ha identificati come rubati da uno scavo di tre anni fa.» Morrie mostrò un'immagine da un mercato online. «Guardate qui: un'immagine. Li ha messi tutti in questa scatola *di pálinka* scrostata. Certa gente non ha rispetto.»

Mi trattenni dal sottolineare che in realtà eravamo noi quelli che stavano ficcando il naso nella vita privata di quelle vittime. «E Miriam? Jo ha detto che effettivamente ha fatto un'escursione nei Carpazi, ma non capisco perché sia tornata a casa con uno zaino pieno di terra.»

«Basta sfogliare i suoi social media ed ecco la risposta.» Morrie brandì il telefono con aria trionfale. «Miriam conserva un piccolo barattolo di vetro pieno di terra proveniente da ogni luogo in cui fa escursioni. Ne ha uno scaffale pieno, a casa. Dice che durante quella escursione aveva dimenticato di portarsi via il barattolo di vetro, così prima di lasciare il sentiero si è riempita una scarpa di terra. Quindi stiamo cercando una scarpa puzzolente piena di terriccio. Fantastico. La terza vittima, Jenna, si sta rivelando sfuggente. Sto spulciando i suoi social e dubito che abbia mai lasciato Argleton, tanto meno che abbia viaggiato verso nebbiosi climi stranieri. Naturalmente farò un controllo più accurato.»

«Potrebbe non averla raccolta lei la terra,» gli ricordai. «Qualcuno potrebbe avergliela regalata, o... o... magari Dracula l'ha costretta a farsene spedire un po'. Però io mi chiedo: come faceva Dracula a sapere di questi depositi di terra? Jo ha detto che Fiona non ha mostrato a nessuno il contenuto della cassetta. Ha rivelato che l'unica altra persona che avrebbe potuto vederla era il funzionario della dogana che aveva controllato il contenuto.»

Morrie riprese il suo drink da Heathcliff. «Di cosa parliamo?»

«Fiona non voleva rischiare che la sicurezza dell'aeroporto le rifiutasse l'ingresso per via della cassetta,» dissi. «Così se l'è spedita, da Bucarest. A quanto pare, le è bastato ottenere un adesivo speciale di biosicurezza per essere a posto.»

«Come ci aiuta tutto questo?» Heathcliff aveva finito il suo Martini e stava scrutando la bottiglia di gin. «Non importa come le casse siano arrivate qui, ma solo dove si trovano *ora*. L'applicazione non ha mostrato nessun luogo nuovo. Dracula potrebbe averle nascoste ovunque.»

«Grey è stato così impegnato a fare il rompiscatole che forse non ha avuto il tempo di nascondere questi oggetti,» aggiunsi. «Potrebbero essere in attesa ovunque, anche nella casa qui a fianco.»

Morrie si sfregò il mento. «Vale la pena di indagare.»

«In che senso?» Heathcliff sgranò gli occhi.

«Dracula di giorno dorme, no? *E in più* abbiamo un passaggio segreto sotto il negozio che ci farà entrare nella sua tana senza che nessuno ci veda. Dobbiamo solo creare un diversivo per attirare Grey, poi intrufolarci all'interno, individuare la terra rimasta e neutralizzarla senza che se ne accorgano.»

«No.»

Lanciai un'occhiata a Heathcliff. «Perché no? È il piano più semplice che abbiamo.»

«Volete andare dritti nella tana della bestia? È un suicidio.»

«Sbagliato. Suicidio è stare seduti qui a bere tutto il gin.» Gli afferrai la bottiglia dalle mani prima che potesse versarsela in gola. «Ci siamo dentro fino al collo e ci serve il tuo aiuto.»

8

«Craaaaaa?»

Quoth giaceva a terra nella sua forma di corvo, con un'ala piegata in un angolo impossibile. Intorno al suo corpicino, una pozza di sangue. Girò la testa verso di me, gli occhi bordati di arancio pieni di dolore. Cercò di gridare di nuovo, ma era troppo debole; riuscì solo a emettere un suono affannoso che lo fece rabbrividire.

«No, no, no.» Il mio corpo tremava mentre lo prendevo tra le braccia. Era leggero come una piuma e terribilmente freddo. La testolina gli ricadde all'indietro, esponendogli il collo. Le mie dita si stinsero intorno a lui mentre sentivo la sua vita sfuggirgli dalle vene. *Non ho molto tempo.*

Mi portai alle labbra il corpo moscio e cominciai a bere. Il suo sangue mi riempì la bocca, caldo e stucchevole, con un sapore metallico. Non avevo mai assaggiato nulla di così delizioso.

Tic-tic-tic. Il suo sangue mi colava dagli angoli della bocca, finendo a terra.

Mina... tu puoi salvarlo, Mina. Vieni con me e potrai stare con lui per l'eternità...

Tic-tic-tic.

Cazzo. No.

Mi svegliai di soprassalto, madida di sudore. Deglutii a forza, ma sentivo ancora il calore metallico del sangue di Quoth sulla lingua.

Tic-tic-tic.

Che cos'era? Mi toccai i vestiti, alla ricerca di macchie di sangue. Non poteva essere. Era solo un sogno.

Tic-tic-tic.

No, non tic. *Tap*. Qualcuno stava picchiettando alla finestra della mansarda.

Mezza addormentata, mi avvicinai e aprii lo scuro. Con un grande batter d'ali, un grosso uccello nero saltò giù dal davanzale e si trasformò in un bellissimo ragazzo.

I capelli di Quoth mi ricaddero sul viso mentre si chinava per stringermi e darmi un bacio ardente. Gli portai una mano al collo e con il pollice gli sfiorai una vena. Sentivo il suo sangue pulsare sotto la pelle pallida, caldo, in un battito regolare e decisamente vivo. Assaggiare le sue labbra ora, dopo che in sogno avevo bevuto il suo sangue, mi sembrava davvero perverso, ma in un modo che mi spingeva a premere più forte contro di lui, scacciando i miei fantasmi con le sue labbra morbide e le sue ricche ciglia.

Ma non avevo dimenticato che ero arrabbiata con lui. Con riluttanza, mi tirai indietro. «Non hai ricevuto il mio messaggio?»

«Sono arrivato appena l'ho visto.» Mi accarezzò la guancia con le dita macchiate di colore, inclinando il viso di lato. Gli occhi spalancati mi lanciarono uno dei suoi sguardi innocenti da uccello, che quasi me lo fece perdonare all'istante.

Indicai la finestra, dove i primi raggi di sole facevano capolino all'orizzonte. «È mattina. Per tutta la notte non hai pensato di guardare il telefono? Sai che Dracula uccide le donne, e non hai controllato? Che fine ha fatto il "ti proteggerò sempre"?»

«Tu sei più forte di chiunque altro conosca.» Le dita di Quoth mi strinsero il collo, irradiandomi il fuoco nella pelle. «E ci sono Heathcliff e Morrie. Non pensavo che avresti avuto bisogno di me. Se fosse successo qualcosa di grave, me lo avresti detto.»

«Come? Non avresti nemmeno visto il messaggio. Se ti avessi chiamato, non avresti sentito il telefono. Quando dipingi sei in un altro mondo, e adoro questa cosa, ma qui abbiamo una situazione seria e a te sembra non interessare.»

«Certo che mi interessa.» Il letto scricchiolò quando Quoth si infilò dietro di me, il suo petto nudo perfettamente aderente alla mia schiena. Le sue mani mi presero le ginocchia, stringendomi contro di lui come se avesse voluto infilarsi sotto la mia pelle. Lo toccai, percependo ogni singola imperfezione della sua pelle e la consistenza leggermente diversa dove non aveva rimosso tutta la vernice.

«Mi manchi.» Mi appoggiai all'indietro sulla sua spalla, e lo sbirciai. Da quella angolazione avevo una visione completamente nuova di lui: vedevo le narici e la linea appuntita del suo mento, il modo in cui gli zigomi sfuggivano all'indietro per rivelare le ciglia scure e piumate agli angoli degli occhi. Prova che qualsiasi panorama di Quoth era un panorama fantastico.

Sospirò. «Basta che tu dica una sola parola, e io rinuncerò alla mostra.»

«Non è affatto quello che voglio.» Gli presi il mento, tirando il suo viso verso di me. «Tu ti meriti questo. Ne hai *bisogno*. Però non è che per dipingere puoi abbandonare il mondo. Non puoi stare fuori tutta la notte quando abbiamo bisogno di te. Dracula ha ucciso la ragazza di Jo. Abbiamo decifrato la maggior parte degli indizi per recuperare le ultime quattro casse di terra, però ci servivi tu. Abbiamo ancora bisogno del tuo aiuto.»

Quoth mi premette le labbra sul collo, appena sopra la clavicola. Tutto il suo corpo fu scosso da un brivido. I suoi capelli mi ricaddero sul viso, una sensazione piacevole quando mi sfiorarono la pelle. «Mi dispiace di averti delusa. E mi dispiace che Jo abbia perso Fiona. Ti prego, dimmi cosa è successo e come posso aiutarti.»

Ascoltò con gli occhi socchiusi e le dita che danzavano come fuoco sulla mia pelle, mentre gli raccontavo tutto quello che era successo la sera prima e come intendevamo perquisire la casa di Dracula per trovare la terra rimasta. «Quindi alla fine non avete avuto bisogno di me. Avete capito tutto lo stesso.»

Gli strinsi una mano. «Non è vero. Quando non ti ho visto, mi sono sentita... sola. Abbiamo bisogno di te. Anche a Jo sei mancato. Ha detto che le sarebbe servito un abbraccio di Allan. Tu dai i migliori abbracci del mondo.»

Ora mi stava abbracciando: forte, malinconico e sorprendente. Era così leggero che mi chiesi, come mi capitava spesso, come facesse a non volare via da me. Com'era possibile che io potessi stare con quell'uomo meraviglioso e gentile che non mi chiedeva nulla, ma mi amava incondizionatamente, che amava con un amore che era più grande dell'amore, che amava come solo un prodotto della penna di Edgar Allan Poe avrebbe saputo amare.

«Una volta,» disse, con il viso nascosto tra i miei capelli, «sono volato via.»

Le sue parole mi fecero correre un brivido lungo la schiena. Sapevo che dietro vi era un dolore di cui raramente parlava. Aspettai che continuasse.

«Heathcliff e Morrie erano di sotto che bisticciavano. Quel tipo di battibecco che fanno sempre e che riguarda più che altro le cose che potrebbero dirsi ma che non si dicono. E ho capito quanto profondamente avessero bisogno l'uno dell'altro. Ho capito che se uno di loro due fosse scomparso, l'altro avrebbe sfondato tutte le porte del villaggio, ribaltato ogni pietra, pur di ritrovarlo. Ma io non ho mai sentito quel tipo di legame con loro. Loro erano gentili, però avevano il loro mondo, e io il mio, a parte incrociarci in momenti imbarazzanti mentre andavamo a fare la doccia. Ho fatto finta che mi piacesse così, di non avere bisogno di amici disposti a bruciare il mondo per me, di poter sorvolare la terra senza toccarla per davvero, di insinuarmi in ogni fessura e allontanarmi da ogni cosa perché non mi apparteneva. Però non era così.» La sua voce si incrinò. «Avrei voluto più di ogni altra cosa un legame come il loro, essere desiderato tanto quanto *io* desideravo, cioè disperatamente. Un desiderio che mi riempiva tutto il corpo fino alle dita dei piedi. Un po' alla volta, quel desiderio mi ha divorato finché non sono diventato un guscio vuoto, finché non sono stato altro che desolazione.

«Così sono volato via. Avevo solo pensieri oscuri: loro non mi volevano, nessuno mi voleva, ero un'anima spezzata, un disgraziato maledetto che non doveva esistere. Loro sarebbero stati meglio senza di me, non si sarebbero nemmeno accorti che ero scappato. Così ho raggiunto in volo le profondità del bosco King's Copse. Ho seguito il ruscello, volando abbastanza basso da sfiorare l'acqua con la punta delle ali. Mi sono fermato nell'incavo di un'antica quercia e ho pensato...» le sue spalle ebbero un sussulto «...che quello era un bel posto per morire.»

«No...» sussurrai, stringendolo forte.

«Mi sono rintanato nella cavità del vecchio albero nodoso e ho immaginato che, se avessi chiuso gli occhi abbastanza a lungo, sarei svanito di nuovo nelle pagine della mia poesia, e lì sarei almeno tornato al mio vero scopo: il cupo, sgraziato, spettrale, smunto e minaccioso uccello di un tempo. Anche essere un portatore di sventura sarebbe stato meglio di ciò che ero in questo mondo: un fantasma, una cosa nascosta, un miserabile solitario e senza amore.»

«Quoth, poi cosa è successo?»

«Morrie,» replicò Quoth ridendo. «Ho scoperto che un giorno, mentre dormivo, Morrie mi aveva messo un localizzatore in un'ala: l'hanno seguito nella foresta finché non mi hanno trovato. Appena in tempo. Non mangiavo da tanto e quella notte faceva così freddo che le punte delle ali mi si erano congelate.»

«Quoth...» Lo strinsi contro di me, tenendogli forte le braccia. Alzai lo sguardo verso quei profondi occhi castani dai bordi bronzei, come una foresta in fiamme. I capelli gli ricadevano sulle spalle, mentre raccoglievano e riflettevano le luci dell'alba, le ciocche illuminate da fugaci sfumature di colore: indaco, lavanda, rame, oro.

Mi scesero delle lacrime. Non riuscivo a immaginare il mondo senza Quoth. Non volevo che si sentisse mai più così.

«Grazie per avermelo detto,» sussurrai. «Non dovresti mai sentirti solo.»

Quoth infilò il naso tra i miei capelli. «Sento il loro odore su di te, l'odore di entrambi. Ora che Heathcliff e Morrie hanno trovato l'uno nell'altro i pezzi che mancano a ognuno di loro, voi tre vi incastrate come pezzi di un puzzle. Non c'è posto per me. Non ci sarà mai. Ma mi va bene così, mi basta avere te.»

Le mie lacrime ricaddero sul piumone. «Per favore, non dire così. Certo che c'è posto per te. So che c'è, perché il solo pensiero di perderti mi fa sentire il cuore vuoto.» Tirai su con il naso. «Ora tocca a me raccontarti una storia. Ricordo quando ho ricevuto la prima diagnosi. Mi odiavo. Sentivo che in qualche modo era colpa mia, che mi ero fatta io questo, che mi ero rovinata la vita. Pensavo che la mia vita fosse finita, e all'epoca lo era. Mi ero convinta che quando entravo in una stanza, le persone *vedessero* che ero diversa. Sentivo che si allontanavano, come se non volessero essere contagiate dalla mia sfortuna. Era tutto nella mia testa perché avevo paura e mi sentivo sola, ma saperlo ora non mi aiuta retroattivamente.» Scossi la testa. «Per la sua campagna autunnale, Marcus aveva organizzato una festa in cui mi sono trovata sul balcone con uno stupendo panorama, e lì ho pensato a quanto sarebbe stato facile buttarsi di sotto.»

Quoth mi strinse forte, premendo la guancia contro la mia in modo che le nostre lacrime si mescolassero. Continuai. «Quei pensieri mi accompagnavano ogni giorno, soprattutto dopo che Ashley aveva fatto quello che aveva fatto. Pensavo: "Come può amarmi qualcuno?" Continuavo ad aspettare di vedere il lato positivo, ma poi la mia migliore amica si è allontanata da me e mi è sembrato che l'universo mi avesse preso a pugni mentre già ero a terra. È in parte per questo che sono tornata ad Argleton: avevo bisogno di scoprire chi sarei stata, da cieca. Ma il punto è che non mi sento più così. Marjorie dice che sono le barriere, gli atteggiamenti e l'esclusione da parte della società ciò che ci rende disabili, non i nostri occhi o le nostre... *piume*. Il mondo non è fatto per persone come noi, e a volte ci si sente soli. Ma non dobbiamo più sentirci soli, né io né te. Perché ci siamo l'una per l'altro, e abbiamo Heathcliff, Morrie, i nostri amici, la nostra arte e le nostre vite. È come dice Heathcliff: «Ciò che non ti uccide ti dà dei malsani meccanismi di sopravvivenza e un malvagio senso dell'umorismo.»

Quoth rise, con una risata morbida, calda e musicale. Come eravamo simili: solo noi sapevamo di cosa aveva bisogno l'altro. Gli accarezzai una guancia e lui accarezzò me. «Non vedo l'ora che tu veda i miei quadri.»

«Mostrameli adesso. Forse ti sentirai meglio.»

Lui scosse la testa. Quando parlò di nuovo, la sua voce era di velluto scuro. «Sono distrutto. Non ho dormito tutta la notte.

Hai bisogno di me adesso per Dracula, o posso fare un pisolino?»

Lo coricai sui cuscini. Lui socchiuse le palpebre, le ciglia lunghissime che gli sfioravano gli zigomi. Gli baciai gli occhi. «Dormi bene, mio principe. Ti sveglio io quando avremo bisogno di te.»

9

Il problema nel progettare un'irruzione alla tana di un vampiro in pieno giorno era che avevamo bisogno di una finestra di tempo in cui poter entrare e uscire senza che nessuno se ne accorgesse. E c'era una cosa che poteva sventare anche il piano segreto meglio congegnato: i clienti.

Beh, sì, oltre ai personaggi di fantasia. Tra Robin, Socrate, il Cavaliere Senza Testa e Puck, il folletto shakespeariano nuovo di zecca, non avevamo alcuna speranza di mantenere un profilo basso mentre svolgevamo i nostri loschi affari. Ma quel giorno in particolare i clienti minacciavano di essere un vero impiccio.

L'inaugurazione del festival di Halloween della signora Ellis aveva preso il via con un'esibizione di musica a tema da parte del coro del villaggio presso la chiesa presbiteriana (non era musica satanica, come temeva Dorothy Ingram, nonostante il loro medley di canzoni dei Cure fosse piuttosto diabolico). Anche se lo spettacolo non iniziò prima delle tredici, già alle nove il villaggio brulicava di persone con ogni sorta di costumi assurdi. Per qualche ragione misteriosa, tutti volevano comprare libri.

Forse era stata l'insegna spettrale alta più di un metro che avevo realizzato per l'inizio di Butcher Street e le impronte mostruose che avevo disegnato sul marciapiede fino al negozio, ma dal momento in cui avevo esposto l'insegna, un flusso costante di persone era entrato nel negozio alla ricerca di qualche libro spaventoso.

Heathcliff voleva chiudere il negozio per tutto il giorno per concentrarsi sulla nostra missione di ricerca del terriccio, ma a dire il vero Heathcliff voleva chiudere il negozio ogni giorno, e io mi rifiutai di cedere. Con il cantiere di Grey che rendeva Butcher Street poco attraente per i passanti, avevamo bisogno di vendere il più possibile. Inoltre, avevo visto Grey nei dintorni che supervisionava il lavoro dei suoi operai. Non dovevamo fare nulla che potesse insospettirlo, e chiudere il negozio in un giorno di grande traffico avrebbe sicuramente attirato l'attenzione.

Così rimasi bloccata alla scrivania mentre aspettavamo l'occasione giusta per entrare in azione. Una donna che indossava una stola di pelliccia e una gonna a tubino incredibilmente stretta si avvicinò alla scrivania e mi mise davanti un campione di vernice. Con un'unghia perfettamente curata indicò un colore chiamato "Bianco Divino". «Vorrei un libro in tinta con questo colore, per cortesia.»

«Lei... cosa?»

Si abbassò gli occhiali sul naso per scrutarmi come se fossi una stupidotta. «Voglio che tu trovi un libro che si abbini a questo colore. Sto ristrutturando il salotto e mi piace che i colori siano abbinati.»

Anche se non lo vedevo, sentivo dall'altra parte della stanza Heathcliff che si raccoglieva in una nuvola nera di rabbia che ci avrebbe travolti tutti.

«Mi dispiace, ma sono cieca, quindi non sarò di grande aiuto.» Le restituii i campioni. «Perché non sceglie un libro dal tavolo degli sconti e non dipinge la copertina con questo colore?»

«Tavolo degli sconti?» Le si illuminarono gli occhi. «Potrei riempire un intero scaffale di Bianco Divino. È un'idea eccellente.»

Mentre la donna passava in rassegna le pile di libri di Dan Brown di cui cercavamo disperatamente di liberarci, Morrie arrivò con una pila di libri di biologia che aveva trovato negli scaffali di narrativa e un volantino che pubblicizzava lo spettacolo odierno.

«Ecco la nostra finestra,» sussurrò Morrie, indicandomi il foglietto. «Tutti gli abitanti del villaggio saranno allo spettacolo. Possiamo mettere un cartello sulla porta per dire che parteciperemo anche noi, ma nessuno si accorgerà se non saremo tra la folla. Sarà il momento perfetto per intrufolarsi nella dimora di Dracula e curiosare un po'. Dobbiamo solo assicurarci che Grey sia fuori.»

«Ma come facciamo?» Heathcliff emerse dalle cataste di Poesia.

«Facile.» Sorrisi quando notai un familiare boa di piume rosa passare saltellando davanti alla finestra.

Un attimo dopo, il campanello del negozio trillò. Il consueto profumo di giacinto annunciò l'arrivo di una delle nostre clienti preferite.

«Mina.» La signora Ellis si diresse verso di me, vestita come una strega cattiva in piena regola, con un abito di pizzo (era il suo abito da sposa, l'avevo aiutata io a tingerlo un paio di settimane prima), un cappello da strega a tesa larga e un gigantesco naso adunco finto, completo di una pustola molto realistica sulla punta.

«Ciao, tesoro.» Cynthia Lachlan fece capolino da dietro la signora Ellis, vestita da strega, con un abito da Morticia Addams con una scollatura profonda. Immaginai che stesse morendo dal freddo. Mi lasciai salutare con una quantità esagerata di baci sulle guance, dati in aria.

Erano insieme a una terza donna. Quando si fecero da parte, riconobbi Deirdre, la postina del villaggio, vestita da strega. Si guardò intorno. «Ciao, Mina. C'è l'uccello del negozio?»

«No, è... di sopra, che mangia delle bacche.»

«Oh, che peccato.» Tirò fuori dalla borsa un pacchetto e me lo porse. «Volevo dargli questi dolcetti per uccelli. Il nostro corvo ne va matto.»

«Il vostro corvo?» La signora Ellis si rivolse all'amica.

«Sì, non te l'ho detto? Abbiamo un amico uccello che viene all'ufficio postale. Mi chiedevo se potesse essere un amico del vostro, anche se sembra addestrato meglio: non ha ancora defecato sui clienti. Lui si limita a saltellare sul davanzale della finestra e ad aspettare che gli diamo da mangiare.»

«Ah, beh, grazie.» Infilai il pacchetto in tasca. «Sono sicura che il nostro uccello adorerà questi dolcetti.»

«Ti piacciono i nostri vestiti?» Cynthia ridacchiò facendo il giro su se stessa. «La Società delle Cacciatrici di Spiriti in stile Halloween.»

«Siete tutte fantastiche!» mi congratulai. «Anche se, ovviamente, sono di parte. Come vanno le cose alla chiesa?»

«Oh, una meraviglia. Il nuovo parroco, il reverendo Mosley, è davvero un bravo ragazzo. Ci ha permesso di mettere ogni tipo di decorazione, compresa qualche zucca intagliata sui gradini della chiesa. Ed è anche piuttosto bello.»

«Capelli biondi e occhi blu oceano,» disse Cynthia sognante.

«Ed è alto,» commentò Deirdre. «Con quelle *spalle*. Potrebbe giocare nella squadra di cricket locale.»

«E quella parlata irlandese,» aggiunse la signora Ellis. «Mi ha fatto venire i brividi.»

«Basta che teniate le mani a posto durante la funzione,» le

avvertii con un sorriso. «Il buon reverendo si è già attirato le ire della nuova società di Dorothy Ingram. Non vorrei che la folla inferocita lo cacciasse dal villaggio per i suoi atteggiamenti sconvenienti.»

La signora Ellis liquidò le mie preoccupazioni con un gesto della mano. «Secondo me, Dorothy Ingram dovrebbe giocare un po' più spesso a dottore e infermiera, così forse non ficcherebbe il naso negli affari altrui. Se la sta prendendo solo perché ha paura di Dracula. Tutti ne hanno, ovviamente, ma non si sentono in dovere di andare in giro a rovinare la festa a tutti.»

«La mia Sally si è unita al suo gruppetto,» aggiunse Deirdre. «Com'è che si chiamano?»

«Difesa contro l'Immoralità, l'Adulterio, la Bestialità, Lucifero e l'Occulto,» intervenne Morrie. «Si scrive DIABLO.»

La signora Ellis scoppiò in una sonora e grassa risata, con il capo sollevato all'indietro. «Oh, santo cielo. Scommetto che quando Dorothy se ne è resa conto si sarà messa a sputare fulmini. Senti, Mina, volevamo vederti perché ci chiedevamo...»

«Sì?» *Ecco. Sapevo che non si trattava di una semplice visita di cortesia.*

«So che avete già una bancarella alla fiera di domani e che il caro Allan ha la sua esposizione, ma mi chiedevo se poteste considerare di ospitare le Cacciatrici di Spiriti per una piccola indagine paranormale nel negozio, come parte del festival.»

«Oh, accidenti, beh...»

«Ti prego, magari ci mettiamo anche un vicario sexy?» La signora Ellis si strinse le mani. «Con tutti gli omicidi a opera di vampiri che ci sono da queste parti, siamo sommerse dalle richieste da parte di famiglie locali. Ma siamo pronte a espanderci. Lanciatissime! Vogliamo fare un'audizione per *Ballando con i Fantasmi*.

«Cosa?»

«*Ballando con i Fantasmi*. È lo show del momento, cara,»

intervenne Cynthia. «È una gara non solo di danze, ma anche di sfide paranormali con diverse squadre provenienti da tutto il Paese. Crediamo davvero che le Cacciatrici di Spiriti potrebbero aggiudicarsi il primo premio e far conoscere Argleton.»

«Però abbiamo bisogno di una location per girare il nostro video di presentazione,» aggiunse Deirdre. «Dobbiamo dimostrare le nostre capacità durante una vera e propria indagine paranormale. Tutto quello che voi dovreste fare è lasciarci passare la notte nel negozio, e ci penseremo noi a sistemare la nostra attrezzatura e a fare le nostre cose. Non vi accorgereste nemmeno della nostra presenza.»

Aspetta, cosa? «Oh... ehm...» Un flash arancione mi passò davanti agli occhi. Sentivo l'emicrania in arrivo, ma non pensavo che avesse a che fare con gli occhi. «E perché no alla Lachlan Hall? Quel posto è antico. Ci sarà sicuramente qualche fantasma da quelle parti.»

«Ma ti prego. Anche tutte le altre squadre faranno qualcosa in una sala vecchia e incrostata.» La signora Ellis agitò le mani. «Noi vogliamo essere diverse. Vogliamo *distinguerci*. E guarda qui: questo posto è l'ideale per gli esseri soprannaturali, te lo garantisco. Ho fatto delle ricerche e ho scoperto che la libreria è in questo luogo fin dai tempi del Doomsday Book! E con tutti i macabri omicidi che sono avvenuti qui, ci deve essere qualche interessante attività paranormale da scoprire. E noi intendiamo scoprirla.»

Inquieta, spostai il peso del corpo da un piede all'altro. «Non ne sono sicura. Al momento abbiamo dei problemi idraulici, e finché non saranno risolti potrebbe essere pericoloso lasciarvi libere di circolare nel negozio dopo l'orario di lavoro. Questioni di sicurezza, insomma.»

E poi c'è la piccola questione del negozio che porta in vita i personaggi letterari e la stanza che viaggia nel tempo al piano di sopra. Ah, e il vampiro assetato di sangue che vive dall'altra parte della strada e che cerca di mettere le mani sulla magia della Nevermore. Tutte considerazioni importanti per la sicurezza.

Neanche a farlo apposta, dalla cantina arrivò un botto seguito da un gemito sussurrato. La signora Ellis mi fece un sorrisetto come per dire: *Te l'avevo detto.*

«Non c'è da preoccuparsi, siamo preparate anche a questo.» La signora Ellis estrasse dalla borsa un mucchio di documenti. «Abbiamo tutti i documenti: deroghe, sicurezza del cantiere, assicurazione di responsabilità civile. Tutto approvato dal Comune.»

«Abbiamo frequentato un corso,» aggiunse Deirdre. «Spaventosamente noioso, ma il tutor era un bel bocconcino.»

«E poi usiamo solo i metodi scientifici più recenti per la ricerca dei fantasmi,» aggiunse Cynthia. «Abbiamo tutta la tecnologia necessaria: misuratori di campi elettromagnetici, termometri a infrarossi, contatori Geiger, sensori di movimento a ultrasuoni. Prendiamo molto sul serio il nostro lavoro. Anzi, abbiamo già allontanato una *banshee* dall'Argleton Arms Hotel e sconfitto un fastidioso poltergeist nella sala dei puzzle della residenza per anziani. E ora che tua madre e Sylvia sono della squadra, avremo ancora più potere spirituale a supportare le nostre indagini.»

Avrei dovuto sapere che mia madre non avrebbe resistito all'attrazione della Società delle Cacciatrici di Spiriti. Era l'ultima cosa di cui avevamo bisogno, ma non riuscivo a trovare una scusa che me le togliesse dai piedi. E poi, avevo bisogno di avere Cynthia dalla nostra parte.

Feci un sospiro. «E va bene, potrete fare la vostra indagine paranormale nella libreria.»

Heathcliff alzò le mani e salì al piano di sopra.

«Grazie, Mina...» La signora Ellis mi abbracciò. «Sapevo che potevamo contare su di te.»

Mi rivolsi a Cynthia. «Dovrai controllare che il cantiere di tuo marito non lavori. Fanno un rumore terribile, anche di notte. Non vorrei che disturbasse la vostra attrezzatura scientifica durante la grande prova.»

La donna strizzò gli occhi in una smorfia. «Lo farò. Mi dispiace tanto, cara. Mio marito è un perfezionista: non si darà pace finché quello squallido caseggiato non sarà pronto per essere venduto, e che siano maledetti tutti quelli che lo ostacolano. Ci sta rimettendo la salute: devi averlo visto in giro, Mina. Non sta bene. Non torna più a casa la sera, sta solo in quello sporco cantiere.»

Oppure in una bara accanto al suo padrone, pensai, ma non lo dissi.

Le sorrisi. «Credo che dovresti trascinare Grey al concerto. Ha bisogno di una pausa.»

«Sì, Cynthia, è un'idea meravigliosa.» La signora Ellis strinse la mano dell'amica. «Grey dovrebbe riuscire ad allontanarsi per un'oretta per vedere il concerto con te. Ti ha ignorato abbastanza a lungo.»

«Ma Grey non sarebbe interessato a...»

«Non è per la musica.» La accompagnai alla porta. «Dovresti vederla come un'opportunità per farti ammirare con quello splendido vestito. O forse dovresti flirtare un po' con il bel reverendo, per farlo ingelosire. Forza, non accettare da Grey un no come risposta.»

«Hai proprio ragione. Grazie, Mina.» Cynthia salutò la signora Ellis e Deirdre e attraversò di corsa la strada per fare una sorpresa al marito.

Non appena il resto delle Cacciatrici di Spiriti si diresse verso la chiesa, Morrie e io appiccicammo il naso alla finestra. Un attimo dopo, Cynthia uscì dal cantiere, trascinandosi dietro Grey che protestava animosamente, con un enorme cappello di paglia a tesa larga calato sul viso, senza dubbio per proteggere la sua pelle sensibile e vampiresca dal pallido sole inglese.

«Heathcliff, tesoro,» urlò Morrie verso il piano di sopra. «È ora.»

Heathcliff scese sbattendo i piedi e borbottando sottovoce. Controllammo che in negozio non ci fossero clienti, poi Morrie andò di sopra a prendere Quoth ancora mezzo addormentato, mentre Heathcliff girava l'insegna e io bussavo alla porta del seminterrato.

«Victor, ci serve il seminterrato per un po'.»

«Ehm...» rispose una voce impegnata. «Vedi, il fatto è che sono proprio nella parte più critica del mio esperimento... Ehi, toglimi le mani di dosso.»

«Fuori, secchione.» Heathcliff prese Victor per il colletto e lo portò via dal seminterrato. «E anche tu, uomo verde,» urlò a Robin Hood, che ci scrutava penzolando dal balcone mentre faceva roteare una freccia tra le dita. «E portati dietro anche il folletto, l'Insta-maniaco e il muto.»

Uno dopo l'altro, i nostri personaggi uscirono dalla porta principale del negozio. Quando Puck passò accanto a Heathcliff, lo guardò con un ghigno in faccia: *«La mia padrona si è innamorata di un mostro...»*

«No.» Lo spinsi verso la porta. «Non puoi trasformare Heathcliff in un asino, e neanche in un tricheco, o in un delfinio. Non trasformerai nessuno in niente, altrimenti ti farò dormire a letto con Socrate. Hai capito?»

Il folletto mi fece la linguaccia e seguì gli altri saltellando.

Almeno sono vestiti giusti per l'occasione.

Morrie accese la lampadina nel seminterrato, ma la luce era così fioca che si vedeva appena. Quoth mi si posò sulla spalla, gli artigli affilati sulla pelle mi infondevano sicurezza. Morrie andò per primo, e io lo seguii con una mano appoggiata sulla sua spalla e l'altra che strisciava lungo il muro di pietra. Avevo lasciato Oscar di sopra nella sua cuccia: non l'avrei mai messo in pericolo portandolo nella tana di Dracula. Anche se ora mi mancava, mentre mi inoltravo alla cieca nella penombra dietro Morrie. Oscar non era un semplice animale domestico, era i miei occhi, e odiavo il senso di impotenza che provavo nell'esserne privata.

No, non sono impotente. In questo seminterrato riesco a vedere cose che Morrie non nota, solo in modo diverso. Per esempio...

«Guarda qui.» Il mio piede urtò una prolunga, che sollevai perché Morrie la vedesse. Il cavo che avevo tra le dita era umido. «Quel bastardo sfacciato sta usando la corrente del negozio per alimentare i suoi esperimenti. Con le tubature che perdono, potrebbe appiccare un incendio quaggiù.»

«Se ci fanno un'ispezione per la sicurezza sul luogo di lavoro, ci fanno chiudere di sicuro.» Il piede di Morrie schizzò nell'acqua che bagnava il pavimento della cantina. «Victor non scherzava riguardo all'umidità. Ora le mie scarpe preferite si rovineranno.»

Persino le mie Docs impermeabili si erano un po' inzuppate con l'acqua gelida quando avevo attraversato il pavimento allagato dietro a Morrie. Lui sollevò la torcia del suo cellulare e io riuscii a scorgere una forma bitorzoluta su un tavolo nell'angolo, coperta da una delle mie lenzuola bianche e circondata da strani macchinari. Non ci tenevo a vedere cos'era.

Io e Morrie spostammo le pile di sedie e i vecchi scaffali che avevamo usato per sbarrare il passaggio segreto, poi staccammo i fogli di compensato che Heathcliff aveva inchiodato mesi prima. Lasciammo al loro posto l'aglio e gli oggetti magici, nel caso in cui qualcosa avesse deciso di inseguirci al rientro.

Le dita di Morrie afferrarono le mie. Quoth mi sfiorò la guancia con la parte superiore della testa. Gli diedi un bacio sulle piume prima che aprisse le ali e si allontanasse nell'oscurità. Tornò pochi istanti dopo; si posò sulla mia spalla e annuì. «Cra.»

Il passaggio è vuoto e io vado in strada ad aiutare Heathcliff a fare la guardia. Stai attenta, Mina.

«Anche tu.» Gli accarezzai la testa. Emise un altro *craa*, poi volò su per le scale della cantina.

Io e Morrie ci inoltrammo nel tunnel, muovendoci con attenzione sul pavimento bagnato e cercando di evitare gli archi bassi che sostenevano il tetto. I nostri piedi scalpicciavano nell'acqua, che diventava sempre più bassa man mano che ci allontanavamo dalla libreria: evidentemente il terreno era leggermente inclinato verso l'alto. Raggiungemmo le scale all'altro capo e le percorremmo il più in silenzio possibile. Le pareti che toccavo passarono da pietra a legno. Eravamo tra le pareti del vecchio appartamento della signora Ellis.

Dracula era a conoscenza di quel tunnel: era il motivo per cui Grey Lachlan aveva acquistato la proprietà. Sapevo che voleva mettere le mani sulla magia della Libreria Nevermore, anche se nessuno poteva immaginare come pensava di usarla, visto che nessuno di noi aveva idea del perché il negozio facesse quello che faceva. Ora che Dracula stava bevendo sangue a volontà, presto sarebbe diventato più forte che mai. Abbastanza forte da superare le protezioni che usavamo per sorvegliare il negozio? Non volevo scoprirlo.

Morrie si fermò e un attimo dopo sentii uno scatto, seguito da un lento cigolio quando la porta segreta si aprì verso l'esterno. Io strinsi il braccio di Morrie mentre scendevamo in una piccola stanza.

L'ultima volta che eravamo entrati in quella stanza, era stata preparata per Jonie, la nipote della signora Ellis. Le pareti erano state dipinte di giallo e ricoperte di poster, e tutto intorno c'erano i suoi vestiti e le pile di regali che aveva rubato dall'albero di Natale per la beneficenza in paese. Ora la stanza era quasi completamente spoglia. Al posto del giallo, le pareti erano state ridipinte di un fresco blu notte che assorbiva la luce della torcia di Morrie. Nell'angolo c'era un candelabro di ferro che reggeva tre candele lunghe e sottili da cui proveniva una pallida luce, appena sufficiente da permettermi di distinguere l'oggetto scuro al centro.

Una lucida bara di mogano.

IO

D eglutii. *Avvertivo* il peso della cattiveria in agguato sotto il coperchio.

Dracula è lì dentro.

Sono in una stanza con un vero e proprio vampiro.

Fino a quel momento non avevamo visto in faccia il nostro nemico. Lo conoscevamo solo nella sua forma di pipistrello nero, appeso alla finestra di fronte, oppure come l'ombra minacciosa descritta da mio padre nelle sue lettere e nascosta dietro il volto inquietantemente deturpato di Grey Lachlan. Non avevo bisogno di vedere Dracula per conoscerlo, perché da adolescente avevo amato il libro di Bram Stoker e perché la sua malvagità mi visitava in sogno ogni notte, facendomi fare cose orribili alle persone che amavo.

Ma la bara rendeva tutto *reale*. Eravamo davvero nella tana della bestia assopita.

«Potrei aprirla ora.» Morrie alzò il paletto di legno che aveva portato con sé. «Finirebbe tutto in pochi istanti. Potremmo aspettare che Grey torni e lo trovi, e poi seguirlo fino al posto in cui hanno nascosto la terra.»

Una parte di me avrebbe voluto sollevare il coperchio e

trovarsi faccia a faccia con il mostro che aveva tormentato i miei pensieri per tanti mesi. Dare un volto a quel demonio lo avrebbe reso conoscibile, conquistabile. Saremmo intervenuti durante il suo sonno diurno, mentre era morto al mondo e incapace di percepire la nostra presenza.

Deglutii, allontanandomi dalla bara. «È troppo rischioso. Perderemmo il vantaggio della sorpresa. Ormai ci siamo quasi. Atteniamoci al piano.»

Mentre passavamo intorno alla bara, tenevo la schiena schiacciata contro il muro. Non volevo più stare in quella stanza.

C'era una stretta scala a chiocciola che portava al primo piano, all'angolo per la colazione: la signora Ellis di solito la separava dal resto della stanza con una decorazione fatta all'uncinetto, tranne quando c'era Jonie. Ci avvicinammo al tavolo e dall'altra parte del corridoio vedemmo la stretta cucina e il soggiorno. Senza la miriade di soprammobili della signora Ellis in ogni angolo, i nostri passi rimbombavano. La luce che filtrava dai teloni del cantiere applicati alle finestre mi consentì di distinguere un tavolino e un paio di sedie piene di attrezzi, progetti esecutivi e contenitori con il pranzo dei muratori. Su uno scaffale in alto erano allineati alcuni oggetti.

Morrie prese una scaletta e raggiunse lo scaffale. «Questo ti sembra familiare?» Mi porse un oggetto.

C'era troppa poca luce e non ci vedevo bene. Ma passai le dita sulla superficie, e percepii il disegno di una spirale incisa nel legno. «È la cassetta di Fiona. Aprila.»

Il chiavistello scattò. «C'è della terra dentro,» sussurrò Morrie, restituendomelo.

Mi infilai la cassetta sotto il braccio. «E questi altri oggetti?»

«Una scarpa... anch'essa piena di terra.» Morrie la lasciò cadere sul bancone. «Ha un odore *delizioso*. È sicuramente la scarpa di qualcuno che ha attraversato i Carpazi. E c'è una scatola di scarpe piena di terra e... altre cose che sospetto siano piccole ossa e pezzetti di monete e gioielli.»

Presi gli oggetti da Morrie, storcendo il naso. Aveva ragione: la scarpa di Miriam conservava sicuramente l'aroma della sua ultima escursione. «Cos'altro c'è lassù? C'è un oggetto di Jenna? Deve averle preso qualcosa.»

«Non c'è niente.» Morrie saltò giù e cominciò ad aprire i barattoli del caffè e del tè. Sul bancone notai il vecchio barattolo di biscotti della signora Ellis, a forma di mucca.

«Deve essere qui da qualche parte...»

«Oh, Mina Wilde.» Era la voce di Grey Lachlan, dalla porta d'ingresso. «Esci, esci ovunque tu sia. So che sei qui dentro. Credo che io e te dobbiamo farci una bella chiacchierata.»

II

*M*erda.

Le mie dita volarono rapide alla borsa, in cerca della mia scorta di acqua santa e di ostie da comunione. Non sapevo cosa avesse in mente di fare Grey, ma avrei distrutto la terra prima che avesse fatto qualsiasi mossa.

«Co... come hai fatto a scappare da tua moglie?» chiesi nella penombra. Morrie si spostò, mettendosi tra me e Grey. Le mie dita strinsero la bottiglia dell'acqua santa e con le unghie cercai di aprire il tappo di sughero.

Ti prego, per Hera, fa' che funzioni...

«L'improvviso interesse di Cynthia per questa insipida festa di Halloween mi aveva insospettito.» Grey venne verso di noi barcollando. Accese la luce. Da dietro Morrie non riuscivo a vederlo, ma potevo sentire l'euforia nella sua voce per averci trovati nella tana del suo padrone. «È una fortuna che sia tornato qui e vi abbia colti in flagrante. Avrei intenzione di chiamare la polizia, ma credo che possiamo risolvere la questione tra di noi. Tornerò in possesso delle mie cose.»

«Queste cose non sono tue.» Mi allontanai da lui. Il tappo si tolse dalla bottiglia. *Evvai!*

«Chi trova tiene.» Le scarpe eleganti di Grey risuonavano sul pavimento di legno nudo mentre si avvicinava. Morrie si spostò replicando i suoi movimenti e mantenendosi sempre tra me e Grey. «I proprietari di questi oggetti non ne hanno più di bisogno, ma il mio padrone sì. Dovresti rinunciare, ora: non c'è modo di trovare tutti i nostri depositi di terra. Li ho nascosti troppo abilmente.»

Non abbiamo lasciato tracce. Non sa delle dimore che Sherlock ha individuato a Londra o dei depositi che abbiamo distrutto vicino ad Argleton. Non sa che tutta la terra di Dracula è ormai inutile.

Tranne che quelle quattro casse rimanenti. Infilai le unghie sotto il coperchio della cassetta di Fiona, cercando di aprirla. *Forza, forza...*

Osai alzare lo sguardo verso Grey. Avanzava verso di noi, con una mano tesa e uno sguardo freddo e crudele che gli marchiava i lineamenti. Da vicino, vidi che era in condizioni pessime: aveva i vestiti strappati e ricoperti di polvere di cantiere, gli occhi iniettati di sangue, i denti scoperti. «Consegnamele, Mina. E valuterò la possibilità di risparmiarti la vita.»

«Stai lontano da lei.» Morrie brandì il paletto. Grey lo schivò con facilità, ma Morrie tirò fuori dalla tasca qualcos'altro e lo puntò in faccia a Grey. Un crocifisso d'argento. Grey indietreggiò barcollando, con le mani sul viso mentre Morrie gli premeva la croce di metallo sulla pelle. Grey ululava di dolore e io cosparsi la scarpa con l'acqua santa, la feci cadere a terra, tolsi il coperchio dalla scatola da scarpe e sparsi altra acqua. Dietro di me, sentivo ringhi e schianti prodotti dalla lotta tra Morrie e Grey. Il chiavistello della cassa era ancora bloccato. Lo strattonai in tutti i modi, ma non si sbloccava. *Doppia merda.* «Morrie, andiamo.»

Ci fu un altro schianto. Le dita di Morrie afferrarono le mie e si mise la mia mano nell'incavo del braccio. «Seguimi, bellezza.»

Da qualche parte a terra, Grey emise un gemito. Non mi fermai a vedere cosa gli avesse fatto Morrie.

Scendemmo di corsa le scale e schivammo la bara. Dietro di noi, Grey imprecò per poi tirarsi in piedi e iniziare a scendere le scale inciampando. Morrie mi trascinò e mi fece fare il giro della bara. Poi ci infilammo nel tunnel. Ci precipitammo giù per i gradini. I miei stivali schizzarono nell'acqua una volta entrati. Gridai quando le mie braccia sfiorarono le nude pareti di mattoni, ma non mi fermai e non mi guardai indietro. Dei passi sempre più vicini sollevavano l'acqua dietro di noi.

Con un urlo di trionfo, Morrie entrò nella cantina e mi aiutò ad attraversare l'ingresso del tunnel. Mi girai per affrontare il nostro inseguitore. Morrie puntò la torcia sul tunnel proprio nel momento in cui spuntava il volto di Grey, con i lineamenti ancora più spettrali in quella luce improvvisata. «Grey, hai un aspetto terribile. Quando è stata l'ultima volta che sei stato a casa? Cynthia sente terribilmente la tua mancanza.»

Grey si fermò poco prima dell'ingresso del tunnel. Fu la mia immaginazione o vidi una debole reazione quando nominai sua moglie? «Lei non capisce e non le interessa capire cosa sto facendo qui, l'impero che costruirò per il mio padrone. Dovrebbe stare lontana da me, così non...»

Le sue parole si interruppero. Prima che potessi chiedermi cosa avesse iniziato a dire, Grey si slanciò in avanti con un grido. Cercò di attraversare l'ingresso del tunnel per arrivare alla nostra cantina, ma appena infilò la gamba oltre i nostri incantesimi protettivi, si sentì uno sfrigolio.

Grey urlò e un odore di bruciato mi raggiunse le narici.

«La sua pelle sta bruciacchiando,» disse Morrie. «Un immobiliarista in stile barbecue, che devo ammettere è il tipo di immobiliarista che preferisco. Credo che Dracula beva anche da Grey, perché l'aglio gli sta dando un bel colorito.»

Tra respiri affannosi, Grey arretrò barcollando nel tunnel mentre si appoggiava alle pareti per sorreggersi. Notai che non gravava più il peso sull'altro piede. «Credi che io tema un po' di dolore?» rantolò. «Farò di tutto per servire il mio padrone. *Di tutto.*»

Con un urlo, si lanciò di nuovo in avanti, andando a sbattere con il corpo contro il varco. Le sue membra si agitavano mentre l'aglio lo respingeva, ma invece di ricadere all'indietro, ringhiò, grugnì e si spinse in avanti. L'aria scoppiettava e si sentiva il rumore di carne che sfrigolava. C'era un odore di maiale alla griglia che mi faceva venire voglia di vomitare. Un urlo orribile uscì dalla bocca di Grey mentre strisciava sul pavimento, una mano sopra l'altra come se stesse lottando per uscire dalle sabbie mobili. L'acqua gli inzuppò i vestiti e gli entrò in bocca, trasformando il suo successivo urlo in un farfugliamento incomprensibile. Ci stava riuscendo. Un centimetro alla volta, arrancava verso la cantina.

«Beh, è già qualcosa.» Io e Morrie ci appiattimmo contro il muro più lontano. Con una mano strinsi la cassetta di Fiona al petto e con l'altra tastai i mattoni. Le mie dita sfiorarono la prolunga di Victor. Mi venne un'idea audace. Lasciai la mano di Morrie e seguii il cavo lungo la parete, cercando la spina penzolante. Quando la trovai, mi chinai a raccogliere l'altra estremità. Era stata trascinata dall'acqua. La asciugai con la maglietta. *Ti prego, fai che questo non ci uccida tutti.*

«Morrie,» gridai. «Togliti dall'acqua.»

«Non mi sfuggirete.» Grey strisciava verso di noi sollevando grandi ondate di acqua fredda. Ora che aveva superato l'aglio, sembrava acquistare forza, anche se si vedeva del vapore salirgli dalla pelle fumante. Afferrò il bordo del tavolo di Victor e lo strinse forte per cercare di rimettersi in piedi.

Morrie apparve accanto a me. «Friggilo, bellezza,» sussurrò.

Io collegai la spina. Sopra le nostre teste si accese una luce tremolante quando la macchina di Victor fu colpita da una scarica di elettricità. Scintille volarono per tutta la stanza, io urlai e mi inginocchiai a terra, e Morrie si piegò su di me per proteggermi.

Si accesero delle luci lungo il bordo del tavolo e le grida di Grey furono sovrastate da sfrigolii e ronzii. Mentre guardavo, inorridita e affascinata, la massa sul tavolo si alzò in piedi e il lenzuolo cadde rivelando una figura umana.

Era esattamente come mi aspettavo che fosse la creatura di Frankenstein in carne e ossa: più terrificante di quanto avesse potuto produrre qualsiasi film horror. Tutto in lui gridava che *era sbagliato*, dalla fronte larga e schiacciata, al naso camuso che male si adattava al resto dei lineamenti, passando per gli occhi porcini, fino ai punti in cui la carne non ricopriva del tutto ossa e organi. Dalle file ordinate di punti di sutura che attraversavano il patchwork della sua pelle, al paio di bulloni di dimensioni industriali che gli spuntavano dal collo.

«Co... cos'è?» Grey fissò il mostro. Il mostro si girò verso di lui, con gli occhietti che roteavano e lo mettevano a fuoco con una sorta di ingenua curiosità. Tese le mani grosse come trattori e afferrò le spalle di Grey.

«Ti prego,» implorò lui. Ma non riuscì a finire la sua supplica.

Con un ruggito, il mostro scagliò Grey dall'altra parte della stanza. L'uomo si schiantò contro il muro con un disgustoso rumore di ossa in frantumi.

«Bella pensata, bellezza.» Morrie mi spinse verso le scale. «Ora, corri!»

Salii di corsa, scappando dalla cantina e lanciandomi sul tappeto, il mostro che ruggiva dietro di noi. Morrie sbatté la porta e tirò il catenaccio. Si appoggiò con la schiena alla porta e tirò un forte sospiro mentre il negozio veniva scosso da schianti, ringhi e richieste di pietà.

«La mia creatura!» gridò Victor, crollando sulle ginocchia. «L'hai svegliata prima che fosse pronta. Che hai fatto?»

«Mina ci ha salvato il culo.» Morrie si mise in ginocchio stringendosi la pancia, come fosse stato sul punto di vomitare. In quel momento, il mio Napoleone del crimine non sembrava molto sicuro di sé. Al piano di sotto, Grey urlò e io sentii il ruggito del mostro che si allontanava mentre lo inseguiva lungo il tunnel.

Victor mi fissò. «L'avete messo in libertà e non possiamo controllarlo.»

«Un mostro in più in questo mondo non farà alcuna differenza.» Allentai la presa sulla cassa di Fiona, e me la lasciai cadere in grembo. Feci un respiro profondo, poi un altro, cercando di calmare il cuore che mi batteva a mille. Con le dita lavorai sul chiavistello e ora, che non ero più in preda al panico, si aprì facilmente, e mi rivelò un sottile strato di terra sul fondo. Heathcliff mi lanciò una nuova bottiglia di acqua santa e io la spruzzai all'interno.

«È fatta.» Lasciai ricadere la testa all'indietro contro Morrie, mentre Heathcliff e Quoth si sedevano accanto a me. «Ci resta solo un altro contenitore di terra da trovare, e poi potremo distruggere Dracula una volta per tutte.»

GAZZETTA DI ARGLETON

ARRESTATO SCONOSCIUTO IN COSTUME DA MOSTRO DI FRANKENSTEIN

Uno sconosciuto è stato fermato dagli agenti nelle prime ore della serata, mentre attraversava l'autostrada e le auto sbandavano per evitarlo. Fortunatamente non ci sono stati feriti gravi e l'uomo è stato scortato fuori dall'autostrada e messo in sicurezza.

Grazie al trucco iper-realistico da film e ai bulloni che gli spuntavano dal collo, l'agente ha dedotto che lo sconosciuto fosse diretto al festival di Halloween di Argleton.

È emerso che l'uomo, che la polizia ritiene essere uno straniero con un difetto di pronuncia, è ospite di Heathcliff Earnshaw, residente alla Libreria Nevermore, al 22 di Butcher Street. Non siamo sorpresi di scoprire che il proprietario della libreria abbia una compagnia così particolare. Lo straniero è stato riportato a casa e il signor Earnshaw è stato ammonito verbalmente dalla polizia e invitato a non permettere più ai suoi ospiti di infrangere il regolamento comunale.

12

«Prendo questo libro, grazie.» Una donna dall'aspetto cupo mi consegnò una copia di *La Ferrovia del North Staffordshire ai tempi del LMS, Volume 2*. «Fate pacchi regalo? È per la festa di pensionamento di mio marito. È un appassionato di ferrovie.»

«Ma certo.» Battei il prezzo alla cassa e aprii la carta da regalo viola sul banco. La confezione regalo era uno di quei piccoli extra che avevo introdotto io e che facevano impazzire Heathcliff. Il servizio era molto richiesto, purché fossi io a farlo: se qualcuno chiedeva a lui di fare un pacchetto, il libro finiva scagliato in giro per il negozio. A Morrie, invece, piaceva nascondere piccoli doni all'interno del pacchetto (di solito bigliettini con messaggi misteriosi e vagamente minacciosi che lasciavano perplessi i clienti). Quoth era eccellente quando era in forma umana, ma in negozio preferiva rimanere corvo, e i corvi sanno fare molte cose, ma non confezionare regali.

Inoltre, Quoth non è di grande aiuto. Cercai di allontanare quel pensiero negativo mentre ripiegavo i bordi della carta. Quoth era stato di nuovo fuori tutta la notte. Era rientrato in volo poco prima dell'alba e al momento era di sopra, che dormiva profondamente. Almeno era nel negozio il giorno prima, quando io e Morrie ci eravamo introdotti nella casa di Dracula. *Non vedo l'ora che la mostra sia finita e che si possa tornare alla normalità, per quanto normali possano essere le cose da queste parti...*

La donna batteva il piede con impazienza. Proprio mentre legavo il fiocco, sentii un "cra" familiare che mi scaldò il cuore. Un attimo dopo, un uccello pesante scese le scale e si appollaiò sulla mia spalla.

Sono ferito. Offeso. Profondamente. Quoth prese il bordo del foglio e cercò di piegarlo con gli artigli. *Io sono un eccellente impacchettatore di regali.*

Il suo artiglio affondò nella carta, producendo un lungo strappo proprio al centro. La donna sbuffò. Io sfilai il foglio rotto e ne presi uno nuovo.

Okay, okay, forse non hai tutti i torti, mi disse in testa la voce di Quoth. *Non posso restare a lungo. Devo andare allo studio. Ma volevo farti una sorpresa prima di partire.*

Questa è la sorpresa migliore, replicai. *Ora smettila di cercare di aiutarmi, così possiamo mandare via questa befana.*

«Non dovreste permettere agli uccelli di stare nel negozio,» disse la donna mentre le consegnavo il pacchetto. «E se defecasse sui clienti?»

Ti sta dando problemi, Mina? Quoth sollevò una zampa e agitò minaccioso gli artigli. *Ho appena mangiato delle gustose bacche. Posso farle un regalino, così poi si ricorderà di me.*

«Buona giornata.» Le infilai il pacchetto tra le mani. Per fortuna, uscì dal negozio prima che Quoth potesse mantenere la sua promessa. Gli accarezzai le piume mentre lui si guardava in giro. Visto che Heathcliff era chiuso nel suo ufficio privato e che eravamo soli, saltellò intorno alla stanza e andò a chiudere le tende tirandole con il becco. Poi saltò sul registratore di cassa e si trasformò. Un istante dopo, un uomo molto bello e molto nudo si chinò sulla scrivania e premette le labbra sulle mie.

«Sorpresa,» sussurrò, il suo respiro caldo contro le mie labbra.

Mmh... e che bella sorpresa! Lo strinsi tra le braccia e lo avvicinai a me, felice di quel momento tutto nostro. Era uno di quei baci splendidi, in cui le nostre bocche si incastravano alla perfezione e le nostre lingue sapevano esattamente cosa fare per strappare un gemito, un sussulto o un sospiro.

Solo che... non era affatto nello stile di Quoth. Nonostante le tende chiuse, il negozio era ancora aperto. In qualsiasi momento sarebbe potuto entrare un cliente o uno dei nostri personaggi letterari. Victor era di nuovo nel seminterrato che batteva e picchiava, e Robin e Puck erano al piano di sopra, a scambiarsi storie di foreste magiche e di fanciulle gentili. Per non parlare del fatto che Heathcliff e Morrie erano lì da qualche parte, e se fossero entrati le cose si sarebbero fatte rumorose e pericolose...

Quoth non era come Morrie: lui non provava il brivido di fare cose sconce alla luce del giorno, a meno che non fosse nella sua forma di uccello, a guardare da un luogo sicuro.

Non so cosa gli avesse acceso quella vena di proibito, ma ne desideravo di più.

«Vuoi che mi rivesta?» Le dita di Quoth si infilarono sotto l'orlo della mia gonna.

«Quoth, io...» Tutte le mie domande si spensero sotto il suo sguardo intenso.

Mi coprì interamente le labbra con le sue, mentre con le dita mi stuzzicava il clitoride da sopra le mutandine. *Per Iside, non dovremmo farlo. Potrebbe entrare qualcuno da un momento all'altro. Dovrei farlo smettere. Lo* faccio *smettere. Sì, subito.*

Sì, adesso basta.

Ora.

Giusto.

Ora.

Sì... ehm...

Quoth mi tracciò una scia di baci lungo il collo, i suoi denti che mi raschiavano la pelle mentre con le dita si faceva strada e mi penetrava. E io mi dimenticai completamente di fermarlo, l'orgasmo che mi solleticava le terminazioni nervose.

«Mina, sei qui?» La voce di Jo risuonò nel negozio. «Ho davvero bisogno di parlarti.»

«Ops.» Sussultai e Quoth mi morse per la sorpresa. Ci staccammo di scatto come due adolescenti sorpresi a sbaciucchiarsi dietro la rimessa delle biciclette. Lui si tuffò dietro la scrivania, il suo bel culo pallido in mostra mentre apriva i cassetti alla ricerca degli indumenti di scorta che teneva lì sotto proprio per quelle occasioni.

Io mi sfregai il segno del morso sul collo e mi lisciai la gonna proprio nello stesso istante in cui Jo entrò barcollando. «Jo, stai bene? Sembri sconvolta.»

«Io... Io...» Jo si sciolse in un singhiozzo disperato.

Corsi da lei. Quoth imprecò mentre si infilava a fatica i pantaloni, ma Jo sembrò non accorgersi di lui. La condussi al divano in pelle sotto la finestra e mi sedetti accanto a lei. Quoth si infilò una maglietta del Blood Lust Tour e si buttò tra i cuscini dall'altra parte del divano, poi la strinse in quell'abbraccio di cui sapeva che aveva bisogno. Jo gli appoggiò la testa su una spalla.

Morrie fece capolino, diede un'occhiata alla faccia sconvolta di Jo e, con l'empatia tipica di un vero gentiluomo britannico, andò al piano di sopra a prendere del tè.

Le membra di Jo tremavano e lei cercava di parlare, ma sembrava non riuscisse a trovare le parole.

«Tranquilla, non c'è fretta. Sono qui.» Le presi le mani. «Non devi dirmi niente, se non vuoi.»

«Non è che non...» Jo rabbrividì. «È che non riesco nemmeno a spiegarlo. Ero a casa e stavo impacchettando alcune delle cose di Fiona per spedirle alla sua famiglia, quando mi hanno chiamato dall'ufficio. Pensavo fossero i risultati dell'autopsia, invece... era l'esaminatore del Loamshire, che voleva il mio parere professionale sulla sua morte. Ha detto che quando ha praticato l'incisione sul petto di Fiona lei è saltata giù dal tavolo.»

No. Oh no.

«Non capisco. L'avevo trovata io stessa. Avevo controllato io tutti i suoi parametri vitali. Era *morta*, Mina. I paramedici lo hanno confermato. Allora come ha fatto a spingere via il dottor Spencer e a uscire dall'obitorio con un bisturi ancora infilato nel petto?»

«Ehm...» Come potevo dire alla mia migliore amica che la sua ragazza era un vampiro? «L'hanno già trovata?»

L'hanno bloccata?

Jo scosse la testa. «L'hanno vista con le telecamere mentre correva nel boschetto King's Copse. La polizia sta setacciando l'area. Sono venuta qui nel caso in cui... ho pensato che forse, se mi stava cercando, sarebbe venuta da te...»

Il Cavaliere Senza Testa scelse quel momento per attraversare il muro fluttuando, passare nella stanza proprio di fronte a me e a Jo, ed entrare nell'ufficio dalla porta che Heathcliff stava spalancando.

Jo si portò le mani alla bocca ed emise un suono strozzato.

«Quell'uomo... quell'uomo non ha la testa.»

13

«Heathcliff, portalo fuori di qui,» sibilai. Strinsi Jo mentre Heathcliff prendeva la scopa.

«Vai. Vai via. Vattene.» Heathcliff spinse il Cavaliere Senza Testa nella stanza di Letteratura per l'Infanzia e sbatté la porta.

«Mina.» Jo ansimava profondamente. «Perché quel tizio era senza testa?»

Finsi una risata. «Ti spaventi per nulla. È in costume per Halloween. Ovvio, no?»

«Non è un costume.» Jo gonfiò il petto. «Lo sai anche tu che non lo è. Quel tizio *ha attraversato il muro* e va in giro per il negozio senza testa come se conoscesse bene questo posto, come se fosse un altro degli amici bizzarri di Heathcliff. Ma è impossibile.»

Di fianco a Jo, Quoth si contorse a disagio. Tolse il braccio dal collo di Jo mentre un paio di piume nere volteggiavano in aria. *È stressato e quando è stressato diventa molto piumoso.*

Merda.

Quoth, non puoi mutare ora. Ti prego, Jo è già spaventatissima.

Incontrai i suoi occhi, implorandolo di resistere. Si stava concentrando così tanto che non riuscivo nemmeno a sentire la sua voce nella mia testa.

Le labbra di Quoth si schiusero, iniziando a formare la parola "scusa", ma prima che riuscissero a terminarla, scattarono e si allungarono in un becco duro. Poi fu il turno delle braccia: le dita gli si allungarono e i gomiti gli si torsero come nessun gomito umano dovrebbe fare. Piume nere gli uscirono dalla pelle mentre le ossa scricchiolavano e il corpo si rattrappiva su se stesso, depositando a terra i vestiti che aveva appena indossato a casaccio.

Gli occhi spalancati per lo shock, Jo rimase attonita a fissare mentre l'uomo che la stava confortando esplodeva in un turbine di piume nere.

Un attimo dopo, un corvo saltellava lungo il bancone e scrutava Jo con occhi curiosi e cerchiati di fuoco.

«Cra?»

Devo darle credito: Jo, non urlò. Si limitò a fissare Quoth, muovendo su e giù la testa mentre deglutiva ripetutamente.

Heathcliff sospirò e si diresse verso il corridoio. «Vado a girare il cartello. Immagino che resteremo chiusi per un po'.»

Quando tornò, tirò fuori dal cassetto della scrivania una bottiglia di scotch e ne versò un'abbondante quantità in un bicchiere. Mentre porgeva il bicchiere a Jo, lei gli strappò la bottiglia dalle mani.

«Ehi! Quello è mio.»

«Grazie.» Jo si attaccò al collo della bottiglia come fosse stata un neonato con il ciuccio. Quoth le saltò in grembo e lei gli accarezzò le piume. Anche sotto forma di uccello, aveva il potere di calmarla.

Anche se... forse era il whisky.

Quando Jo posò di nuovo la bottiglia, ne mancava una quantità ragguardevole. Si girò verso di me e non mi serviva una vista perfetta per capire che era spaventata. «Immagino sia meglio che tu mi dica cosa sta succedendo.»

«Io... io... non lo so. Quoth si è appena trasformato in un uccello, è pazzesco! Non ho mai visto nulla di simile prima d'ora.»

«Mina.» Heathcliff guardò desolato il suo whisky che diminuiva rapidamente. «Jo ha bisogno della verità.»

«Sì, lo so.» Feci un respiro profondo e svelai tutta la storia, di come la libreria portasse in vita personaggi immaginari, di come Quoth passasse dalla forma corvina a quella umana e di come io fossi la figlia di Omero e in qualche modo la responsabile di tutto quel casino. «Gli omicidi che abbiamo risolto nell'ultimo anno sono stati solo la punta dell'iceberg. C'è un mistero molto più grande che regna su tutti noi: la Libreria Nevermore, e il motivo per cui porta in vita personaggi letterari.»

Jo lanciò un'occhiata a Heathcliff. «Quindi tu sei Heathcliff Earnshaw, quel bastardo irascibile e rinsecchito di *Cime tempestose*?»

Heathcliff annuì. Lei si girò di scatto per rivolgersi a Morrie. «E tu sei James Moriarty, il Napoleone del crimine di Sherlock Holmes.»

Morrie fece un profondo inchino. «Per servirti.»

«E Quoth è...»

«Cra?» Quoth inclinò la testa di lato.

«Il corvo del poema di Poe,» dissi con un filo di voce. «Non abbiamo idea del perché possa mutare forma. Ma gliene sono grata.»

Jo fece un gesto verso Socrate, che era apparso in cima alle scale mangiando del gelato da una vaschetta e urlando oscenità ai presentatori di BBC One. «E quei buffoni al piano di sopra sono...»

«...personaggi della letteratura classica che il negozio ha

portato in vita nell'ultimo mese,» conclusi, stringendomi nelle spalle. «Ce ne sono stati anche altri. Ti ricordi Lydia? Veniva da *Orgoglio e pregiudizio*. E il vecchio fidanzato di Morrie, Sherlock...»

«Giusto.» Jo deglutì di nuovo. «Il negozio dà vita a personaggi di fantasia. E tu stai dicendo che Fiona...»

«...è stata prosciugata del suo sangue dal *Conte Dracula* di Bram Stoker, in modo da rubarle la terra rumena che conservava nella cassetta. Sì, è proprio quello che sto dicendo.» Mi avvicinai per abbracciare la mia amica, ma lei si scansò. «Mi dispiace davvero tanto, Jo.»

Lei scoppiò in una risata fragorosa. «Beh, non posso dire che sia del tutto una sorpresa.» Indicò Heathcliff con il collo della bottiglia. «Non faccio fatica a credere che tu sia il famoso Heathcliff, e il modo in cui il corvo reagiva ogni volta che qualcuno citava Poe... e Morrie e Sherlock, beh, ma sì, dai... qualsiasi scrittore di fan fiction ha attinto a quella coppia fin da quando sono uscite le prime storie. Mi sento così stupida per non averlo capito.»

«Non sentirti stupida. Sei la persona più intelligente che conosca.»

«Ehi!» Morrie protestò. Un mio sguardo e chiuse il becco.

Jo alzò lo sguardo su di me e io lessi nei suoi occhi il dolore dietro la paura. «Avresti dovuto dirmelo, Mina.»

«Lo so. Avrei voluto dirtelo un sacco di volte, ma immaginavo che non mi avresti creduta. E non volevo perdere la tua amicizia.» La fissai nervosa. Odiavo tutte le bugie che avevo dovuto dirle nell'ultimo anno. «Ho passato tutta la vita a vedere la gente che guardava mia madre come se fosse una pazza. E lei lo è. Ma non potrei sopportare che tu guardassi me in quel modo.»

«Se riesci a ottenere giustizia per la mia Fiona, per me puoi essere anche la regina di Saba.» Jo strinse i pugni lungo i fianchi. «Quel succhiasangue ha fatto del male al mio amore. Morirà stanotte.»

«Non è così semplice. A proposito, abbiamo trovato la cassetta di Fiona. Credo che vorrebbe che la tenessi tu.» Feci un cenno a Heathcliff. Lui rovistò dietro la scrivania, tirò fuori la cassetta da non so quale buco, e la porse a Jo. Le tremavano le dita mentre la prendeva dalle sue mani, e dal modo in cui sollevò le spalle capii che era pericolosamente vicina a scoppiare di nuovo a piangere.

«Grazie.» Accarezzò il disegno intarsiato. «Questo significa molto per me. Quindi, cosa stavate dicendo del bastardo che le ha fatto questo?»

Nel modo più conciso possibile, le riassunsi la trama del libro e le ricordai che dovevamo distruggere tutti i cinquanta contenitori di terra prima di dare la caccia al vampiro. Ci restava da trovare solo la terra che aveva preso a Jenna Mclarey.

«E se invece usasse più di cinquanta casse?» chiese Jo.

«Ci abbiamo pensato, ma non crediamo che lo farà. Le abitudini di Dracula sono radicate da secoli di vita tra le pagine. Non si allontanerà dalla trama e non cambierà improvvisamente le cose solo perché si trova nel nostro mondo. Inoltre, da quello che ci ha detto Grey Lachlan abbiamo capito che non sanno che abbiamo distrutto tutta l'altra terra. Penserà che cinquanta siano più che sufficienti.»

Jo si accasciò sulla sedia. «Allora, cosa facciamo?»

«Non abbiamo trovato la terra di Jenna insieme al resto nella casa di Dracula, e non sappiamo nemmeno in quale contenitore sia conservata. Se riuscissimo a capire da dove l'ha presa, saremmo più vicini a una risposta...»

«Intendo dire: cosa facciamo con Fiona.» A Jo tremò il mento. Giusto, certo. In tutto quel caos, avevo quasi dimenticato il motivo per cui Jo era venuta lì: la sua ragazza era risorta dai morti e vagava nei boschi. «Come la troveremo?»

«Facile,» commentò Heathcliff mentre un'ambulanza attraversava il villaggio a sirene spiegate. «Seguiamo la scia di distruzione.»

14

«Quella puttana è fuori di testa.» La sergente Wilson tossì. «Era di sicuro fatta di qualcosa, però io non ho mai visto nessuna droga fare questo effetto.»

«Che cosa ha fatto?» Passai alla Wilson il bicchiere d'acqua sul comodino. Io e Jo avevamo seguito l'ambulanza fino all'ospedale, mentre gli altri erano andati nel bosco per verificare se Quoth fosse riuscito a localizzare Fiona. Quando avevo saputo che era l'agente Wilson a essere stata ferita da Fiona, mi aspettavo che non ci avrebbe volute vedere. Ma evidentemente ero riuscita a farmi piacere più di quanto pensavo. Oppure, più probabilmente, lei e Jo erano amiche sul lavoro e la Wilson voleva metterla in guardia dalla sua pericolosa fidanzata non-morta.

«Fiona aveva degli occhi pazzi e selvaggi. Si muoveva incredibilmente veloce. Non ho mai visto nulla di simile. Si è gettata tra i cespugli e ne ha estratto un coniglio. E poi gli ha staccato la testa a morsi, proprio così! Mi guardava con il sangue del coniglio che le colava sul mento. Non può essere una cosa sana. Io e Hayes abbiamo cercato di trattenerla e quella pazza mi ha *morso*.» La Wilson sollevò una mano. «Mi hanno sparato, accoltellata e una volta anche inseguita con un machete. Ma nessuno mi ha mai morsa.»

«Mi dispiace tanto.» Jo le tese la mano.

«E ci credo.» La Wilson sorrise. Cercò di prendermi il bicchiere, ma trasalì per il dolore e lasciò che le tenessi la cannuccia. Sembrava che fosse stata investita da un autobus, aveva un cerotto su una ferita sopra l'occhio e graffi e tagli dappertutto, per non parlare della medicazione che le copriva la ferita sul collo. «Di mestiere tu devi trovare la causa della morte delle persone. Non so come hai fatto a non capire che una di loro era ancora viva.»

«È stato un errore.» Jo fece del suo meglio per parlare in un tono neutro. «Sarebbe sorpresa di sapere quanto spesso accade. Quindi è ancora nel bosco da qualche parte?»

«Per quanto ne sappiamo. Tutti gli agenti della contea la stanno cercando. Non vogliamo che faccia del male a qualcun altro o a se stessa. O che mangi qualche coniglio domestico.» La Wilson accarezzò il braccio di Jo, trasalendo di nuovo. «La troveremo, te lo prometto.»

«È di questo che ho paura,» mormorò Jo sottovoce mentre la Wilson chiudeva gli occhi. Lasciammo dormire la sergente. Nel corridoio, Jo mi afferrò il braccio. «Cosa facciamo, Mina? Se la polizia trova Fiona prima di noi… non voglio che nessun altro venga ferito. E che ne sarà della Wilson? Si trasformerà in vampiro?»

«La Wilson starà bene. Ci deve essere uno scambio di sangue perché qualcuno si trasformi in vampiro. Fiona non è ancora un vampiro sufficientemente abile da saper controllare il suo appetito, quindi non può rendere gli altri simili a sé.» Strinsi la mano di Jo. «Per quanto riguarda Fiona, non la troveranno là fuori. È la progenie di Dracula. Ha bisogno del suo sangue per vivere. Tornerà da lui. E noi la aspetteremo.»

«Socrate, togli quel piede impestato dalla mia mano.»

«Dimmi, che motivo avrei per togliermi dalla tua mano?»

«Perché altrimenti ti uccido?»

«È la tua risposta definitiva?»

«Il tuo buco del culo è geloso di tutta la merda che ti esce dalla bocca? *Togliti dalla mia mano.*»

«Mi toglierò dalla tua mano se risponderai alla mia domanda: *perché dovrei staccarmi dalla tua mano?*»

«Perché il tuo piede ossuto mi sta schiacciando le dita e fa male.»

«Ah, ma cos'è il dolore?»

«Il dolore sarà il mio stivale che prende confidenza con la parte bassa del tuo scroto se non *muovi quel maledetto piede...*»

«Ssshh.» Morrie mise una mano sulla bocca di Heathcliff. «Eccola.»

Socchiusi gli occhi in direzione di Butcher Street, ma nella penombra non vedevo nulla e non potevo avvicinarmi perché ero circondata su tutti i lati da personaggi letterari. Tutti gli abitanti della Nevermore avevano deciso di unirsi a me e a Jo per la veglia notturna, e la finestra con la vista migliore su Butcher Street si trovava nella camera da letto mansardata di Quoth, che non era esattamente spaziosa.

Beh, tutti gli abitanti tranne Quoth, che era tornato allo studio dopo aver sorvolato il bosco. Ma aveva risposto al mio messaggio con l'emoji del pipistrello, quindi era già qualcosa.

Sentii il calpestio dei tacchi sul selciato, in direzione dell'appartamento di Grey. Tutti si accalcarono. Robin mi colpì l'orecchio con un gomito. Oscar si alzò sulle zampe posteriori e zampettò contro la finestra.

«È lei.» La voce di Jo si incrinò. «È la mia Fiona.»

Si mise in piedi e corse verso le scale. Morrie si districò dal lenzuolo di Socrate. «Vado con lei, per sicurezza. Mina, tu non osare muoverti da qui.»

Gli feci una linguaccia. Heathcliff spinse Socrate giù dal letto e io mi sporsi dalla finestra, sforzandomi di sentire ciò che succedeva nella strada sottostante. Fiona batté sulla porta di Grey Lachlan, urlando un lungo flusso di parole incomprensibili. Un'altra porta si aprì cigolando. La voce incerta di Jo chiamò: «Fi?»

Fiona la ignorò.

«Ehi, Fi, sono io, Jo. Dovresti venire qui con me.»

Bam-bam-bam.

«Mi hai sentito, Fi?» La voce di Jo si incrinò. «Ti sto invitando a entrare.»

La figura di Fiona si allontanò di un passo dalla porta. Emise un gemito e le braccia le si agitarono da una parte e dall'altra: sembrava che stesse lottando contro se stessa.

«Fiona, ti prego. Voglio che entri.»

«No,» disse Fiona con fermezza, allontanandosi da Jo. Si avviò per la strada con una strana andatura, come se stesse ancora lottando contro il suo corpo per accettare l'invito di Jo.

Merda. Merda. Come mai non ha accettato il nostro invito?

Si scatenò il pandemonio. Heathcliff gettò Socrate sul letto e si precipitò verso le scale. Robin incoccò una freccia e dichiarò di poterla abbattere dalla posizione in cui si trovava, mentre Puck si mise in testa Grimalkin che protestava e iniziò a ballare allegro. Io mi precipitai giù per le scale alle spalle di Heathcliff, con il guinzaglio di Oscar stretto in mano.

Jo mi tenne aperta la porta, con il volto cupo.

«Non ha voluto entrare,» disse, appoggiando la mia mano

libera nell'incavo del suo gomito. «Mi ha guardata dritta negli occhi e quegli occhi... non erano i suoi. Ma c'era ancora una parte di lei dentro. Credo che sapesse che se fosse entrata mi avrebbe fatto del male e che stesse cercando di proteggermi da se stessa.»

«Lo penso anch'io. Hai visto dove sono andati?» Corremmo su per la strada, con la borsa dei paletti che mi batteva contro la coscia.

«Verso il pub.»

Ovvio. In un villaggio, per lo più buio, il pub era illuminato come un albero di Natale. Sentivo gli abitanti del villaggio che cantavano una versione karaoke di *The Monster Mash*. Per un vampiro nuovo di zecca, il Rose & Wimple era l'ideale per la colazione. Ci dirigemmo verso l'ingresso, ma poi probabilmente Jo vide qualcosa, perché trascinò me e Oscar nel vicolo. «Sono passati di qui.»

«Bau!»

Appena girammo l'angolo, sentii Morrie imprecare. Lo trovai in ginocchio sull'acciottolato e sentii dei passi che si allontanavano tra i fabbricati.

«Sono inciampato in un bidone impestato,» disse Morrie, rimettendosi in piedi e spolverandosi il davanti del blazer. «Non ho visto dov'è andata.»

Era *veloce*. Nemmeno le lunghe gambe di Morrie riuscivano a starle dietro. *Non la prenderemo mai. Noi...*

Un'ombra svoltò l'angolo. Fiona lanciò un urlo, un suono così acuto da mandare in frantumi i vetri delle finestre del pub. Poi corse verso di noi, agitando le braccia, senza preoccuparsi del fatto che l'avremmo presa. Si guardò alle spalle verso l'ombra scura che la inseguiva...

Il Cavaliere Senza Testa.

Il cavallo si sollevò sulle zampe posteriori bloccandole la via di fuga, e il mantello nero del cavaliere si stagliò contro la luna.

Il cavallo sbuffò e dalle sue narici dilatate uscì del fumo. Fiona si allontanò da quella figura, la giacca svolazzante mentre si precipitava verso di noi.

«Ti ho presa.» Heathcliff si calò dal tetto della stalla. Fiona si girò e lo colpì a un orecchio proprio mentre lui le sbatteva un crocifisso in faccia.

Fiona sibilò, un suono inumano che strappò un singhiozzo a Jo. Lei indietreggiò barcollando. Morrie le gettò un sacco in testa. Heathcliff le premette addosso il crocifisso, per tenerla buona.

«Fiona, mi dispiace tanto,» singhiozzò Jo aiutando Heathcliff e Morrie a caricarla sul dorso del cavallo. Il Cavaliere Senza Testa ci passò davanti, con le redini strette in una mano spettrale. Fiona scalciava e ringhiava, ma il cavallo non sembrava preoccuparsene.

Mentre attraversavamo a passo svelto il parco verso Butcher Street, la signora Ellis spuntò da dietro la catasta sempre più grande del falò.

«Mina!» Si mise le mani sui fianchi. Indossava un vestito di maglia a righe gialle e nere e un paio di ali rotonde. Un bombo: appropriato, dato che stava per "pizzicare" il nostro vampiro-rapitore. «Dove sono i vostri costumi? Richard non vi farà salire sul palco senza costume.»

«Niente karaoke per noi stasera, signora Ellis,» balbettai. «Stavamo solo...»

«Portando a spasso il cavallo del cugino di Heathcliff,» intervenne Morrie. «Ha bisogno di fare esercizio fisico regolare, altrimenti comincia a mangiare i libri.»

«Esatto.» Diedi a Heathcliff uno spintone verso il cavallo. Lui inciampò sul marciapiede e finì sul suo posteriore. Emise un muggito di protesta, che fortunatamente coprì le grida di Fiona. «E ci eravamo fermati al pub per vedere la gente che si divertiva, ma sa anche lei come sono gli Earnshaw quando si tratta di alcol...»

«Non mi avevi detto che il signor Heathcliff aveva un cugino in visita. Ho visto una foto dell'altro vostro ospite sul giornale, e aveva una faccia che pareva una montagna di ferramenta, invece questo ragazzo qui ha il gene degli Earnshaw: alto, scuro e bello...» La signora Ellis accarezzò il cavallo, senza accorgersi che la sua mano aveva attraversato il ginocchio del cavaliere. «Sei particolarmente affascinante in quel costume in cima al questo possente destriero, giovanotto, anche così senza testa. Ora Mina, non dimenticare che sei alla bancarella al Mercato delle Streghe domani. Ti ho messa accanto a...»

«Sì, sì. Ci scusi, signora Ellis, ma ora dobbiamo proprio andare. È meglio se allontano questi due dal pub, prima che lui perda anche le gambe oltre alla testa. Ci vediamo domani.»

Il Cavaliere Senza Testa spronò il cavallo, che partì a un possente galoppo, con Heathcliff ancora di traverso sul suo posteriore. Li raggiungemmo quando il Cavaliere si fermò davanti al negozio.

«Ti sei salvato in curva, con la storia del cugino,» disse Heathcliff a Morrie guardandolo in cagnesco mentre scendeva dal cavallo. «Sai, sei molto simile a Socrate.»

Morrie si mise una mano sul cuore. «Cioè sono l'uomo più saggio in circolazione?»

«No. Fai girare i coglioni a tutti.»

«Sentite, voi due, o vi trovate un posto per appartarvi, oppure mi aiutate con questo corpo.» Jo afferrò la caviglia di Fiona.

Heathcliff si buttò Fiona sulle spalle e la portò dentro. Su quella, Robin apparve sul pianerottolo, con una freccia incoccata sull'arco. «Vuole che le piazzi una freccia in mezzo agli occhi, milady?»

«No!» Jo si gettò davanti a Fiona.

«Quello che voglio io è che tu ti tolga dai piedi.» Heathcliff si lanciò con la sua mole su per le scale. Fiona scalciò, facendo cadere a terra uno dei quadri di Quoth.

Victor fece capolino dalla porta della cantina. Aveva i pantaloni bagnati fin sopra le ginocchia. «Mina, sei tornata. Bene, bene. Credo di aver risolto tutti i problemi, ora che il mio mostro è tornato. Hai già avuto modo di parlare con l'idraulico? Qui sotto mi sembra di essere nel Mar Rosso, nel bel mezzo della Bibbia.»

«Non ora, Victor!» Il corpo di Fiona andò a sbattere contro gli scaffali e i libri ci franarono addosso. Morrie le premette il crocifisso sulla fronte. Ululando, lei cercò di afferrargli le dita per toglierselo di dosso, ma perlomeno non distrusse il negozio.

«Portatela in camera mia,» dissi. «Ci servono le cinghie di Morrie.»

Mentre la portavamo a fatica dentro l'appartamento, Fiona fece un buco nel muro con un calcio. Heathcliff le tenne ferme le braccia e Morrie la legò al letto con il suo equipaggiamento buono da bondage. Lei si agitava e si dimenava, ma le corde erano robuste.

«Se Dracula si è nutrito di lei, dobbiamo assicurarci che non possa entrare per prelevare altro sangue,» dissi. «Vorrei un ulteriore livello di protezione. Dobbiamo rendere questa stanza a prova di vampiro.»

«Per fortuna abbiamo ancora delle scorte.» Morrie sparì in cucina e tornò con una scatola di aglio. «Questa settimana volevo fare il mio famoso pollo arrosto all'aglio, invece mi sa che dovremo accontentarci di curry da asporto.»

Mentre i ragazzi erano indaffarati ad addobbare la stanza con ghirlande d'aglio e a incollare crocifissi alla finestra, Jo affondò il viso nella mia spalla. «Non posso sopportare di vederla così.»

«Sono sicura che andrà tutto bene. Troveremo un modo per

azzerare quello che le ha fatto.» Ma nel pronunciare quelle parole, sapevo che né io né lei ci credevamo. Entrambe avevamo letto il romanzo. Sapevamo cosa succedeva alle vittime che condividevano il sangue di Dracula. Fiona era risorta dai morti: ora era un mostro a tutti gli effetti o aveva conservato una piccola parte di umanità?

15

Tra gli strilli di Fiona e Jo che si accaparrava tutte le coperte, quella notte non chiusi occhio. Volevo bene alla mia migliore amica, ma non ai suoi gomiti ossuti che mi si conficcavano nella cassa toracica. Il letto di Quoth era troppo piccolo per due persone che non erano amanti, ma era l'unica opzione ragionevole. Mi rifiutavo di dormire nel letto di Heathcliff perché era impossibile trovarlo sotto la pila di cianfrusaglie che aveva in camera. Inoltre, le pareti del ripostiglio di Morrie erano così sottili che saremmo stati tenuti svegli tutta la notte da Socrate che registrava i suoi TikTok filosofici.

Il fatto che Quoth non tornasse a casa non ci aiutava. L'avevo chiamato e gli avevo mandato messaggi per dirgli cos'era successo, e lui si era limitato a mandarmi una gif di *Buffy l'ammazzavampiri*.

Non mi interessavano le gif carine di cultura pop. Volevo che il mio uccello *tornasse a casa*, tra le mie braccia. Volevo che *volesse* stare a casa.

Nei momenti in cui dormivo, cadevo in un sonno troppo profondo per vivere uno dei miei sogni di Dracula. Ma andava bene così: non credo che avrei sopportato di assaggiare di nuovo il sangue delle mie amiche o dei miei amanti.

Quando al mattino controllai Fiona, vidi che era sprofondata in un sonno agitato. La mia stanza aveva l'odore di un ristorante italiano.

«Caffè.» Morrie si materializzò al mio fianco, con in mano un vassoio pieno di tazze da asporto. Non sembrava aver dormito molto meglio di me.

Presi una delle tazze. «Peccato che tu non possa iniettarmelo direttamente in vena.»

Al piano di sotto, impacchettai la selezione di libri per la bancarella del Mercato delle Streghe: libri divertenti per bambini come *Meg e Mog*, alcuni classici dell'horror, delle raccolte di racconti paurosi, romanzi di Emily la Stramba... tutto ciò che si intonava al tema di Halloween. Misi una cassa nel carrello di Oscar, e Morrie mi aiutò a trasportare le altre casse oltre il parco. Le bancarelle erano sistemate tutto intorno al perimetro, mentre al centro si ergeva l'imponente pira, che sarebbe rimasta spenta fino all'ultima sera della festa. In cima al mucchio di legna, qualcuno aveva realizzato una approssimativa figura umana con dei pezzi di vimini. Era vagamente inquietante, ma bruciare effigi di vimini faceva parte del folklore britannico e sapevo che i marshmallow abbrustoliti avrebbero avuto un sapore straordinario.

Mentre sistemavo il tavolo, Quoth scese in volo dall'albero e si sistemò in una delle casse. «Cra?»

«Sì, sto bene, grazie.» Buttai a terra una pila di libri. «Perché non sei tornato a casa ieri sera? Jo aveva bisogno di te.»

Io avevo bisogno di te, pensai, ma poi ricordai che poteva sentire i miei pensieri.

Scusami. In effetti avevo pensato che avresti voluto un messaggio. Il professor Sang mi stava mostrando una nuova tecnica a pennello. Se mi avessi chiesto di tornare a casa, l'avrei fatto, ma non me l'hai chiesto. Me lo stavi chiedendo tra le righe, ma ero troppo assonnato e distratto per capirlo. Mi dispiace davvero.

Sospirò. Non potevo rimanere arrabbiata con Quoth, soprattutto quando mi aveva porto delle scuse così sincere. *È anche colpa mia. Avrei dovuto essere più chiara. Per due persone che possono parlare telepaticamente, dobbiamo lavorare sulle nostre capacità di comunicazione.*

È colpa mia, Mina. Sono così stanco che non ero lucido. Sarà solo per un altro paio di giorni, fino all'inaugurazione, poi tutto andrà meglio, te lo prometto.

«Lo so. Ti voglio bene e sono davvero orgogliosa di te.» Aprii il coperchio della cassetta. «Perché non esci alla luce del sole? Sono sicura che gli abitanti del villaggio sarebbero felici di vederti.»

Quoth scosse la testa, nascondendo il viso sotto l'ala. *Posso dormire qui? Voglio stare vicino a te, ma non voglio che la gente mi citi quella poesia.*

«Affare fatto.» Posai la cassa all'ombra. Oscar si avvicinò di corsa e vi si sdraiò accanto, scrutando il suo amico.

«Bau.»

«Non disturbare Quoth. Sta dormendo.» Accarezzai la testa di Oscar e tornai a sistemare la mia bancarella. Mentre raddrizzavo i bordi delle tovaglie nere e arancioni, una voce familiare e terrificante mi giunse alle orecchie.

«...approvati dalla Società delle Cacciatrici di Spiriti di Argleton, forniscono una protezione tascabile da Dracula: soddisfatti o rimborsati...»

Oh Iside, salvaci tutti.

Sfoderai il sorriso migliore e più paziente che avevo, e mi girai verso la bancarella vicina. «Mamma, cosa stai facendo?»

«Mina!» Tutta raggiante, mia madre stava sistemando una fila di scatole sul banchetto accanto al mio. «Non farai bibliomanzia, vero? Non credo che farai molti affari. Heathcliff aveva ragione, è fondamentalmente una fesseria...»

«No, niente bibliomanzia.» Ordinai a Oscar di condurmi al suo tavolo, dove notai scatole da scarpe colorate impilate dietro il banchetto e dentro il bagagliaio dell'auto. «Non mi sognerei mai di invadere il tuo territorio. E questi cosa sono? Mazzi di tarocchi?»

«Davvero, Mina, pensavo che avessi un senso degli affari migliore. Sarebbe sciocco vendere carte che rendono obsoleti i miei servizi. Francamente, mi sono stufata di tutta questa storia di leggere la fortuna. Nessuno vuole vaghe supposizioni sul futuro, quando abbiamo un assassino tra di noi. Ho capito che dovevo offrire qualcosa di speciale alla brava gente di Argleton, qualcosa di cui nessun cittadino rispettoso della legge può fare a meno.» Mia madre tolse il panno che copriva l'insegna della sua bancarella e io rimasi a bocca aperta.

KIT ANTI-VAMPIRO, DI HELEN WILDE

«Mamma, ma...»

«Geniale, vero? Mi avete dato l'idea tu e Morrie.» Mia madre mi porse una scatola di scarpe che aveva dipinto di nero e decorato con stelle e croci d'argento. Sollevò il coperchio per mostrarmi l'interno. Su un letto di spicchi d'aglio essiccati c'erano una serie di sottili paletti di legno che non sembravano adatti nemmeno per infilzare un piccione, una bottiglietta di vetro con un tappo in sughero con la scritta "acqua santa", un paio di collane con un crocifisso in legno e un proiettile dipinto d'argento. «Sono stata sveglia tutta la notte scorsa a dipingere con lo spray i proiettili e a decorare le scatole. Le ho fatte tutte colorate, e con disegni diversi per soddisfare tutti i gusti. Guarda.» Ne sollevò una completamente decorata con dei gattini. «Non è adorabile?»

«È...» Non riuscii a trovare le parole. Invece, toccai l'ampolla dell'acqua. «Dove hai preso l'acqua santa?»

Hai dovuto introdurti in una chiesa cattolica e convincere Quoth a distrarre padre O'Sullivan mentre tu ti sorbivi una lezione sulle camicie fatte di peli mentre rubavi dal tabernacolo?

«Oh, è stato facile. Quando vendevo frullati dietetici padre O'Sullivan era il mio miglior cliente... o è stato ai tempi del cerotto Flourish? Comunque, tutto quello che ho dovuto fare è stato riempire la vasca da bagno, invitarlo per un tè e qualche scone e fargliela benedire tutta in un colpo solo. Ho abbastanza acqua santa da rendere a prova di vampiro l'intero villaggio.»

«Hai... benedetto la vasca da bagno?»

«Mina, *per favore.*» Mia madre mi diede uno spintone rimandandomi alla mia postazione. «Parla piano. Non voglio che i miei concorrenti scoprano i miei segreti. Probabilmente pensano che si debba rubare da un tabernacolo in chiesa.»

«Ma non si possono vendere oggetti sacri. Questa è la regola fin dal Medioevo: se vendi l'acqua santa, le togli la benedizione e quindi non funziona più contro i vampiri.»

Mia madre mi diede un altro spintone. «Padre O'Sullivan mi ha trovato la soluzione. Tecnicamente, i miei clienti pagano il contenitore, e io non ho previsto nessun costo aggiuntivo per l'acqua santa. Ora vai pure al tuo banchetto. Non voglio che la gente pensi che io c'entri qualcosa con i vostri libri vecchi e polverosi.»

Si voltò per armeggiare con il suo kit anti-vampiro, lasciandomi lì a bocca spalancata.

Per le due ore successive cercai di dimenticare mia madre e di concentrarmi sui miei clienti. Il Mercato delle Streghe fu un successo strepitoso: sembrava che l'intero villaggio fosse lì in costume, a bere cocktail fumanti da tazze a forma di calderone e a comprare soprammobili a tema stregonesco sulle bancarelle. Salutai la mia amica Maeve, che era arrivata da Crookshollow per aiutare la sua amica Clara a gestire una bancarella del suo negozio di cristalli e stregonerie varie.

Però nessuno comprava libri. Alcune persone si fermarono a chiacchierare, ma la maggior parte di loro era più interessata ai giochi a tema Halloween o alla tenda dove Richard vendeva sidro, il che... era giusto.

Mia madre, invece, stava facendo affari d'oro. C'era una coda che andava dalla sua bancarella fino a metà del mercato. A un certo punto, entusiasta, regalò a Richard una scatola di scarpe che aveva decorato per lui, con delle piccole pinte di birra. Prima dell'ora del tè aveva già esaurito le scorte e aveva iniziato a prendere ordinazioni, promettendo a ognuno una scatola personalizzata.

«Non posso crederci.» Incrociai le braccia. «Sta marciando sulle paure della gente. Dracula è in giro a uccidere e mia madre vede sterline dappertutto.»

«Sei gelosa.» Heathcliff aveva lasciato a Morrie il compito di tenerci i personaggi letterari fuori dai piedi e si era fermato giusto per consegnarmi una delle focaccine di Oliver e un caffè fumante. «Decorare kit personalizzati per uccidere vampiri è l'idea commerciale più "Mina-Wildesca" che abbia mai sentito.»

Gli diedi un pugno sul braccio, ma dovetti ammettere che non aveva tutti i torti. Era vero che non mi piaceva il modo in cui mia madre sfruttava le paure degli abitanti del villaggio per guadagnarci, tuttavia, a differenza di tutti gli altri business in cui era stata coinvolta, quello era davvero divertente. E i kit erano belli. Sarebbero stati qualcosa che avrei valutato di tenere in negozio... se non fosse stata una proposta pericolosa da fare a mia madre.

«Coraggio, Mina.» La voce di Morrie si levò da qualche parte al di là del mercato. Sembrava senza fiato. «L'abbiamo perso.»

«Che sta dicendo Morrie?» Ero chinata che mi stavo annodando i lacci degli stivali.

«Devi vedere tu stessa. Morrie è corso fuori con la camicia abbottonata tutta storta.» Heathcliff soffocò una risata. Non volevo alzare lo sguardo, perché se il Napoleone del crimine era *così tanto* agitato, la situazione doveva essere brutta.

«Yuhuuu, Mina,» mi chiamò la signora Ellis. «Quel signore nudo vuole parlare con te.»

Osai alzare la testa proprio nel momento in cui Socrate saltò oltre il falò, con le lenzuola che sventolavano selvaggiamente. Spinse via tutti i clienti e si precipitò verso di me, agitando trionfalmente in aria il mio cellulare. «Mi ha retwittato,» gridò felice. «Peter Jordanson mi ha retwittato.»

«Dovresti stare dentro.» Morrie si chinò con la testa tra le gambe, ansimando per riprendere fiato. «Non sono nato per fare sforzo fisico. Ecco perché la prima regola per essere un genio del crimine è: assumere dei tirapiedi.»

«Mina doveva saperlo.» Socrate mi spinse il telefono sotto il naso, ma era così eccitato che non lo tenne fermo per farmi guardare. «Guarda, eccolo lì. Ho già più di settecento nuovi follower.»

«Foza, sarà meglio che ci mostri questo tweet.» Morrie si chinò a guardare il telefono. «Oh, bello. Approvo.»

«Non incoraggiare questa cosa.» Heathcliff lanciò un'occhiata a Morrie. «Cosa c'è scritto?»

«"Come si chiama un dinosauro che ha seguito i miei insegnamenti?"» Afferrai il telefono di Socrate e lessi il tweet ad alta voce. «"Un filosoraptor".»

«Ma che razza di battuta è?» commentò Heathcliff. «Non ha alcun senso. Fa pena.»

Socrate mi strappò di mano il telefono e lo puntò contro Heathcliff. «Allora dimmi, dotto signore, che cos'è una battuta?»

«Una battuta è la parte divertente alla fine di una barzelletta.»

«Quindi è una battuta solo perché si trova alla fine?»

«Ehm, credo di no.» Heathcliff sembrava diffidente, come se percepisse di essere finito in una trappola. «Deve essere qualcosa di inaspettato. Però non ho intenzione di spiegarti il concetto di umorismo...»

«Ma se si sa che la battuta sta per arrivare, come può essere inaspettata?»

«Allora credo che non ci possa essere una battuta finale per nessuna barzelletta, dato che la presenza di una battuta finale è sempre prevista.» Heathcliff incrociò le braccia. «Sei contento adesso?»

«Proprio così.» Socrate agitò un dito in aria. «Ieri sera tua madre è giunta alla tua stessa identica conclusione, mentre eravamo presi in un rapporto sessuale.»

Morrie cadde a terra a forza di ridere. Dall'interno della scatola, sentivo il *nyuh-nyuh-nyuh delle* risate corvine di Quoth.

«Hai...» Squadrai con rinnovato rispetto il nostro filosofo vestito di teli. «Hai appena fatto a Heathcliff Earnshaw una battuta su sua madre?»

«Yesss.» Socrate si esibì in un balletto di vittoria che costrinse diverse madri a coprire gli occhi delle loro innocenti creature. «Sei stato fregato da Socrate. E io ho filmato tutto. Preparati a diventare virale. Peter Jordanson mangerà la mia polvere.»

Si esibì in una danza intorno al parco del villaggio, sbattendo i piedi giganti in ogni direzione.

«Non fateci caso,» dissi agli sconvolti visitatori del mercato. «È solo... ehm, è il bisnonno di Heathcliff. E, sì, Heathcliff ha dei parenti che sono venuti in visita dal Nord, e sono un po'... eccentrici.»

«Non sono eccentrici, sono dei demoni, e anche lui. E anche tutti voi!»

Mi voltai di scatto al suono di tanta legittima indignazione. Non fui sorpresa di trovare Dorothy Ingram e i membri della DIABLO in piedi davanti al cancello della chiesa, che fissavano il Mercatino delle Streghe come se credessero che da un momento all'altro si sarebbe aperta una voragine e saremmo stati tutti inghiottiti dalle fiamme dell'inferno.

«Non pensate che Dio non stia guardando,» gridò Dorothy, puntando un dito tremante verso gli abitanti del villaggio, sbalorditi. Era vestita con il suo abito della domenica, con tanto di imponente cappello con una composizione di frutta e fiori secchi. «Egli vede questa empia festa organizzata da una nota fornicatrice e dai suoi amici che risvegliano gli spiriti dal loro riposo. Egli vede la libreria con i suoi tomi blasfemi e la sua commessa che si lascia lordare da niente di meno che tre uomini. Egli vede l'alcol che bevete durante il suo sabato e l'effigie che avete costruito, invece di adorarlo nella Sua casa. Egli vede tutto, e i peccatori saranno puniti... cos'è questo rumore di scricchiolii... aahhhh!»

Si girò, agitando le mani che andarono a strappare il suo cappello dalla bocca di un mostruoso cavallo nero, che le era piombato addosso apparentemente dal nulla per sgranocchiare uno dei frutti. In groppa al destriero, un cavaliere senza testa e vestito di nero si chinò ad accarezzare la criniera del cavallo.

«Bel costume!» urlò qualcuno.

«Posso salire sul suo cavallo, signore?» Un bambino cercò di strattonare la manica del Cavaliere, ma la sua mano lo oltrepassò. «Wow, bell'effetto.»

Vedere i tirapiedi di Dorothy disperdersi spaventati quando il cavallo le strappò dalla testa il gustoso cappello e ne sgranocchiò la tesa, fece scoppiare la signora Ellis in una risata incontrollabile. Quella fu l'ultima goccia per Dorothy, ormai senza cappello, che si avvicinò alla signora Ellis e le puntò il dito in faccia. «*Sei tu* che hai portato questo assassino nel nostro villaggio, Mabel. Con la tua festa demoniaca hai aperto i portoni degli inferi per contaminare la nostra chiesa e maledire donne innocenti. E io lo dimostrerò.»

Si girò sui tacchi e se ne andò infuriata.

Corsi dalla signora Ellis. «Che donna orribile. Tutto quello che lei sta cercando di fare è restituire al villaggio un po' di spensieratezza dopo quei macabri omicidi, e quella *osa* rimproverarla...»

«Non preoccuparti, tesoro.» La signora Ellis mi accarezzò il braccio. «Dorothy Ingram non mi fa paura.»

Pensai al tremore nella voce di Dorothy e ricordai fino a che punto era stata disposta a spingersi l'ultima volta che era stata coinvolta in un crimine nel villaggio. «Penso che forse ora dovrebbe esserlo.»

16

Quando il parco si svuotò e la maggior parte degli abitanti del villaggio si spostarono al Rose & Wimple, chiusi la bancarella. Quoth era volato via proprio quando il sole aveva iniziato a tramontare, gracchiandomi che ci saremmo rivisti al negozio, e non vedevo l'ora di parlargli di nuovo e cercare di ricostruire un po' della nostra intesa. Riuscii a far stare i libri rimanenti in una scatola e nel carrello di Oscar, ma era comunque un bel peso e tornammo alla Nevermore a passo lento.

Quando passai davanti alla casa di Dracula, il mio corpo fu scosso da un brivido involontario. Quel luogo emanava un'atmosfera così opprimente di pericolo che non sapevo come fosse possibile che Dorothy Ingram non avesse già sfondato la porta e praticato un esorcismo al Conte.

«Sono tornata,» dissi entrando nel negozio. «Come sta la nostra paziente?»

«Eh?» Socrate sbirciò da dietro gli scaffali di Aviazione, tendendo l'orecchio verso di me.

«COME STA FIONA?»

Socrate mi scrutò con preoccupazione. «Per i testicoli di Zeus, perché mai vorresti andare in Macedonia? Un posto brutto e sudicio.»

«Non voglio andare in Macedonia! Voglio sapere di...» Agitai una mano mentre sopra di me udii uno schianto. «Lascia perdere.»

Appesi la pettorina di Oscar e salii le scale. Un altro forte colpo, seguito da un lamento lancinante, mi fece trasalire.

Puck mi raggiunse in cima alle scale. «Sei sicuro che non vuoi che la trasformi in asino?» chiese a Socrate.

«Non ora, grazie» replicai io rapida. Poi spalancai la porta che guidava alle nostre stanze private, per richiuderla in faccia a Puck prima che suggerisse un incantesimo drastico che avrei potuto prendere in considerazione.

Nel nostro appartamento c'era un rumore assordante. Le grida di Fiona facevano tremare le pareti. Oscar mugolò e poi crollò sul tappeto coprendosi le orecchie con le zampe. Grimalkin si sedette con la schiena eretta davanti al fuoco e, mentre mi toglievo il cappotto, si trasformò nella sua forma umana con il chiaro intento di guardarmi male.

«Come faccio a dormire le ventisette ore giornaliere raccomandate per un felino in salute con tutto questo chiasso?» Si ispezionò con superiorità le unghie, perfettamente curate e affilate. «Se continua così, non avrò altra scelta che cavarle gli occhi, per darle qualcosa per cui piangere davvero.»

«Non farai nulla del genere,» la avvertii. «Dobbiamo solo capire come annullare ciò che Dracula le ha fatto e poi potremo liberarla. Perché non fai qualcosa di utile e vai a curiosare nella vecchia casa di Jenna Mclarey, per vedere se riesci a capire come mai aveva un deposito di terriccio rumeno?»

«E sottomettermi a quel porco di suo marito? No, grazie.» Grimalkin si leccò le dita, poi si strofinò l'orecchio. «L'ho incontrato al pub una sera, durante una delle mie scorribande notturne, talmente distratto dal chiacchierare con una bella ragazza che non si è accorto che gli stavo leccando la schiuma della birra. Se però Jenna osa solo parlare con un altro uomo, lui va su tutte le furie, come un gatto geloso.»

«Grazie per questa inutile chicca. Ora vai.» Le indicai la porta. Grimalkin fece il broncio, ma si ritrasformò in gatto e uscì dalla porta con la coda ritta.

Io feci capolino nella camera da letto, beccandomi in faccia una zaffata di fumi d'aglio. Heathcliff era seduto sulla sedia accanto al letto, con il naso immerso in un libro, mentre Fiona si contorceva e si dimenava nei legacci. Mi coprii le orecchie per non sentire i suoi lamenti. «Come fai a sopportare tutto questo rumore?»

Heathcliff chiuse di scatto il libro. «Anni di pratica contro il chiacchiericcio incessante dei clienti.»

«Stamattina non faceva così tanto chiasso.»

«Pensiamo che con il tempo abbia sviluppato una certa tolleranza all'aglio. Abbiamo cercato di procurarcene dell'altro, ma tua madre ha comprato tutto l'aglio fresco che c'era al mercato. Ho mandato Morrie a Barchester per vedere se riesce a trovarne un po' da Sainsbury.»

Si alzò dalla sedia, spalancando le braccia. Io mi buttai addosso a lui e appoggiai la testa al bavero del suo spesso cappotto, e respirai l'aroma di muschio speziato, leggermente torbato, e dello sfagno fresco della brughiera, cifra di Heathcliff Earnshaw. «Che facciamo?»

«Chiudiamo il negozio per qualche giorno. Se qualcuno chiede, diremo che abbiamo avuto un'infestazione di banshee.» Heathcliff trasalì quando Fiona emise uno strillo particolarmente acuto.

«Non possiamo permetterci di perdere così tanti affari. Inoltre, tra due notti avremo qui le Cacciatrici di Spiriti.»

«Non potresti semplicemente... dire loro di non venire?» Heathcliff sembrava sperarci.

«Hai mai detto alla signora Ellis di non fare qualcosa? E a mia madre?» Affondai il viso nella sua giacca, e avrei voluto potermi infilare sotto la sua pelle per nascondermi per sempre. «Dov'è Quoth? Ha detto che ci saremmo incontrati qui.»

Heathcliff grugnì.

Era la risposta che mi serviva. Mi tirai indietro a malincuore, girai sui tacchi e mi diressi verso il soggiorno.

«Mina, che fai?»

Presi il cappotto e feci segno a Oscar. «Vado in cerca di Quoth.»

«Vengo con te.»

«Non puoi. Qualcuno deve restare qui a sorvegliare Fiona.»

«Fallo fare a Robin. Quel piccolo e fastidioso idiota è alla ricerca disperata di uno scopo nella vita e sarebbe grato per qualsiasi cosa lo tenga lontano da Puck: il maledetto folletto gli ha trasformato l'arco in una banana.»

Sorrisi mio malgrado. Heathcliff ringhiò. «Non è divertente. Ha anche trasformato il mio scotch preferito in latte acido e, nonostante tutte le mie migliori minacce, non è ancora riuscito a riportarlo al suo precedente e più delizioso stato.»

Con Robin a fare da palo a Fiona, uscimmo a prendere l'auto che avevamo chiamato. Mentre attraversavamo il parco verso il nostro autista, notai un gruppo di persone sul bordo del cimitero, che sussurravano furtivamente con le teste chinate. Guardai Heathcliff. «Chi sono?»

«Dorothy Ingram e i membri della DIABLO. Mi chiedo cosa stiano tramando.»

«Altre interruzioni del festival, senza dubbio.» Ordinai a Oscar di salire sul sedile posteriore dell'Uber. Quando l'autista vide il mio cane, sbatté la portiera. «Niente animali in macchina.»

«È in servizio e lei è obbligato per legge a...»

«NIENTE ANIMALI.» L'autista partì, a tutta birra.

Quella situazione frustrante si verificava purtroppo abbastanza spesso, tanto che stavo pensando di costringere Morrie a prendere la patente per avere una macchina nostra. La maggior parte degli autisti non conosceva le leggi sugli animali in servizio e non voleva peli di cane in macchina. C'erano un paio di autisti locali che mi conoscevano e che avrebbero accolto volentieri Oscar a bordo, ma con l'app non potevamo avere la garanzia su chi avremmo trovato. Era solo un altro esempio super divertente di una cosa che avrebbe dovuto essere semplice, ma che per una persona non vedente diventava difficile. E non a causa del suo stato fisico, ma a causa della società.

Inutile dire che quando finalmente trovammo un autista che accettò di accompagnarci alla scuola di Quoth con Oscar, ero di pessimo umore. Una volta scesa dall'auto, sentii i guaiti eccitati di un altro cane. Illuminata dai fari di un taxi c'era una donna con il suo cane guida. Mi precipitai incontro a lei.

«Marjorie, ciao. Sono Mina Wilde, l'amica di Allan, con il mio nuovo cane guida, Oscar.»

«Oscar? Oh, Mina, sono così felice che tu abbia il tuo cane ora.» Passammo un paio di minuti a presentare i nostri cani l'uno all'altro e a lasciare che si annusassero, poi chiesi a Marjorie se poteva indicarmi lo studio dove lavorava Quoth.

Lei aggrottò la fronte, preoccupata. «Allan non è qui. Sono appena uscita dal mio ufficio e ho controllato tutti gli studi prima di chiudere.»

«Ha la chiave? Ultimamente ha lavorato spesso fino a tardi in studio, facendo le notti in bianco per preparare la mostra.»

Lei scosse la testa. «Non è possibile. Non diamo le chiavi agli studenti e non li facciamo entrare negli studi dopo le venti. È una questione di sicurezza. Forse ha preso in affitto uno studio privato: alcuni studenti lo fanno se hanno bisogno di un'area grande per lavorare ai loro pezzi dopo l'orario di lavoro.»

«Ah, okay. Grazie.» La guardai salire sul taxi e partire, con il cuore che mi rimbombava nel petto. Quoth mi aveva detto che era stato allo studio d'arte tutte le sere, invece non c'era.

Non è mai stato qui. Cosa sta combinando?

17

Quella sera Quoth non tornò a casa. Gli mandai diversi messaggi, chiedendogli di svegliarmi quando sarebbe tornato, per parlare. Ma non dormii. In parte anche perché non volevo sognare di nuovo di Dracula. La presenza del Conte era pressante, e mi ricordava costantemente che dall'altra parte della strada c'era un uomo che poteva fare del male a chiunque amassi.

Mentre guardavo le stelline e gli uccellini fosforescenti sul soffitto di Quoth, lasciando che le luci disegnassero ghirigori colorati nel mio campo visivo, impazzivo cercando di razionalizzare le bugie di Quoth. Non mi aveva mai mentito prima, *mai*. Non sapevo nemmeno che fosse capace di mentire.

Ma ne era capace. E l'aveva fatto.

E mi aveva ferita. Faceva più male di quanto dovrebbe fare una ferita causata da altro che non fosse un coltello o un'arma. Faceva male come se quella bugia mi stesse scorticando la pelle. Mi fece dubitare di ogni bel momento che avevamo condiviso, o bacio che aveva posato con tanta riverenza sulle mie labbra... di ciascuna parola triste e bella che mi aveva detto.

Mi scesero delle lacrime. Non mi importava nemmeno dove fosse, non contava più. Avevo pensato che avessimo qualcosa di speciale. Avevo creduto che fossimo simili. Ma se lui poteva mentirmi su questo, allora io... beh, non sapevo più cosa credere.

Quando Quoth finalmente entrò dalla finestra svolazzando, i primi raggi di sole stavano danzando tra gli alberi. Io mi alzai di scatto, con i pugni serrati per tutte le emozioni represse. «Dove sei stato?»

Lui saltò sul letto e prese la sua forma umana. Io accesi la luce: volevo parlargli guardandolo in faccia. Lui mi osservò attraverso la sua cortina di capelli lucidi. I suoi occhi cerchiati di fuoco sembravano infossati, iniettati di sangue. Aveva bisogno di dormire.

Beh, difficile. Avevo bisogno di risposte.

Quoth fece per prendermi la mano e io la scostai. «Sono andata a cercarti a scuola stasera, ma era chiusa. Ho parlato con Marjorie nel parcheggio. Ha detto che non stai a lavorare fino a tardi a scuola. Non permettono agli studenti di entrare nel campus dopo le venti. Quindi, dove sei stato tutte queste sere?»

Quoth socchiuse gli occhi. Strinse le labbra e i suoi lineamenti assunsero un'espressione di tale tristezza e rammarico che quasi mi sciolsi. «Mi dispiace,» sussurrò.

«Non dispiacerti. Ora non si tratta di essere dispiaciuti. Voglio una spiegazione. Dove sei stato? È un'altra ragazza? Un'altra... famiglia? Non avresti mentito così se non...» Finché le parole non furono pronunciate, non mi ero resa conto di quanto le temessi.

Lui scosse la testa. «No, no, non ti tradirei mai, né con un umano né con un uccello. Il professor Sang ha preso in affitto un posto per poter fare delle ore in più per finire i pezzi. Non te l'avevo detto perché... mi vergognavo di averglielo fatto pagare, credo. Sapevo che avresti pensato che era strano, e io non volevo chiederti soldi quando sapevo che il negozio era in difficoltà...»

«*Avresti dovuto* chiedere. Avremmo trovato un modo. Per non parlare del fatto che è pericoloso dire che sei a scuola quando in realtà sei da un'altra parte. E se stasera ci fosse stata un'emergenza e avessi cercato di trovarti ma tu non ci fossi stato? E poi è strano che questo professore paghi il tuo studio in questo modo. Se avevi bisogno di un posto dove lavorare dopo l'orario di lavoro, perché non potevi farlo a casa? Almeno avrei saputo dove eri e non mi sarei preoccupata per te.»

Quoth fece un cenno verso le scale, dove i suoni delle grida lamentose di Fiona riecheggiavano fino alla soffitta, uniti ai battibecchi di Heathcliff e Morrie e a tonfi e grida qua e là che potevano essere... beh, assolutamente qualsiasi cosa, ora che c'era Puck in casa.

«Okay, va bene. Ho capito. Questo posto è un caos totale. Però tu mi hai *mentito*.» Trattenni con un sospiro il singhiozzo che minacciava di distruggermi. «Come posso fidarmi di quello che mi dici adesso?»

Il labbro inferiore di Quoth fremette. «Mina, io...»

Alzai una mano. «No, non ora. Adesso ho Dracula di cui preoccuparmi, e Fiona al piano di sotto, e Jo che è sconvolta, e nuovi personaggi letterari che compaiono ogni giorno, e un gruppo di occultisti che si presenta per una conferenza, e Heathcliff e Morrie che sono... Heathcliff e Morrie. Non pensavo di dover gestire questa cosa da sola, ma tu hai chiarito la tua posizione. Quindi vai, Quoth. *Vai* e basta.»

Non disse nulla. Chinò la testa con le spalle che gli tremavano, e vidi che si ritirò all'interno della sua mente per proteggersi dalla durezza della mia voce. Non si mosse dal letto. Io raccolsi i miei vestiti dal pavimento e corsi alla porta. Odiavo fargli del male. Odiavo ogni passo che facevo per allontanarmi da lui, ma avevo bisogno che sapesse che aveva ferito anche a me.

«Mi scusi.» Una signora dai capelli bianchi mi fulminò con lo sguardo. Aveva un'aria familiare, anche se ero certa di non aver mai servito qualcuno con un tono così adirato. «Voglio restituire questo libro. E pretendo un rimborso, più un extra per i danni. Anzi, vi farò causa per stress emotivo.»

«Ehm, certo. Può provarci. Quale sarebbe il problema?» Sbirciai il libro delle Ferrovie del Nord Staffordshire, che mi sembrava perfettamente a posto.

«Ho acquistato questo libro come regalo di pensionamento per mio marito. Ma guarda che razza di schifezza ci ho trovato dentro.» Aprì la copertina e gettò il libro sul bancone come se tenerlo più a lungo le avrebbe bruciato le dita.

Mi avvicinai per vedere cosa la turbava tanto. Quando mi apparvero le immagini, ebbi un sussulto. Invece di fotografie panoramiche di materiale rotabile, fui accolta da xilografie di donne nude incastrate nelle posizioni più *acrobatiche*.

«Mio marito ha aperto questo... questo *schifo* davanti a tutti i suoi amici,» strillò. «Cosa penseranno di noi? C'era anche padre O'Sullivan, che è svenuto affondando il viso nella crema pasticcera. Avete rovinato la festa di pensionamento di mio marito e ora *pretendo* un risarcimento.»

Oh, no. Evidentemente Bertie aveva dimenticato di rimettere a posto le copertine. «Certo, signora. Mi dispiace molto per il disguido. Se aspetta un momento, sarò in grado di localizzare il libro corretto...»

Feci per prendere il volume incriminato, ma lei me lo

strappò di mano. «Mi rifiuto di permetterti di esporre altri innocenti a questo degrado. Consegno io questo libro a Dorothy Ingram, che lo brucerà insieme agli altri.»

«Quali altri?» gridai, ma la donna si stava già dirigendo verso la porta, quasi travolgendo Jo nella sua corsa per sfuggire alla mia depravata presenza.

«Che problema aveva?» Jo mi passò un involtino di salsiccia. «Ha fatto l'errore di citare *Il corvo* a Quoth?»

Dissi a Jo cosa aveva fatto Bertie. Lei per poco non si strozzò con il caffè per le risate. «Sentirti parlare dei tuoi clienti mi rende sempre allegra, perché i miei sono sempre così tranquilli e calmi. Beh, a parte Fiona...»

Si interruppe, con gli occhi rivolti al soffitto mentre dal piano di sopra arrivavano le grida di Fiona. Jo si irrigidì.

«Mi dispiace.» Le strinsi una spalla. «Almeno qui è al sicuro. Diciamo ai clienti che è una colonna sonora spettrale per Halloween.»

«Giusto.» Jo deglutì. «Ti va di rievocare un po' la scena del crimine?»

«Spiega.»

Jo sollevò una pila di fogli. «Ho in mano il rapporto della polizia, ottenuto illegalmente, sull'omicidio di Jenna Mclarey. Include una mappa del luogo esatto in cui è stato rinvenuto il corpo, oltre al rapporto della Scientifica e alle dichiarazioni raccolte dalla polizia durante gli interrogatori. Le amiche di Jenna affermano che il marito Connor era un depravato che ci ha provato con tutte loro almeno una volta, ma che era terribilmente geloso se lei parlava con altri uomini. Un bel personaggio. Il che non ci è di grande aiuto. Però questo sì.» Jo tirò fuori un foglio e me lo sventolò davanti agli occhi. «Ho pensato che stasera potremmo andare al cimitero con questa comoda mappa della scena del crimine e vedere se ci viene qualche idea brillante.»

«Mi piacerebbe, ma forse dovresti andarci con Morrie, invece che con me. Sai che di notte non ci vedo bene e...»

«Sciocchezze. Mina, se devo aggirarmi furtivamente in un cimitero nel cuore della notte per dare la caccia a un vampiro, al mio fianco voglio la mia migliore amica.» Jo sorrise. «Torno a prenderti dopo la chiusura. Indossa la tua migliore *mise* da scassinatrice e vediamo se riusciamo a incastrare questo tizio.»

18

«...Sette, otto, nove... ecco.» Jo si fermò di botto. «È qui che Jenna è stata uccisa.»

Lasciai il braccio di Jo e mi chinai per ispezionare la tomba. Dovetti premere il naso contro la pietra fredda e tenere il telefono accanto al viso per leggere il nome: GEORGE HACKSTONE - SONO ARRIVATO QUI SENZA ESSERE CONSULTATO E ME NE SONO ANDATO SENZA AVERE IL CONSENSO. «Sembra che il vecchio George fosse una vera macchietta. Non sarà un suo parente?»

«Per quanto ne so, no,» replicò Jo. «Non credo che la collocazione del corpo su questa tomba sia significativa. L'omicidio di Jenna non è stato come gli altri. Prima l'ha uccisa, e poi le ha bevuto il sangue. Ne ha lasciato anche un bel po' sull'erba, quel bastardo disordinato.»

«Cosa?» Mi rialzai, spolverandomi le mani. Oscar annusò intorno alla lapide. «Questo non c'era, sui giornali.»

«Quando si tratta di serial killer, cerchiamo di non divulgare certe informazioni. A volte si preferisce che l'assassino rimanga all'oscuro su quello che sappiamo.»

«Quindi non è morta per dissanguamento?»

«No. È stata colpita alla nuca da un oggetto piatto e contundente. C'era una macchia di sangue in questo angolo.» Jo toccò la pietra con un'unghia. «La polizia ha pensato che l'assassino possa averla spinta e che lei abbia battuto la testa. È sicuramente possibile, ma...»

«Ma non se il nostro assassino è Dracula.» Non era così che operava. Dracula usava la coercizione e si faceva vanto della sua abilità nel fotterti la mente. Non andava in giro per cimiteri a prendere la gente a spintoni.

«Esatto. E c'erano altre cose strane. Era tutta in tiro: tacco quindici, vestito rosso, mutandine di pizzo sexy. Decisamente non il solito abbigliamento da cimitero di notte. Direi che era venuta qui per incontrare qualcuno: un incontro galante.»

Mi ricordai di una frase detta da una delle signore della DIABLO. «Pensate che possa essere lei la donna vista "scorrazzare" tra le lapidi? Forse Dracula l'ha sedotta e l'ha convinta ad andare lì, con la terra, per incontrarlo? Ma questo non ci dice ancora dove si sia procurata il terriccio o che aspetto possa avere il contenitore...»

Mi allontanai e notai Jo che guardava oltre la mia spalla, con la fronte aggrottata. «Mina, guarda.»

Mi voltai e cercai di mettere a fuoco il fascio della sua torcia, ma naturalmente non riuscii a capire cosa stesse puntando. Le infilai di nuovo la mano nell'incavo del gomito e lei condusse me e Oscar verso un edificio basso: il capannone del custode, immaginai. Accanto alla porta c'era una pila di legna vecchia. Jo si chinò e cominciò a scrutare le assi. Ne sollevò una.

«Non posso credere che Hayes e la Wilson non abbiano cercato qui.» Indicò l'estremità del legno. Si vedevano solo alcuni chiodi piegati che spuntavano. Jo toccò il legno con un pollice. «Lo porto in laboratorio per controllare, ma ci scommetto il mio disco dei Black Sabbath autografato che questa macchia scura è una macchia di sangue. Ho in mano l'arma del delitto.»

19

Quoth si premurò di saltarmi sulla spalla non appena io e Jo entrammo dalla porta d'ingresso. *Ho preparato della cioccolata calda. È sul fornello al piano di sopra.*

Sapevo che era il suo modo per chiedere scusa, ma era l'ennesima notte in cui facevo tardi e in quel momento non avevo la forza di scavare con lui nelle mie emozioni. Salii le scale, rifiutandomi di pensare. Mentre dalla mia camera da letto arrivavano gli schiamazzi e le grida di Fiona, Victor attraversò a passi pesanti il negozio, lasciandosi dietro una scia di fango sulla moquette tra i borbottii su qualcosa riguardo al servizio scadente del nostro tuttofare locale, che ancora non si era fatto vivo. Jo corse dentro prima di me, desiderosa di sedersi al fianco di Fiona. Io avevo un disperato bisogno di fare pipì e di bere qualcosa di forte che non fosse cioccolata contaminata da scuse.

Mina, ti prego, parlami. Quoth mi seguì svolazzando su per le scale. *Voglio...*

«Stasera vado a letto con Morrie,» sbottai, sbattendogli la porta del bagno in faccia.

Il giorno dopo, Jo andò al lavoro presto per esaminare il sangue sull'asse di legno che avevamo trovato al cimitero. Heathcliff aveva promesso alla signora Ellis che si sarebbe occupato lui della security alla festa di Halloween al municipio, nel caso in cui la DIABLO avesse avuto dei piani per sabotarla. Socrate aveva cooptato Morrie per fare da star in un video dimostrativo del Metodo Socratico, e il mio Maestro Criminale non poté resistere all'occasione di dimostrare le sue abilità mentali, così i due erano al piano di sopra a filmarsi, mentre Robin si esercitava a lanciare frecce a vecchi libri che aveva allineato lungo la tromba delle scale. In piedi dietro Robin, Puck schioccava le dita per spostare i libri in modo che le frecce di Robin andassero sempre a vuoto. Se Puck non avesse fatto attenzione, si sarebbe ritrovato crivellato di frecce come un San Sebastiano shakespeariano.

Quel giorno il negozio era vuoto: un paradiso! Tutti gli abitanti del paese erano alla fiera dell'artigianato. Passai un po' di tempo a scorrere gli account dei social media di Jenna Mclarey, alla ricerca di qualsiasi possibile collegamento con la Romania o con il terriccio, e non trovai nulla. In ogni foto che trovavo c'era il sorriso della defunta, che mi ricordava che non potevo lasciare che la sua morte fosse vana. C'era qualcosa della nostra visita al cimitero la sera prima che mi tormentava, ma non riuscivo a mettere a fuoco.

Sapevo che era inutile cercare a caso: la nostra migliore possibilità di trovare un indizio sarebbe stata l'analisi dell'arma del delitto da parte di Jo. Chiusi Facebook e aprii un file segreto.

Il mio romanzo.

Era un racconto romanzato del primo omicidio che avevo risolto (quello della mia ex migliore amica, Ashley Greer) e di come avevo conosciuto i ragazzi. Ci lavoravo segretamente nei ritagli di tempo che riuscivo a trovare. Non avevo ancora detto a nessuno che lo stavo scrivendo, anche se non sapevo perché. Immaginavo... fosse perché per il momento lo volevo tenere solo per me. L'avrei detto prima a Quoth: tra tutti, sapevo che lui avrebbe capito. A lui non piaceva che io vedessi i suoi lavori prima che fossero terminati, però amava parlare dei suoi quadri con me, del processo di pittura, delle sue scelte compositive, del mezzo e dei colori, della sua angoscia esistenziale quando le cose non andavano come voleva. Beh, in passato me ne aveva parlato.

In quel momento, però, non volevo dirgli nulla.

Le mie dita si soffermarono sui tasti. Cliccai sul pulsante di lettura automatica, per ascoltare le mie parole. Nella quiete della libreria deserta, circondata dalle opere di tutti i miei scrittori preferiti, ciò che avevo scritto suonava orribile. Stucchevole. Pieno di errori, di tautologie e di avverbi insignificanti.

Mi accasciai sulla scrivania, con la testa tra le mani. *Chi voglio prendere in giro? Sono una venditrice, non una creatrice di libri.*

Chi l'avrebbe mai detto che scrivere di omicidi era molto più difficile che risolverli?

Poi mi ricordai che mi sentivo così anche nei confronti della moda. Ogni volta che creavo un pezzo iniziavo con un'idea che mi entusiasmava, ma non appena stendevo il modello e iniziavo a tagliare, venivo presa da un'ondata di terrore esistenziale. Sentivo nelle ossa che stavo commettendo un tremendo errore, però i corsi e l'esperienza a fianco di Marcus mi avevano insegnato che dovevo superare quella paura finché non riuscivo a scorgere la mia visione che emergeva da tutto quel caos.

L'unico modo per uscirne era passarci dentro.

Appoggiai di nuovo le dita sui tasti. *Puoi farcela, Mina. L'hai vissuto, questo mistero. Scrivi quello che è successo. Potrai sistemare tutto più tardi.*

Inspirai e riportai la mente al primo giorno in cui ero entrata nella Libreria Nevermore. L'odore degli scaffali polverosi e delle pagine rilegate in pelle e il profumo torbato e speziato di Heathcliff. La voce di Quoth che mi entrava nella mente, come se fosse sempre stata parte di me. Le mie dita iniziarono a volare sui tasti e il mio cuore spiccò il volo mentre mi uscivano le parole... e fu proprio a quel punto che il computer fece un *POP* di sfida e si spense.

Tutte le lampade del negozio si spensero.

«Victor!» gridai.

Un attimo dopo, la porta della cantina si aprì e Victor Frankenstein arrivò con il suo *ciaff ciaff ciaff* sulla moquette. «Hai chiamato?»

«Hai tolto la corrente.»

«Pare di sì.» Scrutò lo schermo nero del computer e il mio telefono aperto sull'app delle note. «Spero che tu non abbia perso nulla di importante.»

«Solo il mio romanzo.» Sospirai. «Non fa niente. Non era comunque niente di buono.»

«Non dire così. Pensi che io sarei arrivato dove sono oggi se mi fossi fermato la prima volta che ho cercato di creare un mostro mettendo insieme dei pezzi di umani morti?» Victor si batté il petto con orgoglio. «Se avessi smesso, non sarei Victor Frankenstein, il medico più celebrato della letteratura.»

«Ehm, sì, anche se non sono sicura che *celebrato* sia la parola giusta...»

«Mina, non puoi arrenderti ogni volta che le risposte non si allineano alla perfezione. L'arte non è così. L'arte è come il corpo umano: parte da uno scheletro che tiene insieme tutto.

Non preoccuparti della pelle, degli organi e della cartilagine se prima non hai le ossa al posto giusto.»

«È... sorprendentemente utile, grazie.»

«Non c'è di che.» Victor fece gocciolare dell'acqua gelata sulla tastiera. «Quindi, adesso posso riavere la corrente?»

«Lo spero. Ci serve per far funzionare il negozio e la mia piastra per capelli.» Presi il telefono. «Chiamo Andy l'Aggiustino.»

«Sì, grazie. E ricordagli che deve sistemare anche le tubature, dato che c'è. La cantina sta diventando terribilmente umida.» Alzò una gamba. Non riuscivo a vedere la stoffa, ma sentivo il rumore del tessuto inzuppato. «E a volte mi sembra di vedere... delle cose nell'acqua. Potrebbe essere pericoloso laggiù...»

«Ehi, Mina! Sei qui? Tutte le lampade si sono spente.»

Sollevai il telefono con la torcia accesa e la puntai verso l'ingresso. «Jo. Sì, abbiamo un piccolo problema con la corrente.»

«Ehi!» tuonò una voce infastidita dalla cima delle scale. «Stavamo girando una diretta su Facebook e si sono spente tutte le luci.»

«Ciao, Socrate.» Jo diede un colpetto con un pugno al filosofo greco che passava. «Ho visto che Peter Jordanson ti ha citato nel suo ultimo video. Roba da matti.»

«Hai appena dato un pugno al padre della filosofia.» Le feci un ampio sorriso mentre si accomodava sulla sedia di velluto. «Sei davvero al tuo posto con tutte queste... cose da libreria.»

«Mina, tu sei la mia amica. Tutto il resto è solo una facciata.» Jo sbirciò le scale. «Come sta Fiona?»

«Al solito. Oggi urla un po' meno. Morrie ha trovato dell'altro aglio, l'abbiamo appeso e sembra che funzioni, ma adesso è in una specie di delirio *draculiano*. Non ha mangiato nulla di quello che abbiamo provato a darle. Non capisco se dovremmo darle del sangue, dell'aglio o non so che altro. Vorrei che ci fosse un manuale su come de-vampirizzare qualcuno.»

«Siamo in due.» Jo rannicchiò le gambe sotto di sé. «Vuoi sapere i risultati dei miei esami?»

«Diavolo, sì.»

«L'asse è *sicuramente* l'arma del delitto. Il sangue corrisponde alla vittima e la forma della tavola è identica alla ferita sulla sua testa. Ma questo non ci dice perché la vittima si trovasse nel cimitero quella notte, né come sia entrata in possesso di un po' della terra del cimitero, e dove tale terra si trovi ora.» Jo mi toccò una gamba. «Così ho invitato suo marito a bere qualcosa. Vuoi venire con me?»

Estrassi il telefono e feci luce per vedere come era vestita: un vestito rosso aderente e scollato, e un rossetto rosso sangue in tinta. «Sei in servizio, o hai intenzione di sedurre questo ragazzo per spillargli qualche informazione?»

Mi lanciò un sorriso selvaggio. «Ti do tre possibilità.»

Sospirai. «Dammi solo un secondo per cambiarmi. Due porche vogliose funzionano sempre meglio di una sola.»

«È il mio motto,» disse la voce di Morrie da dietro gli scaffali di Poesia.

«Bau.»

«E Oscar è d'accordo.»

«Tu non eri previsto,» disse Jo a Morrie.

«C'è in giro un vampiro assetato di sangue. Non vi lascerò senza protezione. Inoltre,» Morrie si sistemò il bavero. «Se vogliamo sedurre quest'uomo, dobbiamo essere preparati a tutto: non sappiamo da che parte sta.»

«Tredici denunce di molestie sessuali sul posto di lavoro da parte di *donne* suggeriscono che lo sappiamo,» commentò Jo. «È al tavolo nell'angolo. Morrie, tu siediti al tavolo dietro di noi. Se le cose si mettono male, usa la tua creatività.»

Morrie schioccò le dita. «Una mossa sbagliata e lo rovescio come un calzino.»

Jo e io ci infilammo nella panca di fronte a Connor Mclarey. Nella scarsa luce del pub non riuscivo a vedere i suoi lineamenti, ma potevo *percepire* nettamente il suo sguardo malizioso. Già, il marito di Jenna era uno che la sapeva lunga.

«Mmm, due al prezzo di uno. Posso offrirvi da bere, signore?» Connor si sporse sul tavolo, arrivando a tanto così dalla faccia di Jo. «Se avessi saputo che alla polizia c'è gente così sensuale, mi sarei messo nei guai più spesso.»

Notai che Jo non lo corresse. «Avremmo solo bisogno di qualche precisazione, Connor. Ma ho pensato che potevamo incontrarci in un ambiente più rilassato. Non sei nei guai, capisci? Ci dispiace molto per la tua perdita.»

Gli prese una mano tra le sue. Connor lasciò cadere la testa, con le spalle che gli tremavano per i finti singhiozzi. «Sono così... sconvolto... per Jenna. Mi manca così tanto. Sarà anche stata una stronza traditrice, ma era la mia ragazza, capisci? È davvero difficile stare da soli, soprattutto di notte, soprattutto nel nostro grande letto matrimoniale.»

«Raccontaci tutto, poverino.» Jo gli accarezzò la mano. Sotto il tavolo, mi diede un colpetto allo stivale. Per quanto mi facesse accapponare la pelle, allungai la mano e gli presi l'altra, disegnandogli con le dita dei cerchi sulle nocche.

«Staremo con te tutto il tempo che serve, Connor,» lo rassicurai.

«Vogliamo solo sapere se Jenna aveva qualche legame con la Romania. Forse dei parenti? O un interesse commerciale?»

«Romania? Nel senso di...» Connor formò degli artigli con le mani e tirò fuori la lingua. «Volio suchiare tuto tuo sangue?»

«Sì, proprio in quel senso.» *Certo, anche nel senso di montagne maestose, storia comunista e Vlad l'Impalatore e probabilmente un sacco di altre cose interessanti, ma concentriamoci sul libro scritto da un uomo di teatro irlandese che non aveva mai visitato la Romania.*

«Non lo so. Amava quei film... *Twilight.*» La voce di Connor si incupì. «Forse è per questo che si incontravano al cimitero. Voleva fingere che lui fosse un vivace vampiro. Scherzava sul fatto che invece era stata vampirizzata da Dracula.»

«Ma con chi si vedeva?»

«Con il reverendo Mosley. È lui il coglione con cui mi tradiva.» Connor allontanò di scatto le mani e prese il suo drink. «Ecco perché Jenna era al cimitero quella sera. Si incontravano lì nelle notti in cui io lavoravo fino a tardi e lui non aveva le sessioni di studio della Bibbia. Scopavano sopra le tombe. Credo che al buon padre piacesse schiaffeggiare il suo culo bianco al chiarore della luna. Jenna pensava di essere molto furba e di riuscire a farmela dietro le spalle, ma non sapeva che io l'avevo seguita e avevo visto tutto. *Nessuno si prende gioco di Connor Mclarey.*»

«Puoi descrivere questo reverendo Mosley?» Lanciai un'occhiata a Jo. «Noi non l'abbiamo mai incontrato.»

«Alto, capelli lunghi, aspetto ricercato, abiti d'altri tempi. Occhi molto intensi.» Connor si batté il pugno sulla mano. «Un cazzo minuscolo, che io gli taglierò per aver messo le mani sulla mia ragazza. Scommetto che è stato lui a ucciderla. È sicuramente un maniaco. Sì, dovreste concentrarvi su di lui.»

«Non preoccuparti, lo faremo.» Sotto il tavolo, Jo mi prese una mano e la strinse.

A me sembra Dracula.

E questo nuovo parroco non l'abbiamo mai visto. Non può essere una coincidenza. Dracula si spaccia per il reverendo Mosley.

Quindi la nostra vittima era stata sedotta da Dracula e attirata al cimitero quella notte. Evidentemente le aveva dato un appuntamento per portarle via la terra. Ma lei dove aveva trovato la terra rumena?

20

Il giorno del falò avevo organizzato una conferenza di un importante occultista londinese nello spazio eventi del negozio. Avevo accettato di esporre i nostri volumi sull'occulto per un'ora prima della conferenza, un'occasione rara per chi era interessato a sfogliare tali opere rare. Anche se non ero riuscita a contattare Andy l'Aggiustino per riparare la corrente, decidemmo di andare avanti: il buio non faceva che aumentare l'atmosfera.

Dal momento in cui girai l'insegna, la Nevermore si riempì di uomini vestiti di nero che sfoggiavano barbe maestose e un peculiare odore corporeo, tutti intenti a chiacchierare educatamente dei demoni che intendevano evocare e piegare alla loro volontà. Vendemmo un paio dei nostri rari volumi sull'occulto a un tizio con una barba grigia così lunga da far invidia a Gandalf, e sopportai diverse lezioni incomprensibili sulle prodezze erotiche di varie divinità con la testa di capra.

Dopo la conferenza, quando avevo appena finito di sistemare tutti gli ultimi libri sull'occulto al piano di sopra, si avvicinò al bancone un uomo brufoloso con le mani infilate in tasca. Non ricordavo di averlo mai visto prima. «Salve, avevo letto di questo evento sulla bacheca della comunità locale, però la conferenza non mi ha tolto i dubbi che avevo. Mi chiedevo se per caso avete qualche libro su come riportare in vita i morti.»

Sollevai di scatto la testa. Gli rivolsi il mio miglior sorriso da servizio clienti. «Sono sicura che troverà qualcosa nella nostra sezione dedicata all'occulto. È laggiù, dietro quell'uomo con la maglietta con la scritta Satanic Feminist.»

Il ragazzo scosse la testa. «Ci ho già dato un'occhiata, ma un tizio mi ha detto che quei libri erano un mucchio di sciocchezze. Ha detto che avete altri libri. Libri *potenti*.»

Aveva qualcosa di lucido sul collo, che spuntava appena dal colletto della maglietta nera. Da lontano non potevo esserne certa, ma ero abbastanza sicura che fosse un crocifisso. O il tipo si stava proteggendo da Dracula, oppure era un membro della DIABLO, inviato da Dorothy per distruggere i nostri libri.

Gli rivolsi il mio sorriso più dolce. «Ha ragione, effettivamente al piano di sopra abbiamo dei libri antichi, ma sono molto delicati e si possono vedere solo su appuntamento. Posso darle un elenco di titoli e se le interessa un libro in particolare glielo farò portare giù, così che lo possa vedere.»

Lui frugò nel portafoglio. Pensai che avesse intenzione di corrompermi, invece tirò fuori la foto di un cane dall'aspetto trasandato. «Questo è Angus. È morto la settimana scorsa e io... io non... beh, insomma, mi manca tantissimo.»

Il suo corpo si contorse tutto, tra i singhiozzi. *Per Atena, se sta recitando, è terribilmente bravo.*

«Posso offrirle un fazzoletto?»

Ne prese uno dalla scatola che gli avevo allungato e ci spernacchiò dentro. «Voglio riportarlo in vita. Però mi serve un incantesimo *specifico*. Solo per i cani, questo è molto importante. È sepolto in giardino accanto alla mia ex moglie e lei non voglio che torni.»

«Ehi, Mina,» mi chiamò Socrate dall'altra stanza. «Questo

cliente vuole sapere se The Hunger Games va bene per chi vuole mettersi a dieta?»

«Sono terribilmente dispiaciuta.» Mi scusai con un'alzata di spalle al signor La-mia-ex-moglie-è-casualmente-sepolta-in-giardino. «Devo aiutare un altro cliente. Ma Heathcliff risponderà a tutte le sue domande.»

Mentre uscivo di scena, sentii uno scalpiccio di stivali e notai che il tipo inquietante stava fuggendo come un ossesso dalla libreria, con tutti gli altri occultisti alle calcagna. Un attimo dopo, Heathcliff apparve sulla porta, una scopa ben stretta tra le mani. «Questo posto è ancora più pazzo del solito.»

«Sono d'accordo. Ci deve essere qualcosa nell'aria.»

«È colpa di questa maledetta festa di Halloween,» disse Heathcliff imbronciato. «Ha fatto impazzire la gente. Qualcuno mi ha chiesto se avevamo una versione cinematografica della Bibbia con la faccia di Mel Gibson in copertina.»

«A proposito della festa di Halloween...» Presi il telefono per leggere l'ora. «Dovremmo andare. È quasi ora del falò.»

«Chi è che organizza un falò in pieno giorno?»

«Persone che rispettano rigorosamente le condizioni antincendio del Comune.» Girai il cartello sulla porta e porsi l'imbracatura a Oscar perché vi entrasse. Chiamai gli altri e da ogni angolo del negozio giunsero grida, urla e passi pesanti mentre Morrie, Robin, Victor, Puck, il Cavaliere Senza Testa (e senza cavallo, per fortuna) e Grimalkin ci raggiungevano.

Jo ci salutò dalla finestra della mia camera. Aveva deciso di saltare l'accensione del falò per stare con Fiona. «Divertitevi. Fate tante foto.»

«Certo.»

Quando arrivammo alla fine di Butcher Street, capii che sarebbe stato difficile mantenere la promessa che avevo fatto a Jo. Non avevo mai visto così tanta gente accalcata nel parco del villaggio. Sembrava che tutti gli abitanti di Argleton si fossero presentati in costume per assistere all'accensione. Non avevo la minima speranza di vedere qualcosa al di sopra delle loro teste, ma l'uomo di vimini incombeva sulla folla e sapevo che avremmo comunque avuto un grande spettacolo anche da dove ci trovavamo. Convinsi Morrie a mettersi in fila per il sidro e iniziai a cercare qualche buon spuntino da uno dei tanti banchetti di street food allestiti nelle vicinanze.

Solo che a qualcuno non stava bene. «Yu-huu, Mina.» Una mano mi salutò dal fondo della folla. Rabbrividii. Avrei riconosciuto quella voce ovunque.

«Arrivo, mamma.» Afferrai il gomito di Heathcliff e ci facemmo strada tra la folla. Mia madre era in piedi su una sedia in mezzo alla gente, vestita da Camilla Parker Bowles, proprio sulla linea delimitata dal nastro della polizia, che solo i vigili del fuoco potevano attraversare. Era di sicuro una posizione da cui godere di una vista privilegiata, ma sapevo che non era lì per assistere a un falò rituale. Davanti a lei c'era un tavolo coperto da una piccola pila di scatole di legno dipinte. Il cartello diceva: «NUOVO: KIT PREMIUM ANTI-VAMPIRO. SI ACCETTANO ORDINAZIONI PER NATALE.»

Presi una delle scatole. Invece di una scatola da scarpe dipinta, era una graziosa scatola di legno con cerniere in ottone, e tanto di serratura e chiave. I bordi erano ben rifiniti. All'interno c'erano dei divisori imbottiti per i paletti, l'acqua santa e l'aglio, e su un libretto scritto a mano infilato nel coperchio c'erano preziosi consigli su oggetti e incantesimi per allontanare i vampiri e gli spiriti maligni. «Sono bellissimi, mamma. Mi piace l'upgrade che hai fatto.»

Mia madre mi mise in mano il kit. «Questo è per te, Mina. L'ho fatto rosso e tutto sbrilluccicante proprio per te. Voglio che tu sia al sicuro là fuori. Questi altri non sono in vendita, sono solo il nostro campionario.»

«In che senso *nostro?*» Un familiare senso di sospetto mi rodeva lo stomaco mentre mi infilavo il kit nella borsa. «Come avete fatto a produrre altri kit così in fretta? L'altro giorno li avevate esauriti.»

«Mi ha aiutato Andy.» Mia madre sbatté le ciglia. «È così *utile.*»

Andy? Mi girai e vidi Andy l'Aggiustino in piedi, impacciato, dietro mia madre, vestito da Principe Carlo, in coppia con lei. Arrossì quando mi vide. «Ciao, Mina.»

«Andy? Ehm, ciao.» *Perché indossi un costume di Halloween in coppia con mia madre?* «Che coincidenza. Ho cercato di contattarti, ma non rispondevi al telefono. Ho bisogno di qualche riparazione in negozio. È saltata la corrente elettrica e credo che sia scoppiato un tubo da qualche parte perché il seminterrato si sta allagando. E non mi hai ancora chiuso quel passaggio segreto.»

«Mi dispiace, Mina.» Andy guardò mia madre sperando gli offrisse aiuto, ma lei era impegnata a dimostrare a una ragazza vestita da Mercoledì Addams come usare il kit. «Volevo passare a trovarti di persona, ma Helen mi ha costretto a costruire delle scatole e io...»

Helen? Si danno del tu?

Mia madre *esce* con Andy l'Aggiustino?

Non sapevo come sentirmi al riguardo, soprattutto con le lettere di mio padre che mi bruciavano la mente. «Nessun problema. Solo che... sarebbe un po' urgente. È difficile gestire una libreria senza luci, senza computer e senza l'apparecchio per le carte di credito, e la Società delle Cacciatrici di Spiriti ne avrà bisogno per svolgere l'indagine paranormale prevista per domani sera.»

«Senza la luce, nessuno potrà prestare attenzione ai cartelli "State alla larga, o sarete vittime di circostanze avverse" che ho affisso in tutto l'appartamento,» aggiunse Heathcliff.

«Non preoccuparti per noi, cara,» intervenne mia madre. «Anzi, forse sarebbe meglio se la corrente rimanesse spenta. Un cablaggio scadente disturberebbe le nostre apparecchiature sensibili. Ora, per favore, cara, lascia in pace Andy mentre lavora.»

Andy si mise un caschetto protettivo sopra la maschera da Carlo e scavalcò il nastro della polizia. Avevo dimenticato che era un vigile del fuoco volontario. *Credo che mia madre abbia fatto centro, soprattutto se riesco a fargli riparare il negozio...*

La folla si zittì appena i pompieri circondarono il falò, con le manichette pronte nel caso in cui la situazione fosse sfuggita al controllo. La signora Ellis prese la parola davanti agli abitanti del villaggio riuniti. Il suo naso da strega si era un po' staccato sul bordo, ma lei non sembrò accorgersene. Alzò le mani. «Grazie a tutti voi per essere qui oggi. A nome della Società delle Cacciatrici di Spiriti, vi comunico che siamo molto grate che vi stiate godendo il festival. Abbiamo in serbo per voi altre delizie per il resto della settimana, compresa la tanto attesa Passeggiata Artistica. Chissà? Magari ci sarà anche qualche trucchetto.»

Dietro di lei, la band di Earl intonò un allegro motivetto. Robin uscì dalla folla, vestito di verde, nel suo solito look da sottobosco. La folla applaudì quando lo riconobbe. Lui alzò l'arco e immerse la punta della freccia in qualcosa. Andy tese un accendino per accendere la freccia. Robin tirò indietro il braccio fino al mento e...

«Fermi. Fermate *subito* questa depravazione.»

«Bau, bau!» gridò Oscar. Non era contento.

Mi girai per vedere chi era. Era impossibile capirlo, nella folla, ma sembrava provenire dalla direzione del cimitero. La gente cominciò a urlare e a gridare. Strinsi con le dita il braccio di Heathcliff e l'imbragatura di Oscar e li spinsi in avanti. Dovevamo sapere cosa stava succedendo.

«Mina Wilde, torna qui,» mi urlò mia madre. La ignorai. Ci spingemmo tra la folla mentre la gente correva verso i negozi per trovare riparo. Quando fui abbastanza vicina per vedere cosa stava succedendo, sussultai.

Al centro del cimitero, qualcuno aveva accatastato una piccola pila di oggetti. Riconobbi alcuni dei cartelli che pubblicizzavano il festival, diversi kit per fare sparire i vampiri e... i libri rari sull'occulto che avevo venduto poco prima. Mi ero sbagliata sul ragazzo brufoloso: non era sotto copertura, era davvero disperato per la scomparsa del suo cane. Invece, l'aspirante Gandalf ci aveva traditi tutti. Ma non era quella la cosa peggiore.

Legato a un palo in cima alla pila c'era il nuovo vicario, il reverendo Mosley. O per lo meno, immaginai fosse il nuovo vicario perché indossava paramenti sacri e non l'avevo mai visto prima. Era piuttosto bello, con dei vivaci occhi azzurri e lunghi capelli chiari che si arricciavano sotto le orecchie.

No, un attimo, se questo è il vero reverendo Mosley, allora significa che non era con Dracula che Jenna si vedeva al cimitero per fare sesso?

«Qualcuno mi aiuti,» gridò, cercando di liberarsi dai legacci. «Queste pazze mi hanno legato e vogliono...»

«L'unica persona che può aiutarti ora è Gesù,» esclamò Dorothy Ingram facendo un passo avanti. «Sei stato colto in flagrante a fare scorribande su un terreno sacro. Ora, per favore, lasciate tutti perdere quel simbolo blasfemo dell'ideologia pagana e rifatevi gli occhi con la vera ira di Dio. A cominciare dalla venditrice di letteratura profana e satanica di Argleton, Mina Wilde.»

Dorothy abbassò qualcosa che teneva in mano e la puntò direttamente su di me. Fu solo quando Heathcliff si gettò davanti a me che capii che si trattava di una pistola.

21

«Togliti di mezzo, zingaro.» Dorothy Ingram agitò la pistola verso Heathcliff. «Sarò molto felice di piantarti una pallottola nel petto per salvare questo villaggio dalla dannazione eterna.»

«Non serve sparare a nessuno,» gridai. «Dorothy, ma non vedi che è ridicolo? Vuoi uccidere delle persone, e non credo che il tuo Dio vorrebbe che tu lo facessi.»

«Su, vieni, cara.» La signora Ellis si fece avanti. «Questo festival è solo un po' di innocuo divertimento. Credo che quello che ti serve sia una bella tazza di tè.»

«Ti prego, Dorothy, tesoro.» Cynthia stava avanzando lungo la recinzione del cimitero verso Dorothy. «Non è questo il modo...»

Dorothy si girò, puntando la pistola contro Cynthia. Mi portai una mano alla bocca. Tutti sussultarono.

«Voi... voi blasfemi,» esclamò irosa Dorothy. «Tutto questo è iniziato con il vostro piccolo club dei libri proibiti. E ora avete aggiunto il culto di Satana e la stregoneria proprio qui nel mezzo del nostro villaggio. Dobbiamo ripulire questa città, e cominceremo bruciando tutto questo materiale disprezzabile.» Diede un calcio alla pila di libri e un paio di volumi caddero sull'erba.

«È il mio libro di Peter Jordanson.» Socrate saltellò su e giù. «E il mio Nietzsche. Sono grandi pensatori. Qualcuno potrebbe perfino definirli allievi dei miei stessi insegnamenti.»

«Questi cosiddetti filosofi rifiutano il Dio che veglia su tutti noi. Questi libri hanno un'influenza negativa e devono essere distrutti per purificare i nostri pensieri.» Dorothy avanzò verso Socrate. Mi guardai intorno. *Dov'è la polizia?*

«È proprio come l'Assemblea di Atene. State inventando affermazioni senza senso sull'empietà e sulla corruzione dei giovani per nascondere il fatto che non riuscite a sopportare che le vostre convinzioni vengano messe in discussione. E io che pensavo di essermi lasciato alle spalle tanta ignoranza.» Socrate incrociò le braccia. «E poi, cosa farete, ci annegherete tutti in una vasca di cicuta?»

«Socrate, *ti prego*, non provocarla,» lo supplicai.

«Ma tu chi sei? Sarai un altro dei parenti di Heathcliff Earnshaw. Beh, non vogliamo più gente come te da queste parti.» Dorothy si girò di nuovo verso Cynthia. «Per prima cosa, ci libereremo del marcio: questo prete impuro, e la Società delle Cacciatrici di Spiriti. Poi caccerò dalla città ogni persona associata alla Libreria Nevermore!»

Ci fu il rumore di uno scatto quando Dorothy tolse la sicura alla pistola. Io chiusi gli occhi mentre Heathcliff si lanciava in avanti, ma sapevo che era troppo lontano per impedire al proiettile di trapassare Cynthia. *Per Iside, per favore, qualcuno faccia qualcosa.*

«Non credo che lo farai.»

Grazie, dea.

Aprii gli occhi. Mi aspettavo di vedere l'ispettore Hayes che arrestava Dorothy. Invece, una figura gobba e sgradevole uscì dagli alberi del cimitero per avanzare minacciosa verso di lei, sul capo un cappello di paglia a tesa larga abbassato sugli occhi.

Grey Lachlan.

22

orothy sussultò e la sua mano vacillò mentre lo guardava.

Non la biasimavo per la sua sorpresa. Avevo visto Grey solo il giorno prima, ma nella penombra del vecchio appartamento della signora Ellis. In pieno giorno, aveva un aspetto veramente rivoltante. La pelle delle guance era a brandelli e gli occhi e le labbra erano cerchiati di rosso. Avanzava con un'andatura simile a quella di un insetto e anche da dove mi trovavo potevo sentire un odore sgradevole che proveniva da lui, un odore di morte e decomposizione.

«Grey?» gridò Cynthia. «Aiutami.»

Probabilmente Dorothy aveva deciso che una persona così orrenda come Grey non poteva essere una minaccia, perché continuava a puntare la pistola contro Cynthia. «Nessuno può impedirmi di fare ciò per cui sono qui. Il Signore è con me.»

«Sarà anche vero,» commentò Grey. «Ma la legge no. Come costruttore, conosco il regolamento del Comune da cima a fondo, e non si può fare un falò entro i confini del villaggio senza uno specifico permesso del Comune.»

«Giusto. E questo è il nostro permesso.» La signora Ellis tirò fuori dalla borsa ricamata un fascio di fogli piegati e lo tenne in mano per farlo vedere a tutti.

«*Bene*. Però presumo che il Comune non vi abbia dato il permesso per questo pupazzo.» Grey indicò il vicario in difficoltà. «Vedo almeno tre membri del Consiglio tra il pubblico. Anche se riuscissi a non finire in prigione, una bella multa non te la toglierebbe nessuno.»

«Non mi interessa,» urlò Dorothy.

«Invece dovrebbe proprio interessarti, perché, oltre alla multa, ti sarà vietato l'uso di edifici comunali come la sala della comunità. Questo significa che il comitato DIABLO dovrà trovare un altro posto per il suo circolo di preghiera settimanale. Ora metti giù quella pistola o puntala su di me, perché avrai una sola possibilità di sparare prima che Heathcliff Earnshaw ti metta a terra, e l'ultima cosa che vuoi fare è rovinare la festa a mia moglie, o il suo bel visetto.»

Lo fissai. Anche se era stato traviato dal potere di Dracula, c'era una parte di lui che si era mantenuta umana e che amava sua moglie. Mi ricordava Fiona, che cercava di impedirsi di entrare nella libreria.

O forse quello era solo il modo che aveva Grey di manipolarci tutti.

«Dorothy, la pistola.» Grey tese la mano. Il braccio di Dorothy tremò mentre gli porgeva l'arma. Era come se, nel tendere la pistola verso Grey con la canna puntata a terra, cercasse di controllare i suoi movimenti, ma il braccio le si muovesse di sua spontanea volontà.

«Fermi tutti!» La Wilson uscì all'improvviso da dietro il portone e affrontò Dorothy, facendole cadere la pistola sull'erba. Grey si avventò su di essa, ma Hayes lo colpì con la spalla e la raggiunse per primo. Tolse il caricatore e si infilò la pistola nella tasca del trench.

«Basta così,» urlò. «Tornate tutti alle vostre case.»

«Ma il falò!» gridò la signora Ellis.

«Lo faremo un altro giorno...» Hayes si mise davanti ai restanti membri della DIABLO, che stavano tutti cercando di sgattaiolare dietro la chiesa. «Voi no. Voi verrete alla stazione di polizia con noi. Gli altri vadano a casa.»

Il parco cominciò a svuotarsi, ma Morrie era ancora bloccato dietro la folla vicino alla bancarella del sidro. Afferrai la mano di Heathcliff. «Voglio parlare con Grey prima che sparisca.»

Lui annuì. Varcammo il portone del cimitero e girammo intorno agli abitanti del villaggio accorsi per aiutare il reverendo Mosley a scendere dalla pira. Oscar e Heathcliff mi aiutarono a orientarmi tra le pietre fatiscenti, mentre ci dirigevamo verso Grey.

Un topo solitario corse sulla cima di una lapide, probabilmente diretto verso il parco per vedere se a qualcuno era caduto qualche pezzetto di pesce impanato. Grey allungò la mano e lo afferrò, per poi infilarselo in bocca. La coda gli rimase fuori, penzolante come uno spaghetto.

CRUNCH.

Rabbrividii. «Che schifo.»

Grey risucchiò la coda. «Delizioso. Dovresti provarlo.»

«Stavo venendo a ringraziarti per aver stemperato la situazione e aver dimostrato che ti è rimasto un briciolo di umanità, ma poi hai rovinato tutto. Se hai fame, perché non fai un salto in panetteria? Ogni giorno Oliver cattura una tonnellata di topi nelle sue trappole e siamo tutti stufi che Grimalkin ce li porti in negozio facendo finta di averli catturati lei.»

«No, grazie. Non sono buoni se sono già morti.» Grey schioccò le labbra e ci salutò togliendosi il cappello. «Se volete scusarmi, signore, il mio padrone ha bisogno di me.»

Non sono buoni se sono già morti...

Mentre guardavo Grey che si allontanava strascicando i

piedi, mangiai la foglia. Capii cosa mi stava tormentando riguardo all'omicidio di Jenna.

Avrei voluto prendermi a schiaffi. Non potevo credere di non essermene accorta prima.

Mi voltai verso Heathcliff. «Non posso credere che ci siamo sbagliati. So cosa è successo a Jenna Mclarey.»

23

«Non è stato Dracula a uccidere Jenna,» annunciai a Jo non appena scese le scale.

«Mi stai dicendo che si tratta di un omicidio ordinario, quotidiano, non soprannaturale?» gemette lei.

«È proprio qui, nel libro.» Premetti play sul mio audiolibro di *Dracula* di Bram Stoker, riproducendo la sezione in cui Renfield mangia gli insetti. «Il sangue deve essere fresco. Dracula non beve sangue di vittime già morte.»

«E allora spiegami i segni dei denti sul collo... porca vacca, i chiodi.» Jo si sbatté una mano sulla fronte.

«Cosa?»

«I chiodi che spuntavano dall'asse di legno erano coperti di sangue. Se li si usano per colpire un collo, producono un segno simile a quello di un morso.»

«Certo. Connor sapeva che sua moglie doveva incontrare qualcuno in quel cimitero. L'ha seguita, questo l'ha ammesso pubblicamente. E se si fosse arrabbiato e l'avesse colpita con la tavola uccidendola? Si è fatto prendere dal panico e ha cercato di farlo sembrare uno degli omicidi di Dracula. Tutti i giornali ne avevano parlato e lui conosceva i dettagli dei segni dei morsi.»

Jo si alzò dalla sedia. «Devo dirlo all'ispettore Hayes.»

Gemetti.

«È una buona notizia, bellezza,» disse Morrie. «Hai risolto un omicidio.»

«Credo di sì.» Mi accasciai alla scrivania. «Solo che ora siamo di nuovo al punto di partenza. C'è ancora una cassa di terra in giro, e se riusciamo a prendere Dracula adesso, corriamo il rischio che sia in grado di rigenerarsi. Nel frattempo, sta diventando sempre più audace. Non sappiamo se Fiona è l'unica che lui ha cercato di trasformare in una dei suoi.»

Neanche a farlo apposta, Fiona ululò dal piano di sopra.

«Troveremo una soluzione.» Morrie mi mise un dito sotto il mento, inclinandomi la testa all'indietro in modo che lo guardassi in faccia. Ogni suo dettaglio... i gelidi occhi azzurri, gli zigomi appuntiti, la voluttuosa piega del sorriso... esprimeva la sua sicurezza sul fatto che eravamo troppo intelligenti per permettere a Dracula di fuggire.

Avrei voluto condividere tanta fiducia.

«Non possiamo fare nulla stasera.» Sbadigliai. «Abbiamo le Cacciatrici di Spiriti con la loro indagine paranormale, e poi Quoth mi vuole mostrare i suoi quadri prima dell'apertura della mostra, domani.»

Heathcliff prese la giacca. Io scossi la testa. «Ha chiesto che ci fossi solo io. Sai che è troppo timido per chiedere qualsiasi cosa, quindi questo è un passo importante per lui. E stiamo... tipo... attraversando una specie di crisi. Non ci vorrà molto e ci sarà Oscar con me. Tornerò in tempo per proteggerti dalla signora Ellis e da mia madre...»

«Non mi interessa. Puoi entrare nella galleria da sola, ma io sarò lì fuori a controllare che nessun succhiasangue affondi i denti in quel tuo splendido collo.»

All'aperto, mi tirai su il colletto per proteggermi dall' aria fredda. Era una notte senza stelle, perfetta per un falò, e speravo che l'indomani il tempo sarebbe stato altrettanto buono. Presi sottobraccio Heathcliff e ordinai a Oscar di condurci alla galleria.

Nel parco incrociammo la signora Ellis che parlava con Morrie. Quando ci avvicinammo, Heathcliff si irrigidì. Sapevo che non aveva ancora affrontato i suoi intensi sentimenti per Morrie, nonostante tutto ciò che era successo.

Notai che dall'angolo della borsa ricamata della signora Ellis spuntava una scatola scintillante. «Salve, signora Ellis. Vedo che ha a portata di mano il suo kit portatile anti-vampiro.»

«La prudenza non è mai troppa.» Le brillarono gli occhi. «È quel particolare periodo dell'anno, sai. Quando il velo tra i due mondi diventa più sottile. Faccio un salto alla bancarella di Richard per comprare un po' di vin brûlé e poi le Cacciatrici di Spiriti andranno al negozio. Non vedo l'ora di saperne di più sugli spiriti e sui mostri che potrebbero nascondersi tra i libri.»

Non sarebbe così eccitata se sapesse che è solo Socrate che balla senza mutande.

Morrie mi guardò, e io *sentii* più che vedere la domanda nei suoi occhi. Anche lui avvertiva ancora la distanza di Heathcliff. «Credo che un bicchiere di vin brûlé sia perfetto. Buono e *rilassante*.» Lo disse con un cenno di intesa a Heathcliff. «La aiuto io con le tazze, signora Ellis.»

La galleria d'arte era una vecchia vetrina georgiana sull'altro lato della piazza. Era avvolta nell'oscurità, nessuna luce accesa. *È strano. Quoth sa che ho bisogno di luce per orientarmi negli spazi. Non potrò apprezzare il suo lavoro se non potrò vederlo.*

Strinsi la mano di Heathcliff.

«Mina, io...»

Aspettai che parlasse. Rimanemmo in silenzio: un tempo

stranamente lungo senza dire nulla. Stavo per voltarmi quando Heathcliff parlò, a voce così bassa che pensai di averlo sognato. «Ho rovinato tutto con Morrie.»

«Beh, sì. In effetti, ci hai allontanati entrambi. Una notte di sesso strabiliante non può cancellare tutto questo.»

«Strabiliante?» reagì Heathcliff con voce più acuta.

Gli diedi un buffetto sul braccio. «Ti stai concentrando sulla cosa sbagliata.»

«Non so come fare!» ringhiò Heathcliff. Diede un calcio a un bidone della spazzatura.

«A fare cosa?»

«A essere innamorato! Voi due mi fate impazzire. Mi affollate ogni singolo pensiero quando sono sveglio. E con Dracula in giro, che sta solo aspettando di affondare i denti nel vostro collo... non posso affrontare l'idea che potrei perdere uno di voi due.»

«Quindi la tua soluzione è quella di ignorare entrambi e trattarci come delle merde?»

Heathcliff si prese i capelli e se li tirò. «Pensavo... dai, lo sai cosa pensavo! E poi: con te riesco a trovare un modo per dire le cose che sento, invece lui... lui non è così facile da...»

«Oh, Heathcliff...» Lo baciai sulle labbra. «Sarà qui con il vin brûlé da un momento all'altro. Mentre io sono dentro con Quoth, magari voi due potreste farvi una chiacchierata?»

Heathcliff guardò triste Morrie, che attraversava la piazza con tre bicchieri della bevanda calda in equilibrio tra le lunghe dita. Gli strinsi una spalla e mi voltai, afferrando il guinzaglio di Oscar con più forza del necessario mentre salivo i gradini e bussavo alla porta.

Con mia grande sorpresa, la porta si aprì verso l'interno, come se manovrata da una forza invisibile. C'era buio pesto. Oscar mi incoraggiò ad andare avanti: lui ci vedeva abbastanza per orientarsi. I miei tacchi ticchettavano sulle assi di legno del pavimento. La stanza aveva un'eco: percepivo un soffitto alto e una mezza parete che divideva lo spazio.

«Mina.»

La voce di Quoth rimbombò e le luci si accesero tutte insieme. La testa mi si riempì di dolore, le tempie mi pulsavano. Un puntino di luce arancione mi attraversò il campo visivo. Sì, avevo decisamente bisogno di una notte di sonno decente.

«Per Iside!» Feci qualche passo indietro barcollando e strofinandomi gli occhi. «Avvisami la prossima volta.»

«Scusami.» Quoth uscì da dietro un pilastro. «Volevo farti una sorpresa. Volevo che vedessi tutto in una volta.»

Sbattei le palpebre mentre ghirigori di luce verde e arancione mi danzavano davanti. Tra le fitte di dolore, cominciai a distinguere le forme e i colori dell'arte di Quoth.

Non aveva mai creato nulla di simile prima. Quoth amava i dettagli, le immagini complesse che illustravano momenti tratti dalle sue storie e mitologie preferite. Passava ore a dipingere vortici dorati sui dorsi dei libri o a rendere assolutamente perfetta ogni piuma del ventre di un uccello.

Ma quelli... quelli erano selvaggi. Erano squarci espressivi di cremisi su campi scuri, sfacciate forme nere schizzate su cieli blu elettrico, scacchiere di verde che si piegavano e si contorcevano su paesaggi incontaminati. Erano terrificanti, violenti e assolutamente meravigliosi.

Quoth mi prese un braccio e condusse me e Oscar in giro per la stanza. Oscar mugolava e tirava il guinzaglio, come se volesse mostrarmi qualcosa all'ingresso. A volte i cani guida lo fanno: dopotutto, sono cani. Hanno giorni buoni e giorni cattivi e possono distrarsi, soprattutto se hanno una vita piena e folle come quella del mio Oscar.

Al centro della stanza si trovava un'enorme scultura: gabbie per uccelli riciclate di vari stili e dimensioni, tutte dipinte con una vernice nera dall'aspetto viscido, accostate l'una all'altra con le porte aperte e i posatoi vuoti al loro interno. Le porte puntavano direttamente sui dipinti che riempivano le pareti: un messaggio sulla libertà che mi colpì dritta al cuore.

Ci fermammo davanti all'opera più grande, il punto focale della mostra. Quoth aveva posizionato perfettamente tre faretti per evidenziare l'arco cremisi che svettava sulla tela. La pittura era spessa in alcuni punti, come la glassa di una torta, mentre in altre zone era perfettamente liscia e uniforme, il che conferiva all'opera una qualità tridimensionale.

«Ho concepito questi dipinti perché vengano toccati,» sussurrò Quoth. «Volevo creare qualcosa che potesse piacere anche a te.»

Mi prese le dita tra le sue e premette il mio palmo sulla tela. I miei sensi si accesero mentre accarezzavo le onde, le fenditure e le volute, e le mie dita percepirono i punti in cui aveva aggiunto qualcosa alla pittura per renderla più granulosa. Aveva catturato una storia nella texture di quel dipinto, che era in tutto e per tutto audace e vivida quanto il colore.

«Quoth, ma tolgono il fiato.» Le mie dita passarono sulla superficie, seguendo i piani e le curve delle sue linee. Aveva reso i dipinti vivi al tatto, un ulteriore livello di significato che solo noi due potevamo capire.

Avevo così tante cose da dirgli quando ero entrata in quella stanza, sul modo in cui si era comportato, sul nostro litigio. Ma quei dipinti mi rubarono le parole: erano Quoth che metteva a nudo la sua anima e me la rivelava. I suoi sentimenti sulla tela erano più potenti di ogni scusa che avrebbe potuto darmi in tutta la sua vita.

«Ti piacciono davvero?» Quoth inarcò le sopracciglia. Spostò il peso del corpo da un piede all'altro. Era tesissimo e

Oscar lo percepì, perché rispose con mugolii e movimenti nervosi.

«Sono assolutamente meravigliosi.» Non riuscivo a staccare gli occhi dalle opere.

«Sono tutti per te.» Quoth si avvicinò, le sue braccia mi circondarono la vita e mi tirarono a sé. «Niente di tutto questo sarebbe stato possibile senza di te, Mina.»

Le sue labbra trovarono le mie. Non era il tipico bacio di Quoth: era un bacio esigente, totalizzante, disperato e senza fiato. Le sue mani mi scorrevano sul corpo, e mi tiravano più vicino, come se volesse insinuarsi dentro di me. Un gemito mi sfuggì dalle labbra quando le sue dita mi si infilarono sotto la camicia e mi sfiorarono i seni. L'imbracatura di Oscar mi cadde dalle dita nel momento in cui Quoth mi spinse verso il quadro. La mia schiena sfiorò la vernice ruvida mentre lui strofinava la sua erezione contro la mia coscia. Le mie dita scesero fino alla sua patta per...

Il mio telefono squillò, squarciando il silenzio.

Noooooo...

Oscar abbaiò. Le labbra di Quoth mi sfiorarono l'orecchio. «Non rispondere,» disse a mezza voce, con parole dense di desiderio.

«È Jo. Devo rispondere.» *Che tu sia maledetta, Jo.* Mi portai il telefono all'orecchio mentre Quoth mi mordicchiava la pelle. «Jo, in questo momento sono con Quoth alla galleria d'arte e lui...»

Mi interruppi quando il dito di Quoth mi si infilò nelle mutandine e iniziò a girarmi intorno al clitoride, provocandomi un dolore profondo e voglioso al ventre. La voce di Jo mi gridava nell'orecchio, ma io non sentivo una parola di quello che diceva. Spalancai la bocca mentre Quoth mi accarezzava quel punto sensibile e il mio corpo divenne caldo, e poi bollente, e poi magma liquido, e vedevo un mondo di luci verdi e arancioni.

Quoth mi infilò dentro un dito e continuò ad accarezzarmi senza sosta. Io oscillai il bacino contro la sua mano, desiderando di averne ancora, implorando di arrivare all'orgasmo.

«Mina? Mina, ci sei?»

Deglutii mentre mi sentivo bruciare tra le gambe. Quoth infilò un secondo dito. «Ehm... più o meno... se è importante...»

«Come diresti tu: per Iside, è importante! Ho appena guardato nella scatola di Fiona e la terra non c'è.»

Cercai di concentrarmi sulle sue parole, ma mi mancavano le gambe e il piacere crescente mi annebbiava il cervello. «In che senso?»

«Avevo pensato di esaudire l'ultimo desiderio di Fiona e di portare la terra alla tomba di suo nonno. Così, stasera sono andata al cimitero per gettare la terra. L'ultima volta che Fiona mi ha fatto vedere la scatola aperta, era completamente piena. Ma ora dentro ce n'è solo un po'.»

«Ma era così quando l'abbiamo trovata...» Quoth mi appoggiò il palmo della mano sul clitoride e infilò le dita nel mio sesso. C'ero quasi. Ero al limite, e stavo lottando per trattenermi nello sforzo di capire cosa stesse dicendo Jo. Quelle dita erano incontenibili, ed era sempre più difficile concentrarmi su Jo...

«Esatto, Mina. Qualcuno ha rimosso la terra dal contenitore prima che tu lo prendessi. E la terra era sufficiente per farne una seconda scatola.»

Il cuore mi martellava contro il petto mentre le parole di Jo penetravano nella nebbia del mio piacere.

Oh, no, no, no.

Dracula aveva rimosso parte della terra dalla scatola di Fiona, mettendola in un altro contenitore. Mi si raggelò il sangue. Mi ricordai del vecchio barattolo di biscotti della signora Ellis, appoggiato sul bancone della cucina della casa di Dracula. Avrei scommesso che era lì...

«Torno subito a casa, Jo. Credo di avere un'idea di dove sia la terra...»

Il telefono mi cadde di mano mentre Quoth mi affondava i denti nel collo.

24

«Ahi!» Mi scostai con il corpo e mi portai la mano al collo, che ronzava per il dolore e per una specie di strana euforia.

Le mie dita toccarono qualcosa di umido, caldo, appiccicoso.

Sangue. Il mio sangue.

Quoth mi afferrò. Io mi sfilai dal suo abbraccio e cercai di mettere un po' di distanza tra noi. Ma la presa di Quoth era più forte di quanto avessi mai immaginato. Mi avvolse con le braccia, tenendomi stretta al suo corpo. I suoi denti affondarono di nuovo, più in profondità, più forte. Il dolore mi fece uscire tutta l'aria dai polmoni nello stesso momento in cui il suo morso vibrava di piacere nelle mie vene.

La nebbia mi vorticava nella mente. Gemevo appoggiata a Quoth. Mi sentivo così *bene*, il dolore e il piacere si fondevano insieme, e lottavano in me in modo che dentro la mia pelle non ci fosse più spazio per me. Fluttuavo fuori dal mio corpo, posata su una nuvola di euforia mentre guardavo Quoth che mi succhiava il collo. *Mi sta mordendo. Perché mi sta mordendo? Devo mantenere il controllo. Devo...*

«Farà male solo per un momento, Mina,» mi sussurrò Quoth mentre sentivo il rumore di un risucchio, e poi si accoccolò addosso a me. «Poi potremo stare insieme per l'eternità.»

Sì, Quoth. Voglio stare con te per sempre.

Il piacere mi scorreva nelle vene. Mi aggrappai alle sue braccia mentre mi dondolavo contro di lui, abbandonandomi completamente a lui. L'orgasmo che Jo aveva interrotto mi salì di nuovo dentro, preparandomi al momento. Lo desideravo, desideravo inseguire il piacere fino alle sue vette gloriose. Non volevo che Quoth si fermasse.

Abbassai lo sguardo sui nostri petti schiacciati l'uno contro l'altro e mi accorsi di un fiume di sangue che mi scorreva sul davanti della camicia.

Mi chiedo di chi sia quel sangue.

Il piacere cresceva e aumentava, risalendo le mie vene, su fino alla cima della testa e giù fino alla punta dei piedi.

Non mi sono mai sentita così viva. Io...

Cazzo.

In qualche modo riuscii ad aggrapparmi a un minuscolo angolo della mia mente. E attraverso la nebbia dell'estasi, alcuni lampi cremisi nel mio campo visivo mi avvisarono di ciò che stava accadendo.

Quoth sta bevendo il mio *sangue.*

Ogni cosa tornò al proprio posto.

Il fatto che dormiva di giorno e teneva chiuse le tende nel negozio. La sua ritrovata sicurezza e forza. Gli strani dipinti che parlavano di sentimenti che non aveva mai espresso prima.

Tutte le notti che Quoth aveva passato con il suo insegnante di arte, il professor Sang, non era a scuola, era con Dracula. Ci chiedevamo come facesse Dracula ad avere informazioni su chi aveva accesso al terriccio rumeno. Deirdre mi aveva detto che c'era un corvo che si aggirava nell'ufficio postale, nella stanza dei pacchi, e noi sapevamo che tutte e tre le vittime si facevano spedire la terra...

Quoth diventava corvo per spiare le persone, intrufolarsi in luoghi segreti per il suo padrone, individuare la terra e...

Avevamo sottratto Fiona a Dracula prima che potesse completarne la trasformazione, ma per tutto il tempo il Conte aveva corteggiato un'altra sposa.

Dracula aveva cercato di portarmi via il mio uccellino.

Oh, Quoth.

Il piacere si faceva strada dentro di me, minacciando di scacciare la verità. Sentivo che l'orrore di quanto avevo compreso mi stava già sfuggendo dalle vene, sostituito da un senso di giustezza, di meravigliosa inevitabilità. Il morso di un vampiro che immobilizzava la sua preda.

Devo essere forte. Devo...

Quoth produsse un magnifico mugolio mentre mi succhiava il sangue.

Io sollevai un ginocchio e glielo sbattei contro l'inguine.

«Uffff.» Quoth rimase a bocca aperta. I suoi denti si ritrassero dalla mia pelle e, per un attimo, la nebbia si alzò e io intuii la mia situazione con una chiarezza terrificante, mentre un dolore bianco e cocente si abbatteva su di me.

Mi allontanai da lui, tenendomi la mano sulla ferita. Il sangue mi scorreva tra le dita. Mi fischiavano le orecchie. Non sapevo dove fosse andato Oscar e non ero nemmeno più sicura di dove mi trovassi. I colori selvaggi dei dipinti di Quoth mi vorticavano intorno e sapevo di non avere molto tempo prima di svenire per tutto il sangue che avevo perso, o di cadere completamente sotto il suo incantesimo.

«Tu... tu... tu...» Mi allontanai. Cercai di costringere le gambe a correre, ma era come cercare di correre nel miele. «Sei un vampiro.»

Quoth sorrise. Era il dolce sorriso del mio bellissimo

ragazzo corvino, il sorriso che mi aveva fatto superare alcuni dei miei giorni più bui. Alla luce brillante dei faretti da esposizione, vedevo i suoi canini affilati.

Appuntiti.

No. No no no.

Non il mio Quoth.

«Ti prego.» Le lacrime mi rigavano le guance. «Dimmi che non è vero. Dimmi che non l'hai voluto tu, che c'è un modo per tornare indietro.»

Lui rise. «Perché non dovrei volere questo? Ho vissuto in una prigione creata da me stesso da quando sono stato strappato alla mia poesia. Ho dovuto guardare gli altri che vivevano la vita che io avevo sempre sognato, e vedere che ti davano cose che io non avrei mai potuto sperare di darti. Per te sono sempre stato il terzo in ordine di importanza, e per loro sono sempre stato solo in secondo piano, anche se li ho amati come fratelli dal momento in cui mi hanno raccolto dal pavimento della libreria. Ebbene, ora sono io ad avere il potere in mano. Un giorno Morrie e Heathcliff moriranno. Diventeranno solo cenere e memoria. Invece noi vivremo per sempre: io e te, insieme.»

Quoth si tuffò in avanti e Oscar mi balzò davanti, con i denti scoperti. Le labbra di Quoth si tesero in un ringhio, poi afferrò Oscar per la collottola e lo scagliò di lato. Urlai mentre Oscar perdeva la presa sul pavimento lucido. Sparì in un angolo buio tra i guaiti e io lo persi di vista.

«No, ti prego.» Premetti la schiena contro il muro, mentre con le dita sfregavo la superficie del quadro di Quoth, cercando invano qualcosa da usare come arma. «Non farlo. Non fare del male a Oscar. Ti conosco e so che non sei un mostro. Tu...»

Quoth fece un altro passo verso di me, le sue labbra dischiuse a rivelare i canini macchiati del mio sangue. Con le dita continuavo a raschiare la vernice ruvida, graffiandola come se avessi potuto scavarmi una via d'uscita per raggiungere la libertà. *Sembra...*

Sembra terra.

Con un sussulto mi resi conto della verità. *Ha mescolato la vernice con la terra.*

«Ti faccio vedere io, Mina. Quando sarai una di noi, tutto sarà migliore. Sarai più forte. I tuoi occhi guariranno. E saremo insieme per l'eternità. È una cosa buona.» Il volto di Quoth si contorse, la sua bocca si spalancò mentre incombeva su di me, i suoi capelli di ossidiana che brillavano nella luce. «Anch'io avevo paura all'inizio, invece è meraviglioso. È la sensazione più piacevole del mondo, e dopo puoi fare qualsiasi cosa, puoi essere chiunque tu voglia.»

Il pensiero di voltargli le spalle mi terrorizzava, ma dovevo rompere l'incantesimo. Mi girai e afferrai i bordi del quadro, togliendolo dai ganci. Quoth gridò. Sentii un latrato e un ringhio. *Oscar, sei il mio eroe.*

Mi girai di scatto mentre Oscar si avventava contro Quoth, facendolo indietreggiare. Poi gli affondò i denti nella gamba. Era la mia occasione. Colpii con il quadro più forte che potevo, facendolo cadere a terra.

«No,» gridò Quoth.

Piansi quando la stupenda opera d'arte si strappò al centro, e i bordi della tela si arricciarono. La cornice si piegò e si torse. Salii con i piedi sul bordo, rompendo la cornice in più punti. Presi in mano un lembo dello strappo e ne lacerai un altro pezzo, distruggendolo come Dracula aveva distrutto il nostro amore.

«L'hai rovinato.» Quoth cadde in ginocchio, reggendo i pezzi rotti della sua opera. Oscar colse l'occasione per saltargli sulle spalle, e afferrarlo al collo. Quoth lo spinse via, il volto acceso da una rabbia incontrollabile. Dalle guance gli spuntarono delle piume, le membra gli si contorsero e scricchiolarono mentre il suo corpo si trasformava. Oscar ringhiò di nuovo ma il corvo gli sgusciò via dalle zampe e si librò tra le travi.

Oscar si mise a correre in cerchio su se stesso, abbaiando e ringhiando contro l'uccello che volteggiava.

«Craaaa.» Quoth si tuffò su di me.

Io sollevai le mani per proteggermi il viso e mi affrettai a prendere la borsa. Gli artigli mi strapparono il tessuto del cappotto e mi graffiarono la schiena. Urlai e continuai a correre. Dietro di me, Oscar ringhiò e scoppiò una rissa, ma non ebbi il tempo di vedere chi aveva la meglio. Con le dita afferrai la tracolla. *Evvai!*

«Aiuto!» urlai. «Per favore, aiutatemi.»

Dove sono Morrie e Heathcliff? Perché non sentono niente?

Corsi di nuovo verso il quadro mentre Quoth volteggiava intorno alla stanza e si tuffava di nuovo su di me. Era più lento: aveva un'ala malandata, che gli impediva di volare bene. Ma anch'io mi muovevo lentamente. Le mie dita frugarono nella borsa, e riuscii ad aprire il coperchio del kit anti-vampiro di mia madre. Tirai fuori la bottiglia di acqua santa e la scagliai contro l'uccello che mi stava attaccando.

La bottiglia si infranse addosso al muro dietro di lui. Quoth cadde a terra, contorcendosi e gridando, mentre sbatteva fiacco le ali nella pozza d'acqua santa, ma era troppo debole per alzarsi.

Oscar abbaiò e si lanciò verso Quoth. Gli afferrai il guinzaglio e lo tirai indietro, gridandogli il comando per sedersi. *Se mette i denti su Quoth, lo uccide, e io...*

Non posso perderlo. Non ancora. Non finché non saprò che non c'è altra scelta.

Lacrime mi rigavano il viso. «Quoth, no, no, no.» Non il mio bellissimo artista. Una parte di lui doveva sopravvivere: il

Quoth che dipingeva quelle immagini non poteva volermi trasformare in vampiro.

Scene dai libri su Dracula mi danzavano nella testa mentre strappavo una gabbia dalla scultura. Era un bellissimo oggetto antico, vittoriano, più pesante di quanto sembrasse. Mi avvicinai a Quoth incespicando, la testa che mi girava all'impazzata, e dovetti lasciarla cadere a terra e mettermi la testa tra le gambe. *Sto per svenire. Non ce la faccio. Sto per svenire...*

Quoth trascinò le ali sul pavimento mentre zoppicava verso di me, emettendo un rumore rabbioso di *nyuh-nyuh-nyuh* dalla gola. C'era sangue spalmato sulle assi del pavimento e il mio incubo mi balenò netto davanti agli occhi. Solo che era mille volte peggiore del mio incubo, perché era Quoth in persona, sotto l'incantesimo di Dracula, gli occhi bordati di arancione che bruciavano di fame vampiresca.

Spiegò le ali e riuscì a prendere il volo. L'acqua santa lo aveva intontito e la sua traiettoria di volo era tutta storta. Spalancò il becco e si tuffò dritto verso di me.

«Mi dispiace, Quoth,» sussurrai, premendo la schiena contro il muro e aspettando che si avvicinasse abbastanza per fare la mia mossa.

ZAC.

Mi abbassai appena in tempo. Quoth sbatté contro il muro a tutta velocità. Piume volarono in tutte le direzioni e lui cadde a terra, stordito. Era come se vedessi i minuscoli uccellini gialli che gli giravano intorno alla testa.

Lui sollevò il becco, gli occhi stretti in una espressione di cattiveria che non apparteneva al mio bellissimo Quoth. Io mi slanciai in avanti e gli sbattei la gabbia sopra il corpo, catturandolo. Poi con uno strattone chiusi il portellino.

«Mi dispiace,» singhiozzai. Mi appoggiai con tutto il mio peso alla gabbia, e Quoth si scagliava contro le pareti. Oscar si avvicinò e gli ringhiò contro da dietro le sbarre.

Riuscii a trascinarmi in piedi. Con la gabbia in braccio, chiamai a gran voce Heathcliff e Morrie mentre prendevo a calci i pezzi del dipinto di Quoth lanciandolo in giro per il pavimento finché non atterrarono a faccia in giù nell'acqua santa. Oscar mi aiutò saltandoci sopra, calpestando la vernice nell'acqua e riducendo il bellissimo dipinto di Quoth in un orribile pasticcio.

Avevamo neutralizzato l'ultima scorta di terra di Dracula. Peccato che fosse costato così tanto.

Mentre Quoth piangeva, io riuscii a trasportare la gabbia fino alla porta, che aprii con un calcio. Mi buttai fuori in strada.

La luce della galleria proiettava un rettangolo sui gradini d'ingresso, dove stavano Heathcliff e Morrie, bloccati in un bacio così intenso che avrebbe potuto sciogliere le calotte polari. Per forza non avevano sentito niente della mia battaglia!

Avrei voluto avere il tempo per festeggiare l'attimo, ma da un istante all'altro avrei avuto un mancamento, o sarei svenuta. «Smettetela di sbaciucchiarvi e aiutatemi! È Quoth! Dracula è arrivato a Quoth!»

Morrie e Heathcliff si allontanarono di scatto come se qualcuno avesse fatto esplodere una bomba tra loro. Morrie si passò le dita tra i capelli, mentre Heathcliff entrò in azione. Mi strappò la gabbia dalle mani, stringendosela addosso per impedire a Quoth di aprire il portellino. «Lo riporterò al negozio.»

«E io cosa devo fare?» gridò Morrie.

«Abbiamo bisogno di altre protezioni.» Puntai il dito verso il mercato. «Quelle che abbiamo per Fiona non basteranno per entrambi. Aglio, croci, tutto quello che riesci a trovare. Vai.»

Morrie si mise a correre, e le sue lunghe gambe scomparvero nell'oscurità. Io mi strinsi Oscar al petto, affondando il viso nella sua morbida pelliccia. Lui sembrò percepire ciò di cui avevo bisogno, perché rimase completamente immobile e si lasciò abbracciare.

«Mina.» Heathcliff era in piedi vicino a me. «Ce la fai a camminare?»

«Posso arrivare al negozio... credo.» Afferrai il braccio di Heathcliff e lui praticamente mi trascinò per il parco. Appena girato l'angolo, qualcuno si mise davanti a noi.

«Buonasera, Mina, Heathcliff, Oscar. Temo di non potervi lasciare avvicinare al negozio,» disse Grey Lachlan. Poi fece un passo verso di noi e tese le labbra in un sorriso, mettendo in mostra dei denti lunghi e affilati.

25

«**D**ovresti fare qualcosa per quell'alito pesante.» Heathcliff arricciò il naso.

Grey scoppiò a ridere, con una risata da pazzo. «Un giorno il tuo umorismo da forca ti metterà nei guai, mio caro amico. Ma devo proprio insistere perché non entriate. Aspetterò qui con voi fino a quando il mio padrone sarà pronto.»

Cominciavo a capire. «Di che cosa stai parlando? Dracula non può entrare nel negozio. Abbiamo protetto ogni ingresso con l'aglio...»

A meno che... a meno che qualcuno non lo abbia invitato.

Come prevedibile, un urlo penetrante squarciò la notte.

«Viene dal negozio.» Heathcliff si slanciò in avanti, ma Grey allungò una mano per fermarlo. Mi aspettavo che Heathcliff gli spezzasse le dita, ma Grey doveva avere una superforza da vampiro, perché fece volare il mio antieroe gotico e lo mandò a schiantarsi sul selciato.

Heathcliff emise una serie di parolacce mentre lottava per non perdere la presa sulla gabbia di Quoth. Sembrava pronto a scagliarsi di nuovo contro Grey, ma io gli trattenni il braccio. «Non farlo. Possiamo usare la porta sul retro.»

Ci precipitammo nel vicolo tra la Nevermore e la panetteria di Oliver, ma quando fummo oltre i cassonetti, Grey uscì dall'ombra e ci guardò. «Non puoi sfuggirmi così facilmente, Mina.»

Fui raggiunta da altri rumori. Botti e schianti e qualcuno che gridava: «Presto, Sylvia, lanciami quell'aglio...»

Mi si raggelò il sangue. Avevo riconosciuto quella voce.

Mia madre.

Le Cacciatrici di Spiriti dovevano essere entrate nel negozio: mia madre sapeva dove tenevamo la chiave di riserva. E senza me, Heathcliff e Morrie nei paraggi, non potevano sapere che non avrebbero dovuto invitare Dracula a entrare.

Mia madre era nel negozio in balia del Conte.

«È ora che rinunci a questa assurda idea di poterlo battere, Mina.» Grey incrociò le braccia. «Il mio padrone ha a disposizione la sua vitalità e tutti i suoi poteri, e presto avrà il controllo delle acque del Meles. Potrà viaggiare ovunque per nutrirsi. Sarà in grado di cambiare il passato e di manipolare il futuro. Non puoi vincere contro di lui. Devi unirti a lui come sua sposa.»

«Se è così potente, allora perché ha bisogno di me?» gli risposi, cercando di nascondere la paura nella mia voce. «Siamo nel ventunesimo secolo. Dracula non ha bisogno di una sposa. A meno che...»

Mi venne in mente una cosa.

«A meno che non abbia bisogno di me per usare le acque del Meles?» Aggrottai un sopracciglio verso Grey. «A meno che Dracula non possa viaggiare attraverso le acque senza la magia di Omero?»

Grey scoprì i denti, ringhiando contro di me. Io sorrisi. *Centro!*

«Ohh, molto interessante. Questa sì che è una bella svolta. Dracula ha bisogno di questa piccoletta.» Strattonai la manica di Heathcliff. «Chissà cosa farebbe per avermi? Mi chiedo se posso farlo ballare io, come un burattino.»

Heathcliff mi affondò le dita nella carne. «Mina, non provocarlo.»

«Esatto, Mina. Ascolta il tuo babbuino gigante. Se non vieni da me di tua spontanea volontà, ti prenderò con la forza.»

Fu ancora più veloce di Quoth. Prima era in piedi davanti a noi, e appena un istante dopo aveva spinto via Heathcliff allontanandolo da me e mi stringeva le mani intorno al collo. Cercai di urlare, ma mi bloccava le vie respiratorie. Mi ronzavano le orecchie. La testa mi si riempì di nebbia. Sapevo che da un momento all'altro sarei stata...

«Solo un assaggio,» sussurrò Grey, sniffando famelico il punto in cui Quoth mi aveva morso. Così vicino, il suo alito di decomposizione inacidiva l'aria. Cercai di allontanarmi, ma non avevo più forze. «Sicuramente al mio padrone non dispiacerà se prendo solo un sorso del sangue di Omero? Scommetto che sa di rose e...»

Dietro di lui sentii Heathcliff che si dibatteva, Quoth che starnazzava e Oscar che ringhiava, ma i suoni svanirono quando il ronzio divenne un ruggito. L'oscurità si insinuò dentro di me e cercai di respirare un'ultima volta prima che tutto diventasse nero e...

La presa di Grey si allentò. Il suo corpo si accasciò contro il mio. Mi feci da parte, cercando un po' di aria fresca per scacciare il suo potente fetore. Lui crollò sull'acciottolato, con un corto paletto di legno che gli spuntava dalla schiena.

«Nessuno fa del male alla mia Mina,» ringhiò una voce dall'oscurità.

«Signora Ellis!» gridai, stringendomi il collo.

La mia eroina entrò nella luce del lampione, con in mano un

altro paletto del suo kit anti-vampiro. Piantò la sua scarpa ortopedica sopra la schiena di Grey e lo prese a calci.

«Ci ha salvati,» dissi a fatica. Ogni parola mi faceva male alla gola. Sentivo dell'umido che mi colava tra le dita. Sanguinavo ancora dove Quoth mi aveva morso.

Lei si spolverò le mani come se nulla fosse. «Non potevo certo permettergli di divorare la mia ex-allieva preferita e la creatura più bella mai uscita dalle pagine di un libro.»

La fissai scioccata. «Lei... lei sa che Heathcliff è... Heathcliff?»

«Mia cara, sarò anche vecchia, ma non sono rimbambita,» disse lei. «Né cieca. Ho letto per tutta la vita romanzi d'amore pruriginosi. Non credi che riconoscerei Heathcliff Earnshaw se lo incontrassi in carne e ossa?»

«Allora perché non ha mai detto nulla?» Heathcliff ringhiò mentre si rimetteva in piedi barcollando, con la gabbia di Quoth ancora ben stretta tra le braccia.

Lei mi batté una mano sulla spalla. «Perché volevi tenerli tutti per te, brutta porcella. Ho pensato che era ora che ti divertissi un po' nella tua vita. Sei sempre stata una bambinetta nervosa. Inoltre, credo che le Cacciatrici di Spiriti potrebbero aiutarti a capire da dove provengono questi personaggi letterari, e magari potremmo diventare le nuove star di *Ballando con i Fantasmi*. Andremmo in giro per le librerie infestate e ci presenteremmo ad altri bei personaggi letterari. Speravo che si facesse vivo il signor Darcy. O Rochester...» Fece un sospiro sognante. «Sì, credo che l'alto e cupo Rochester sia l'uomo che fa per me...»

Scoppiai a ridere, ma mi faceva male. Mi bruciava terribilmente la gola. Mi aggrappai a Heathcliff finché la testa non smise di girarmi.

Heathcliff diede un calcio al corpo prono di Grey. «È morto?»

Notai la pozza di sangue che si era formata intorno alla sua ferita. Mi inginocchiai accanto a lui. Oscar mi diede un colpetto sulla mano, annusando ed emettendo piccoli ringhi. Capii allora che nella galleria d'arte aveva cercato di mettermi in guardia da Quoth. Aveva percepito qualcosa di sbagliato e aveva cercato di tirarmi fuori, ma io non glielo avevo permesso.

Con una mano lo accarezzai dietro le orecchie. Con l'altra afferrai il polso di Grey, e percepii un battito debole. «Io... non credo. Non è diventato polvere quando la signora Ellis lo ha impalato, il che significa che probabilmente è ancora umano, almeno in parte, e sta sanguinando internamente. Dovremmo chiamare un'ambulanza.»

«E far sbattere in galera la signora Ellis perché l'ha pugnalato? Neanche per sogno. Questa donna è un eroe nazionale.» Heathcliff si abbassò e prese Grey con il braccio libero, per buttarselo su una spalla. Poi, barcollando, si avvicinò alla porta sul retro e provò ad aprirla, ma non si mosse. Un altro urlo squarciò la notte.

«Il bastardo ci ha chiusi fuori.»

Heathcliff tornò faticosamente verso la porta d'ingresso, ancora reggendo sia la gabbia di Quoth che il corpo sanguinante di Grey. La signora Ellis mi prese un braccio e se lo gettò sulla spalla, poi mi passò il guinzaglio di Oscar. Lasciai che i due mi riconducessero in Butcher Street, proprio mentre Heathcliff ruggiva con aria di sfida e batteva i pugni contro la porta chiusa a chiave.

«Questo è il *mio* negozio. Fammi entrare, brutto bastardo impestato.»

La signora Ellis frugò nel portafoglio ed estrasse una chiave. «Me l'ha data Helen. Ne ha fatto una copia quando si è occupata del negozio, nel caso in cui avesse avuto bisogno di entrare quando voi non c'eravate.»

«Non sono mai stata così contenta che mia madre sia... mia

madre.» Lanciai la chiave a Heathcliff e lui la inserì nella serratura. La porta si aprì verso l'interno, proprio nell'istante in cui un altro grido orribile riecheggiò nel buio. Frugai nella borsa e tirai fuori un crocifisso e un paletto di legno. «Addosso al vampiro!»

26

Heathcliff entrò incespicando e grugnendo, gravato del peso della gabbia in una mano e di Grey sulla schiena. «Il nostro uccellino è ben allenato,» sbuffò. «Cra! Cra! Craaaaa!»

«Ha affilato anche il becco, vero?» Heathcliff trasalì quando Quoth gli morse un dito attraverso le sbarre.

«Il sangue di Dracula ha dato loro una superforza.» Cercai tastoni l'interruttore della luce, ma quando lo premetti non successe nulla. *Vero, Victor ha fatto saltare la corrente e Andy l'Aggiustino è stato troppo impegnato con gli affari di mia madre, e con mia madre, per ripararla.*

Stavamo letteralmente andando alla cieca.

Per fortuna ero abituata al buio.

Con il dito tesi il guinzaglio di Oscar. Nell'oscurità non sarebbe stato in grado di vedere i segnali che gli facevo con le mani, quindi gli davo dei comandi vocali man mano che ci addentravamo nel negozio. Ansimavo per la paura, ma cercai di respingerla e mi concentrai su ciò che potevo controllare. Non ci vedevo, ma per sapere cosa stava succedendo non mi serviva vedere. *Conoscevo* il negozio, conoscevo ogni scaffale, ragnatela e angolo nascosto. Sapevo dove camminare per evitare le assi scricchiolanti del pavimento e quando abbassarmi per entrare nella stanza di Letteratura per l'Infanzia perché la porta era più bassa. Conoscevo l'odore della cera da legno fresca, del cuoio vecchio e dell'inchiostro, e dell'umidità che saliva dalla cantina allagata e dalle pareti dove immaginavo fossero scoppiate le tubature.

Anch'io avvertivo la presenza di Dracula. Era lì, non c'era dubbio. Aveva avvelenato l'aria con la sua presenza e il negozio puzzava di lui. Il suo potere e il suo dominio si riversavano da lui in ondate che si infrangevano su di me, provocandomi un dolore fisico. Ogni passo che muovevo confermava quanto ci fosse sbagliato in tutto ciò, come se la sua presenza spezzasse qualcosa di fondamentalmente giusto, vero e buono nell'universo, di cui lui non sapeva raccogliere i pezzi.

Ero l'ultima linea di difesa contro quell'orrore.

La Libreria Nevermore era la *mia* casa e l'avrei difesa, insieme a coloro che amavo, fino all'ultimo respiro.

Heathcliff imprecò quando finì addosso a uno scaffale, ma Oscar continuò a spingersi in avanti, imperturbato dall'oscurità. Percepiva le mie emozioni e prendeva spunto da me, quindi dovevo mantenere la calma. Dovevo trovare quello che stavo cercando. Ascoltai i passi sopra di me (non erano quelli di Dracula, erano troppo rapidi) e sentii l'aria muoversi: qualcuno si stava avvicinando agli scaffali di Poesia.

«Mina, è successa una cosa terribile,» gridò Socrate dall'oscurità, con la voce attutita dalle pile di libri di poesia che ci separavano. «Alcune signore sono entrate nel negozio e si passavano bottiglie di vino e strani attrezzi, e poi qualcuno ha bussato alla porta ed è entrato un affascinante sconosciuto. E poi sono iniziate le urla.»

Qualcuno mi diede una gomitata sul braccio. La voce della signora Ellis mi sussurrò all'orecchio: «Chi è questo tizio?

Sembra quel vecchio birbante che oggi ha cercato di salvare i libri di filosofia. Mi è sembrato piuttosto ardito.»

La signora Ellis che ragionava con l'utero in un momento come quello!

«Socrate, va tutto bene. Puoi uscire.» Il mio sguardo fu attratto da una luce tremolante che emergeva dall'estremità degli scaffali di Poesia e si dirigeva verso di noi. La luce mi provocò una nuova ondata di nausea e di dolore nel cranio e fece danzare una serie di ghirigori arancioni nel mio campo visivo. Mentre la luce si avvicinava, sentii odore di bruciato.

«Stai bruciando un libro.» Heathcliff sembrava sconvolto. «Cosa avete in questa città, tutti a voler bruciare libri? Che cosa vi hanno mai fatto i libri?»

«Avevo bisogno di un po' di luce, no?» replicò nervoso Socrate, agitando la sua torcia di fortuna in faccia a Heathcliff. «Non preoccuparti, sono solo lettere e saggi di Seneca il Giovane. Quel piccolo furfante pensava di poter essere uno Stoico e allo stesso tempo di acquisire una fortuna e di godere dei favori di Nerone. L'unica cosa che quel leccaculo doppiogiochista ha fatto in modo stoico è stato togliersi di torno.»

«Chiudi il becco e aiutami a portare di sopra questa roba,» sbottò Heathcliff.

Socrate mi passò la torcia fatta con il libro in fiamme. Io la tenni sollevata per illuminare mentre Socrate afferrava il fondo della gabbia e aiutava Heathcliff a portare Quoth e Grey di sopra. La signora Ellis, Oscar e io li seguimmo. Da qualche parte tra gli scaffali sentii dei passi spaventati e percepii la presenza opprimente di Dracula nelle vicinanze. Da un momento all'altro mi aspettavo di sentire dei denti affondarmi nel collo, ma si trattenne. Non voleva farmi del male. Non ancora.

Dovevamo mettere Quoth al sicuro da lui, e poi gli avrei fatto così tanto il culo che avrebbe cagato aglio.

Heathcliff e Socrate portarono il loro carico direttamente nella mia camera da letto. Appena invademmo il suo spazio Fiona si mise a strillare. Jo balzò dalla sedia. «Mina, cos'è successo a Quoth? E perché hai in mano un libro in fiamme?»

Non appena varcammo la striscia di sale sull'uscio, Quoth si acquietò. Le sue ali si abbassarono e si girò verso di me con occhi spalancati e terrorizzati. «Craaaaa?»

«Mi dispiace tanto, tanto.» Mi scesero altre lacrime. Gli sfiorai una guancia, ma lui si scostò. Il petto mi faceva male, ma non sapevo se era per il sangue che avevo perso, o se era il cuore che mi si spezzava.

Dovevo credere che Quoth potesse essere salvato.

Sul letto, Fiona si agitava e si dimenava. Non volevo legare anche Quoth, per paura che lei gli facesse del male con i suoi calci. Mi ricordai del gancio di Morrie che pendeva dal soffitto, quello che usava per ammanettarmi mentre lui e Quoth facevano cose sconce e bellissime sul mio corpo. Al ricordo mi mancò il respiro.

Heathcliff si tolse Grey dalle spalle e lo depositò a terra, io invece afferrai una delle imbracature di Morrie e mi misi in piedi sulla sua scrivania per fissarla al gancio. Heathcliff prese Quoth dalla gabbia e lo tenne fermo mentre io gli mettevo una manetta intorno al collo e la stringevo al massimo.

«Craaaaa!» Quoth aveva ritrovato la forza. Si agitava, mordeva e graffiava e noi lottavamo per tenerlo fermo.

La seconda manetta gli catturò il petto. Quando finalmente fu messo in sicurezza, avevo le braccia ricoperte di graffi sanguinanti e riuscivo a malapena a vedere attraverso le lacrime, ma ero sicura che non sarebbe andato da nessuna parte.

Gli accarezzai la testa. «Troveremo un modo per riportarti indietro. Te lo prometto.»

Lui si agitava stretto nelle cinghie, con grida acute e cariche di dolore. Io crollai dalla sedia. Heathcliff mi prese tra le braccia.

«Stai ancora sanguinando.» Mi toccò il collo con le dita. Sussultai, investita da una nuova ondata di dolore.

«A Mina serve un kit di pronto soccorso,» dichiarò la signora Ellis dall'angolo in cui stava pomiciando con Socrate. Immagino che se ci si trova intrappolati in una casa con un pericoloso vampiro, ci siano cose peggiori da fare che sbaciucchiarsi uno dei più grandi filosofi del mondo.

«Ce n'è uno sotto il letto, insieme alla mia collezione di dilatatori anali,» disse Morrie arrivando di corsa.

«Subito.» Jo si infilò sotto il letto.

Fui presa da una sensazione di sollievo quando Morrie attraversò la stanza e strinse me e Heathcliff tra le braccia. Stava bene. Era tornato, vivo.

«Come sei entrato?» gli chiese Heathcliff di getto. «Io non ti ho mai dato la chiave.»

«Sono una mente criminale, ricordi?» Morrie rovesciò una borsa della spesa sul letto. «Conosco almeno diciassette modi per entrare e uscire da questo edificio senza bisogno di chiavi. Vuoi che te li elenchi o continuiamo a lavorare sull'uccellino per cercare di annientare i vampiri?»

«Che cos'hai lì?» gli chiesi, scrutando la varietà di bottiglie e barattoli.

«Al mercato avevano finito l'aglio fresco,» disse Morrie. «Pare che questa settimana ci sia stata una corsa all'acquisto.»

Gemetti. Era tutta colpa di mia madre, che aveva suscitato una febbre da vampiri ad Argleton. Poi mi ricordai che mia madre era lì, da qualche parte nel negozio, e mi si strinse il petto per la paura.

«Ma poi mi sono ricordato delle bancarelle del mercato. Ho convinto la signora Traverson a vendermi tutta la sua scorta di sugo per la pasta all'aglio.» Morrie svitò il coperchio di un barattolo. Un delizioso profumo di aglio e basilico si diffuse per tutta la stanza. «Ho pensato che potremmo spalmarla su tutto il corpo di Quoth e magari tu potresti leccargliela via, lentamente.»

«È terribile, ma è il meglio che abbiamo.» Svitai un coperchio e presi un bel po' di sugo, che spalmai sulla guancia di Quoth.

«Craaaaaa.» Si dimenava, sputava e ci mordeva le mani, ma noi procedemmo, implacabili. Alla fine Quoth sembrava essere stato mummificato da uno chef italiano. Aveva un delizioso odore di aglio. Morrie gli aveva appeso al collo un crocifisso d'argento che gli aveva tolto le ultime forze. Rimase appeso ai legacci, gracchiando sommessamente.

Dovevamo sperare che per il momento bastasse a proteggerlo da Dracula.

Jo mi prese per mano e mi fece sedere sull'angolo del letto. Mi gettò in grembo una bibita, mentre dietro di lei Victor teneva in mano una bottiglia di acqua santa, un ago e un filo. Jo mi spinse la bibita in mano. «Bevila. Ti aiuterà a ricostituire gli zuccheri. Ti farà un male cane, ma devi stare ferma, altrimenti Victor farà un lavoraccio.»

Non si sbagliava. Sentii ogni singola puntura dell'ago di Victor, ciascuno strattone che dava alla mia carne, ogni spruzzo di acqua santa come se fosse caffè bollente su una ferita aperta. Tracannai la bibita, che mi rimase nello stomaco pesante come piombo.

Morrie mi offrì la sua mano da mordere, cosa che di solito gli piaceva durante il sesso, ma non tanto ora che Victor Frankenstein mi stava ricucendo come fossi stata uno dei suoi mostri. Morrie urlò e si scostò, scuotendo la mano. «Ora stiamo sanguinando entrambi. Cosa facciamo, Mina?»

Il volto del Napoleone del crimine era teso. Non sembrava sicuro di sé. Sembrava che non avesse la più pallida idea di cosa fare dopo, e questa era una cosa che non gli era mai successa. Attraverso il fuoco tenue del libro-torcia, notai che si avvicinò a Heathcliff e che si strinsero le mani.

Cercai di ricacciare giù la paura. «Dracula è qui, da qualche parte e...»

Un urlo squarciò l'oscurità.

Un urlo molto familiare.

«Mamma,» urlai, scattando in piedi. «Stiamo arrivando!»

Un'ondata di nausea e dolore mi fece quasi ricadere a terra, ma mi aggrappai a Heathcliff finché non mi passò. Non c'è niente di meglio di un fidanzato che fa da muro robusto, per stabilizzarsi.

«Non puoi andare là fuori disarmata,» gridò Jo, parandosi davanti a me. «Hai visto cosa ha fatto a Fiona e a Quoth.»

Passai le dita sul bordo dell'ultimo barattolo di pasta e mi spalmai due strisce di salsa all'aglio sulle guance. «Andremo in guerra. Non saremo disarmati. Dove sono quei paletti che Heathcliff ha affilato?»

«Nel magazzino,» rispose Morrie.

«Allora dobbiamo prenderli. Trovate qualsiasi cosa su questo piano che possiamo usare come arma. Andremo lì per prima cosa.» Tirai fuori dalla mia borsa il kit anti-vampiro. La signora Ellis fece la stessa cosa e ci dividemmo le scorte di acqua santa, aglio e ciondoli a forma di crocifisso. «Dobbiamo andare stanza per stanza finché non lo troviamo. Ogni volta che incrociamo una delle Cacciatrici di Spiriti, la mandiamo quassù a nascondersi in questa stanza, capito? Qualunque cosa accada, mia madre *non deve* andare dietro a Dracula, è chiaro?»

«E l'ultima cassa di terra?» chiese Heathcliff mentre Morrie strappava una a una le gambe di una sedia di legno e le distribuiva ai presenti.

«Non c'è più. L'ho distrutta io.» Mi scesero altre lacrime quando pensai alle bellissime opere d'arte di Quoth distrutte sul pavimento della galleria. «Quoth aveva usato la terra per dipingere uno dei suoi quadri. L'ho rotto e l'ho inzuppato di acqua santa. È fatta. Ora possiamo dare la caccia a Dracula.»

Heathcliff si scrocchiò le nocche. «Bene. Non vedevo l'ora di mettere le mani su quel bastardo impestato.»

Dopo che fummo usciti dalla mia camera da letto, diretti in soggiorno, Morrie andò in cucina e tornò con una montagna di coltelli tra le braccia. Me ne mise uno tra le mani. «Questo è il massimo che sono riuscito a trovare. Ho preso anche quest'ascia, che era accanto al fuoco.»

«Questa è mia.» Heathcliff la prese.

«Cosa facciamo se ci imbattiamo nel Conte?» La signora Ellis fece roteare il coltello tra le dita come se avesse ucciso vampiri per tutta la vita, cosa che a quel punto avrei anche potuto credere. «Se ci riusciamo possiamo ucciderlo, o dobbiamo tenerlo in vita?»

«Io...» Posai lo sguardo su Quoth. «Penso che dobbiamo...»

«Mina... *Miiiiiina...*»

Il suono rimbombò nell'aria. Mi penetrò nella carne, ristagnandomi nello stomaco e congelandomi il cuore. Le mie membra sussultarono mentre Dracula usava il suo considerevole potere per attirarmi a lui. Mi voleva. Mi *comandava*. Ero quasi caduta sotto l'incantesimo di Quoth, nonostante lui avesse avuto solo un assaggio del vero potere del Conte.

Ma Quoth... Se avessimo ucciso Dracula, avremmo potuto perdere la nostra unica possibilità di riportare indietro lui e le persone che aveva contaminato.

«Dobbiamo ucciderlo.» Ingoiai il groppo che mi saliva in gola. «Non possiamo... cazzeggiare, come direbbe Heathcliff. Non possiamo rischiare che prenda le acque del Meles o che faccia del male ad altri innocenti. Non può in nessun caso uscire da questo negozio o introdursi nella stanza in fondo al corridoio.»

«Non so cosa siano le acque del Meles, ma il capo sei tu.» La signora Ellis si infilò il coltello nella cintura.

Heathcliff mi strinse la mano. «Ma Quoth...»

«Lo so,» sussurrai. «Lo so. Ma dobbiamo credere che ci sia un modo per salvarlo.»

«Bene, allora.» La signora Ellis brandì la gamba della sedia. «Cosa stiamo aspettando?»

Deglutii di nuovo. Con un ultimo sguardo al mio uccello della notte che voleva solo essere libero, poi ai volti dei miei amici e amanti nell'ombra, dei due uomini che avrebbero attraversato l'inferno per me, alzai la mia arma e gridai nel buio. «Vuoi la Libreria Nevermore? Prima dovrai passare sui nostri cadaveri. Fatti sotto, succhiasangue.»

27

Per prima cosa controllammo ogni angolo dell'appartamento, nel caso in cui qualcuna delle Cacciatrici di Spiriti si fosse nascosta lassù, ma i mille cartelli NON ENTRARE che Heathcliff aveva posizionato dovevano averle terrorizzate troppo, perché non trovammo nessuno. Lasciammo Socrate e Victor a fare la guardia a Quoth, Fiona e Grey e scendemmo le scale nell'oscurità. In una mano stringevo l'imbracatura di Oscar molto più forte di quanto Edie, la mia istruttrice di cani guida, avrebbe normalmente permesso. Con l'altra tenevo il coltello da cucina, con la lama bagnata di acqua santa.

Morrie si avvicinò a me, tendendo una gamba della sedia e una torcia fatta con un romanzo di Dan Brown in fiamme. Finalmente, un buon uso del *Codice Da Vinci*.

Qualcosa si mosse sulla nostra sinistra. Un'asse del pavimento scricchiolò. Heathcliff si lanciò, con un grido di trionfo quando la gamba della sua sedia andò a segno.

TUMP.

«Ahi, perché l'hai fatto?» ululò Robin, saltellando sul pavimento.

«Smettila di ballare come un fagiolo salterino in tenuta medievale e aiutaci,» gli disse di scatto Heathcliff. «Abbiamo bisogno del tuo arco.»

«E ce l'avrete, sire,» urlò Robin trionfante. «Quali punte servono? Punta infuocata? Da mostri? Da caccia alle anatre? Da mele?»

«Quelle da mostri dovrebbero bastare.» Allungai un barattolo di acqua santa. «Immergi le punte in quest'acqua. Hai visto qualche forestiera su questo piano?»

«Sì. Avevano una chiave, sono entrate e si sono rifiutate di stare sedute in silenzio ad ascoltare le storie delle mie prodezze coraggiose. Quando sono iniziate le urla, si sono disperse e nascoste. Ci siamo nascosti anche noi.» La sua voce si fece incerta. Nonostante la sua spavalderia, Robin aveva paura. «Puck è in cima agli scaffali di Filosofia. Ehi, Puck,» chiamò. «Esci subito. C'è Mina.»

L'aria crepitò quando Puck si materializzò accanto a Robin. «C'è una donna nascosta nel ripostiglio, in barba al cartello NON ENTRARE. Devo trasformarla in una...»

«No.» Ordinai a Oscar di condurmi dall'altra parte della stanza. Lui annusò la porta e guaì eccitato. Le mie dita trovarono la maniglia e la aprirono con una spinta.

«Chi c'è qui dentro? Sono Mina. Ti prometto che andrà tutto bene, ma ho bisogno che esca...»

«Miiina...» La voce di Dracula mi riecheggiò nella testa, anche se rimbombava nel negozio. «...Ti sto aspettando...»

«Mina?» sussurrò una vocina da dietro lo scaffale. «Sei davvero tu?»

«Mamma?»

Una figura ammantata d'ombra si mosse davanti a me. Non riuscivo a vederne i lineamenti, ma riconobbi la sua voce, il suo profumo distintivo e la sua innata *presenza* confortante.

«Mamma.» Le gettai le braccia al collo. Un'ondata di

sollievo e di amore mi inondò le vene, scacciando per un attimo il mio terrore di Dracula. «Stai bene.»

«Oh, Mina.» Il corpo di mia madre tremava. «È stato terribile. C'era un tizio alla porta con un mantello svolazzante. Aveva la pelle più chiara che avessi mai visto. Ha detto di essere tuo amico e sembrava uno di quei ragazzi dei gruppi rock che ti piacciono tanto, così l'ho fatto entrare in attesa che tornassi. Non funzionava nessuna luce, quindi non abbiamo visto cosa ha fatto. Solo che Deirdre è scomparsa e lui... lui... lui... l'ha *morsa*.»

«Ssshh. Andrà tutto bene, te lo prometto.» Feci scivolare mia madre tra le braccia di Heathcliff. «Heathcliff ti porterà di sopra e ti mostrerà un nascondiglio, okay? È importante. Non scendere per nessun motivo. Non importa quello che sentirai. Hai capito?»

Lei mugolò, ma non rispose.

«Mamma, se stai facendo di sì con la testa, sappi che non ti vedo. Hai capito?»

«Sì, sì. Mina, io...» Le dita di mia madre tremavano mentre Heathcliff la trascinava via. «Ho paura.»

Anch'io. «Dov'è Deirdre?»

«...Miiiiiina...» Dracula mi chiamò, la sua voce mi pulsava nel petto. Mi ci volle tutta la forza che avevo per rimanere accanto a mia madre, per non correre da lui.

«È qui, nascosta dietro gli scaffali. È molto debole e non riesco a fermare l'emorragia.» La voce di mia madre tremava.

«Va bene, ci pensiamo noi,» grugnì Morrie. Si chinò dietro gli scaffali e prese in braccio Deirdre. Insieme, lui e Heathcliff portarono Deirdre e mia madre al piano superiore dell'appartamento, mentre Puck scomparve in una nuvola di scintille, lasciando me, Jo, la signora Ellis e Robin a fare la guardia alla tromba delle scale, pronte con le armi alzate.

Desideravo più di ogni altra cosa poter restare con mia

madre, ma i richiami di Dracula si facevano sempre più forti e appassionati. La sua voce scuoteva l'edificio. I libri cadevano dagli scaffali e lui urlava il mio nome nella notte. «Miiiiina...»

Heathcliff e Morrie tornarono da noi, facendosi strada in mezzo al nostro esercito per starmi di fianco. Al buio non li vedevo, ma li sentivo. La loro presenza pesava nell'aria tanto quanto quella di Dracula: le forze del bene degne rivali del suo male travolgente. Il profumo di Heathcliff, di spezie e di torba, si mescolava a quello di Morrie, di pompelmo e vaniglia, tingendo l'aria di ricordi che mi riempivano il cuore d'amore.

Potevo farcela. Con loro al mio fianco e con Quoth nei nostri cuori, potevamo trionfare.

«Per il nostro uccellino,» sussurrò Morrie.

«Per Quoth,» ringhiò Heathcliff.

Per l'amore.

Ai miei piedi, Oscar ringhiava verso l'oscurità. Forse si sarebbe rifiutato di andare al piano di sotto, comunque iniziò a tirare il guinzaglio e mi fece strada. In teoria i cani dovrebbero essere in grado di percepire il pericolo, e il fatto che invece di trascinarmi via mi condusse dritta nella tana del nemico era prova della sua lealtà e tenacia.

Scendemmo le scale nel corridoio silenzioso. Oscar girò a sinistra e ci fece passare per la porta bassa verso gli scaffali di Letteratura Classica. L'aria puzzava di libri umidi e di carne in decomposizione. Era rivoltante. Morrie spinse davanti a sé il libro di Dan Brown, illuminando un piccolo cerchio davanti a noi.

Lo *sentii,* prima di vederlo: il concentrato di pura malvagità che attendeva nell'oscurità come una serpe sotto le rocce. Sentii il cuore sprofondare mentre venivamo avvolti nel suo potere, che ci rubò ogni grammo di coraggio che avevo lottato così tanto per conservare intatto.

Il Conte Dracula si fece avanti in un silenzio maligno e lo *vidi*. Lo vidi con dettagli vividi e terrificanti. Vidi gli angoli della sua bocca torcersi in un sorriso, che mise in mostra lunghi canini bianchi. «Mina Wilde, finalmente ci incontriamo.»

28

Non aveva alcun senso, perché la Libreria Nevermore era ancora al buio, nera come la pece, e anche se tutte le luci si fossero riaccese in quel medesimo istante, non avrei dovuto essere in grado di vedere tutti quei dettagli.

Ma non lo vedevo con gli occhi. Lo vedevo *dentro la* mia testa, mi stava dando quella visione di sé in modo che io *sapessi*. Che io capissi. Ci aveva già battuti. Stando così vicino a lui, ero inondata dal suo potere, che mi penetrava nei pori. Lo sentivo che mi strisciava dentro le vene e mi nuotava dietro gli occhi. Mi aveva congelato il corpo. Non riuscivo a muovermi. Poteva manipolarmi come voleva.

Il Conte Dracula era alto almeno quanto Morrie, ma la sua forza lo faceva sembrare ancora più alto. I suoi lineamenti erano quelli di un uomo anziano, con un naso adunco, folti baffi vittoriani e barba a punta. Era vestito interamente di nero, senza una traccia di colore in tutta la sua persona, tanto che sembrava scaturire dall'oscurità stessa.

In mano stringeva un libro che aveva preso dallo scaffale dei Classici, un bellissimo volume rilegato in pelle. Era *Dracula,* di

Bram Stoker. Vedevo le pagine umide che si arricciavano ai bordi e un cerchio di umidità sul tappeto sotto i suoi piedi: la perdita dalle tubature doveva essere proprio dietro quel muro.

Aprii la bocca per parlare, ma lui mi rubò le parole.

«Ascoltali, Mina.» Dracula si portò la mano all'orecchio mentre, al di sopra delle nostre teste, Fiona, Quoth e Grey urlavano la loro follia e la loro fedeltà. «I miei figli della notte. Risuonano di una musica così dolce. Possono diventare i figli nostri, Mina. Possiamo far rinascere l'intera terra con la nostra stirpe.»

Le grida di Quoth mi riempivano le orecchie e nella sua angoscia ritrovai la voce.

«Abbiamo avvelenato la tua terra con i santi sacramenti,» esclamai. «Ogni singola cassa di terra rumena è stata contaminata. Se cerchi di usare la terra per rigenerarti, morirai.»

«Non ha importanza.» Le sue lunghe dita girarono il libro, rovinando le pagine. L'acqua gocciolava dalla carta intrisa (un altro dettaglio che non dovrei essere stata in grado di *vedere*). *È qualcosa che lui vuole che io veda: perché?* «Nelle acque del Meles troverò la mia resurrezione, la vera immortalità non solo in questa vita, ma in tutte le vite possibili. Tuo padre ha cercato di allontanarmi da questa libreria perché non ne scoprissi i segreti. Nemmeno in punto di morte ti ha consegnata a me.»

«Mio padre è... è morto?» Dopo tutte le lettere e gli indizi che mi aveva lasciato, dopo tutti i viaggi nel tempo, avevo iniziato a pensare che mio padre fosse vivo ma lontano, dove non potevo parlargli, che poi era più o meno il modo in cui avevo pensato a lui per tutta la vita. Ma ora sapevo la verità: Dracula aveva privato il mondo del più grande poeta mai esistito. Mi aveva privato della possibilità di incontrare mio padre. Non l'avrei mai perdonato per questo.

Il calore della rabbia e dell'amore sbocciò dentro di me, e in quella rabbia trovai la forza di sfidare la presa di Dracula. Mossi le dita. Poi il polso. Misi la mano nella borsa e vi cercai ciò che mi serviva.

Dracula schioccò le labbra. «Omero aveva un sapore *squisito*. Ma solo dopo averlo bevuto tutto ho capito che mi sarebbe servito vivo se volevo attraversare le acque. Ma non importa, ora ho te, mia bellissima sposa.»

Allungò una mano verso di me e ogni centimetro del mio corpo sussultò per obbedirgli. Tranne la mia mano. La mia mano si chiuse intorno a un barattolo in fondo alla borsa.

Glielo lanciai addosso. Lo raggiunse al mento e il coperchio saltò via, riversando una poltiglia verde sul davanti dei suoi vestiti eleganti. Lui passò un dito nella poltiglia e lo sollevò, strizzando gli occhi confuso. «Cos'è questo?»

«Ehm... quella è una crema di dionee tritate. Ma questa...» Lanciai un altro barattolo. «Questo è il sugo per la pasta extra forte della signora Traverson.»

Il barattolo colpì Dracula in pieno viso, e quando l'aglio gli arrivò sulla pelle, la visione di lui che avevo nella testa si dissolse. Non poteva continuare la sua magia mentre urlava. E caspita se urlò: un lamento disumano che sapevo mi avrebbe perseguitata nei miei incubi per il resto della mia vita. Che speravo sarebbe stata più lunga dei pochi minuti successivi.

Le mie membra sussultarono, libere dal suo incantesimo. «Via, di corsa!»

Ci precipitammo fuori dalla stanza. Morrie sbatté la porta dietro di sé e infilò una sedia sotto la maniglia. Oscar abbaiò trionfante verso la porta.

Dracula gridò, e la sua rabbia scosse la Nevermore fino alle fondamenta. I libri caddero dagli scaffali mentre la porta scricchiolava e faceva ogni tipo di rumore sotto la furia di Dracula. Morrie ficcò il libro in fiamme nelle mani di Jo e si appoggiò alla porta, spingendo le lunghe gambe contro la libreria di fronte, altri pesanti volumi che gli piovevano addosso.

«Correte via, non posso trattenerlo ancora a lungo,» urlò.

«Non posso lasciarti...»

Ma Heathcliff mi afferrò il braccio e mi strappò via. «Aiuterò io Morrie. Tu vattene.»

Mi lasciò andare il braccio e io fui allontanata da lui mentre Jo, Oscar, la signora Ellis e Robin si precipitavano tutti verso le scale. Quando i miei piedi arrivarono al primo gradino, l'urlo di Morrie squarciò la libreria.

No, Iside, no. Per favore, non Morrie... ti prego...

Ma non mi voltai indietro. Non avrei permesso che il sacrificio di Morrie fosse vano. Mi misi a correre, salendo affannosamente le scale dietro a Oscar. Alle mie spalle, la porta andò a sbattere contro il muro. Heathcliff urlò in risposta alla furia di Dracula con altrettanta ferocia, alimentata dall'amore: una forza inarrestabile che si scontrava con una roccia inamovibile.

Nel momento in cui arrivai al pianerottolo del primo piano, Heathcliff gridò.

Non sapevo che Heathcliff Earnshaw fosse capace di gridare. Quel suono mi squarciò l'anima.

Mi sfuggì un singhiozzo. Accanto a me, Jo piangeva. «Mina, cosa facciamo? Prima io... non volevo impalarlo. Era come se si fosse impossessato della mia *mente*...»

Non siamo abbastanza forti. Io non sono abbastanza forte. Ma Heathcliff sì. È più forte di chiunque altro sulla terra. Gli servono quei paletti. Non li abbiamo presi.

«Oscar, ripostiglio.» Gli ordinai di portarmici. Quando avevamo salvato mia madre avevamo lasciato la porta aperta. Trovai i paletti in fondo al letto di Morrie, legati insieme con uno spago. Li portai alle scale.

«Heathcliff, tieni.» Lanciai il fascio di paletti oltre la

ringhiera. Però il nodo si sciolse a mezz'aria e si sparsero a terra, sul tappeto sottostante. Heathcliff imprecò mentre si affannava a raccoglierli. Il mio cuore si riempì di speranza, anche se sentivo il potere di Dracula stendersi ancora una volta su di me, e bloccarmi gli arti in modo che non potessi muovermi.

Heathcliff emise un altro urlo straziante.

«Prendi questo,» gridò Robin, lanciando una raffica di frecce oltre la ringhiera per poi precipitarsi giù per le scale ad aiutare. Dracula si lanciò contro Robin a una velocità impossibile. Robin gli conficcò una freccia nella spalla prima che il Conte gli strappasse l'arco dalle mani. Quando Dracula spezzò l'asta, dalla ferita uscirono delle volute di fumo e il suo volto si contorse per il dolore provocato dall'acqua santa che gli corrodeva le viscere. Ma questo lo rallentò solamente. Dracula afferrò Robin, lo strinse a sé e gli affondò i denti nel collo.

«Robin, no!»

Il rumore di un risucchio umido risuonò nella stanza, spezzando momentaneamente l'incantesimo di Dracula su di me, ancora una volta.

Robin, mi dispiace tanto.

Caddi in ginocchio, distrutta dalla disperazione. Heathcliff era intrappolato al piano di sotto. Se le frecce di Robin con la punta intrisa di acqua santa non avevano rallentato Dracula, non sarebbero serviti nemmeno i nostri paletti di legno. Come avrebbe fatto Heathcliff ad avvicinarsi abbastanza da impalare il Conte? Dracula era troppo forte, troppo affamato di sangue fresco. Non lo avremmo mai catturato.

«Mina, scappa,» gridò Heathcliff. Non vedevo più né lui né Dracula, ma sentivo la disperazione nella sua voce. Aveva capito la stessa cosa che avevo capito io: che eravamo condannati, che Dracula ci avrebbe presto sopraffatti.

«Non posso lasciarti...»

«Vattene da qui. Subito.»

Ma dove? Per tentare la strada della porta principale o di quella posteriore avremmo dovuto passare davanti a Dracula. Attraversare a nuoto il tunnel del seminterrato per arrivare alla tana di Dracula sembrava il modo più semplice per rinunciare a tutto il mio 0 negativo, e Morrie non mi aveva informato delle sue diciassette vie di fuga dal negozio.

Ma conoscevo un modo.

«Mina.» Il volto di Dracula mi riempì la testa, forte della sua volontà di trovarmi. Avevo una frazione di secondo per agire. *Vuole me e solo me.*

Dovevo allontanarlo dai miei amici per dare loro la possibilità di fuggire.

«Corri verso la porta,» urlai a Jo. Le infilai il guinzaglio di Oscar nella mano tremante. Prima che potesse dire una sola parola, mi allontanai da lei e corsi su per le scale verso l'appartamento.

Lo *percepivo* dietro di me: il suo respiro caldo nell'orecchio, lo stropiccio dei suoi abiti vittoriani mentre si muoveva a suo agio, senza fretta, il guizzo della lingua contro le labbra che leccava via ciò che rimaneva del sangue di Robin.

I miei polmoni avevano bisogno d'aria. Non riuscivo a vedere nulla. Ero guidata dalla memoria muscolare. Sapevo solo che dovevo stare un passo avanti a lui. I miei piedi scivolarono sul pavimento di legno quando superai l'ultimo gradino. Entrai nel nostro appartamento e mi sbattei la porta alle spalle. Infilai una sedia sotto la serratura, presi un crocifisso d'argento e lo appesi alla maniglia. Sapevo che non l'avrebbe trattenuto a lungo, ma forse mi avrebbe fatto guadagnare abbastanza tempo per...

CRACK.

Mi arrivarono schegge di legno sul viso. La porta avrebbe ceduto da un momento all'altro. Corsi nel corridoio, praticamente senza pensare a dove stavo andando. Attraversai la prima porta ed entrai nella mia camera da letto. *Devo vederlo un'ultima volta.*

«Quoth, addio. Ti amo.»

Quando Quoth mi vide, emise un *cra* terrorizzato e si contorse tutto, riuscendo in qualche modo a liberarsi dai legacci.

«Craaaaaa.» Si agitò per la stanza, affranto, dolorante e furioso. Piume mi volarono in faccia nell'avvicinarmi a lui. Con le dita gli sfiorai le ali, ma lui si allontanò vorticando e lasciandomi una macchia di sugo per la pasta sul braccio.

La porta andò a sbattere contro la parete e i muri tremarono. I passi di Dracula scricchiolavano sulle assi del pavimento. «Mina,» ansimò, la voce densa e rauca di terra di fossa. «Vieni subito da me. Diventa la mia sposa. Altrimenti ucciderò questa donna.»

«Mina? Mina?» mi chiamava Cynthia Lachlan. «Il tuo amico dark sembra essere parecchio serio.»

Oh, cazzo, ha preso Cynthia.

Mi nascosi dietro la porta della mia camera da letto, un nascondiglio che non mi dava nessuna speranza, perché lui sapeva esattamente dove mi trovavo. Il cigolio sulle assi del pavimento era più vicino. Era in fondo al corridoio. Quoth saltellò sul pavimento verso di lui, facendo un felice *nyuh-nyuh-nyuh* al pensiero di riunirsi al suo padrone.

Che cosa faccio? Anche se mi arrendo, non è detto che lui lasci andare Cynthia. Devo...

«Non... non toccarla.»

Una forma scura si mosse dall'altra parte della stanza. Grey si alzò barcollando e si precipitò nel corridoio. Camminava come un morto vivente e, mentre si muoveva nel quadrato di luce proiettato dalla luna attraverso la finestra, riuscii a distinguere la forma del paletto della signora Ellis ancora conficcato nella sua schiena.

«Ah, Grey, mio fedele servitore. Mi chiedevo dove fossi finito. Vieni, condivideremo insieme il suo sangue.»

Cynthia urlò.

«Ti ho detto di non toccarla.» La voce di Grey sembrava sabbia bagnata. Si fiondò su Dracula. Cynthia urlò di nuovo e io sentii colpi e tonfi mentre il servo si rivoltava contro il suo padrone.

Avevamo ragione su Grey: anche sotto tutti quegli strati di malvagità, gli era rimasto un pezzo di umanità. Grey era un coglione di prima categoria, ma amava sua moglie.

«Craaa!» Quoth si fiondò ad aiutare il padrone, ma il suo grido di battaglia si trasformò in un lamento quando rimase coinvolto nella sanguinosa battaglia tra Dracula e Grey. Gridai mentre veniva gettato sul tappeto del corridoio, il corpo minuto che si contorceva in una pozza scura fatta dal suo stesso sangue.

«Quoth, no.»

E anche se sapevo di averlo perso per sempre, anche se non era più mio, non potevo lasciarlo lì a morire da solo. Saltai fuori da dietro la porta, mi gettai su Quoth e lo intrappolai contro il mio petto.

«Craaaaaaa.» Quoth si dimenò un po', ma era così debole che lo trattenni facilmente. Il calore mi invase il petto, il suo sangue e il sugo della pasta mi impregnarono i vestiti. Mi misi Quoth sotto un braccio e corsi fuori dalla stanza. Avevo perso il coltello da qualche parte nel negozio. Tutto ciò che avevo era un altro barattolo di sugo. Dracula e Grey si stavano rotolando sul tappeto, andando a sbattere contro le pareti e tirandosi addosso i quadri di Quoth. Dovevo cercare di superarli, sperare di trovare qualcosa per finire il lavoro, sperare che gli altri fossero stati abbastanza ragionevoli da andarsene finché potevano.

Nelle orecchie sentivo il ronzio del mio sangue che correva veloce. Quoth si dimenava, battendo le ali nel tentativo di volare verso il suo padrone. Io lo strinsi più forte mentre i vestiti mi si intridevano di sangue. La mia mente mise a fuoco una cosa.

Ricoperto di sangue...

Era un ricordo di mesi fa, una frase buttata lì che all'epoca mi era sembrata misteriosa, ma che avevo completamente dimenticato in tutto il caos dell'arrivo di Dracula e di tutte le altre cose folli che erano successe nella mia vita. Ma ora quella frase mi investiva, con tutto il peso della sua potenza.

La prossima volta che ti vedrò, sarai ricoperta di sangue.

Non ebbi il tempo di valutare se fosse una buona idea o meno. Nell'istante in cui la mano gelida di Dracula usciva dall'oscurità per afferrarmi la caviglia, io agguantai la maniglia della stanza che viaggiava nel tempo.

Il succhiasangue mi trascinava all'indietro e io aprii la porta, che rivelò solamente un'opprimente oscurità. Non sapevo cosa mi aspettasse dall'altra parte, ma ero sicura che doveva essere meglio di lì.

«Non puoi sfuggirmi,» ringhiò Dracula, il suo tocco gelido che mi strisciava sulla gamba.

Aspetta. Il mio mignolo scivolò via dalla maniglia della porta. Il becco di Quoth mi affondò nel polso. Ululai, mi contorsi e gridai, ma Dracula mi teneva ferma. Dov'era Grey? Non potevo avanzare, e presto avrei perso la presa e...

«Oh, per carità,» sbuffò qualcuno. Una mano uscì dall'oscurità e mi afferrò una spalla: era calda, e misericordiosamente viva. Una seconda mano si unì alla prima. Quoth mi scivolò tra le dita. Io urlai mentre mi tiravano in avanti e Dracula mi strattonava indietro. Mi stavano dividendo in due. Nessuno dei due avrebbe mollato la presa. Sentii un rumore nella spina dorsale, e un dolore che mi arrivò alle orecchie. *Presto sarà tutto finito...*

«Non sarà mai finita, Mina,» mi ruggì Dracula in testa. «Sarai mia per l'eternità.»

«Cra!»

Non riuscivo a vedere, ma sentivo Quoth starnazzare e Dracula sibilare mentre le sue dita si staccavano dalla mia caviglia. L'ultima cosa che sentii prima che la porta sbattesse dietro di me fu il battito d'ali della notte, con Quoth che, entrando in volo, andò a schiantarsi contro le assi del pavimento davanti a me.

Mi sdraiai a pancia in giù, respirando affannosamente. Mi ci vollero alcuni istanti per capire che avevo serrato stretti gli occhi. Non volevo aprirli. Non sapevo cosa avrei visto. Ma oltre le mie palpebre pulsava una luce intensa e avevo bisogno di *sapere...*

Quoth... è qui...? è vivo...?

Inspirai una profonda e preziosa boccata d'aria, i cui bordi si tinsero di sangue e ghiaccio.

Riaprii gli occhi.

La stanza era esattamente come la ricordavo: l'elegante letto a baldacchino appesantito da una ricca tappezzeria, le sedie ornate e i massicci mobili in legno. Le porte che conducevano allo studio e al bagno ottagonale sopra la stanza dell'occulto. Ma c'era una differenza, uno strano dettaglio che mi diede la certezza di essere veramente morta, che quella era la mia mente morente che mi stava giocando un ultimo, crudele scherzo.

Vedevo lo spazio intorno a me solo perché l'intera stanza era stata illuminata come un albero di Natale, come un falò di Halloween. Candele e lanterne a olio ardevano tremolando su ogni superficie e applique affissa alle pareti.

«Bene, bene, bene, Wilhelmina Wilde,» commentò ridacchiando una voce cupa. Victoria Bainbridge mi scrutava da dietro il suo naso da falco. «Finalmente ci incontriamo.»

29

«Ci siamo già incontrate,» ricordai a Victoria mentre mi aiutava a sedermi su una delle sue sedie. Sistemò una delle lampade più grandi sul tavolo accanto a me, fornendomi un cerchio di luce più ampio nel quale vedere. La lanterna mi proiettava una luce calda sul grembo. Lei mi mise Quoth tra le braccia. Il mio cuore ebbe un sussulto quando gli accarezzai la schiena, sentendo i punti in cui le sue piume erano ripiegate e impiastricciate dal sangue. Era ancora vivo e tubava piano, ma era molto debole e sanguinava copiosamente da una ferita sul collo. Victoria sbatté un panno bianco e un barattolo di unguento sul tavolo di fronte a me.

«Forse tu lo credi,» disse Victoria. «Ma ti assicuro che io non ti ho mai vista da questa parte della porta. Un tè?»

Annuii. Victoria si spostò verso una credenza e armeggiò con un servizio da tè d'argento. Le sue parole mi colpirono. «Non è possibile. Siamo entrati da quella porta qualche mese fa. Ci hai trovati nel tuo letto.»

«Solo perché è successo nel tuo passato, non significa che sia successo nel mio.»

Mentre strofinavo l'unguento sulla ferita di Quoth, il mio sguardo cadde sulla finestra, affacciata sui negozi accanto e sul parco del villaggio. Al centro si ergeva un inferno. Il falò di Halloween. La gioia più grande della signora Ellis era iniziata senza di lei.

Vi prego, Hathor, Iside, Atena, Ecate, qualsiasi dea all'ascolto, fate che la signora Ellis stia bene. Vi prego, fate che sia uscita insieme alla mamma, a Jo, a Socrate e a tutte le Cacciatrici di Spiriti.

Oh, Morrie, Heathcliff. Mi mancate già da morire.

Mi faceva dolere il cuore pensare a quella visita nella stanza che viaggiava: io, Morrie, Heathcliff e Quoth tutti insieme nel letto di Victoria, con corpi e lingue intrecciati. Ricordai che Victoria mi aveva parlato come se mi conoscesse, come se ci fossimo già incontrate. La *prossima volta che ti vedrò, sarai coperta di sangue.*

Naturalmente. Avevo parlato con Victoria nel suo *futuro*. Lei aveva già vissuto quell'incontro con me, ma io no. Ora, ero io quella che l'aveva già incontrata e lei era quella che non sapeva di me. Ma se non mi aspettava, se non sapeva chi fossi, perché le candele erano accese? Non avrebbe dovuto vederlo come uno spreco e un eccesso?

Mi sfregai la tempia. «Sono così confusa.»

«Non chiedermi di spiegarti come funzionano i viaggi nel tempo.» Victoria posò il tè e mi porse un bricchetto di latte. «Sono solo una libraia. Ma se vuoi delle risposte, ho qualcuno che vuole incontrarti. Vieni, mentre aspettiamo che il tè si raffreddi»

Posai la tazza e il piattino, mi strinsi Quoth al petto e lasciai che la donna mi guidasse fino all'altra parte della stanza. Aprì la porta del bagno e io sentii degli schizzi provenire dalla vasca.

Entrai.

C'erano candele in ogni centimetro di spazio, incastonate nelle nicchie alle pareti e sparse sul pavimento, e lasciavano solo uno stretto passaggio dall'ingresso alla vasca. Attraverso la finestra, la luce del falò lanciava bagliori aranciati sulla vasca da bagno, illuminando i lineamenti di un vecchio sdraiato nell'acqua piena di schiuma, la testa piegata all'indietro in estasi mentre si lavava le ascelle con una grossa spugna.

Il volto del vecchio era impresso nella mia infanzia.

Il signor Simson.

Il suo scherzetto. Signor Simson. Come Homer Simpson.

Cioè Omero. Il poeta greco antico.

Furono gli occhi a tradirlo. Verde intenso, bordati di pagliuzze color oro. Erano gli stessi occhi che avevo fissato centinaia di volte.

Allo specchio.

Erano i *miei* occhi.

Mi mancarono le parole. «Papà?»

«La mia Mina.»

Mi inginocchiai a terra accanto alla vasca da bagno. Lui aprì le braccia e io mi ci tuffai. La distanza era solo di pochi centimetri, ma mi sembrarono un'infinità. Poco mi importava che se mi fossi girata nella direzione sbagliata avrei potuto scorgere parti di mio padre che avrei preferito non vedere.

Quello era mio padre ed era lì, tra le mie braccia, a cullare me e Quoth come se fossimo le cose più preziose al mondo per lui.

Quante volte, crescendo, avevo desiderato quel momento? Mia madre non mi parlava mai di lui, aveva lasciato che mi costruissi nella mente l'immagine di un piccolo criminale fallito che l'aveva abbandonata non appena aveva scoperto che era incinta. Per questo io mi ero rifugiata alla Libreria Nevermore, perché credevo che lo avrei trovato lì, tra le pagine. Non potevo sapere quanto avessi ragione.

«La mia bambina,» sussurrò Omero appoggiato ai miei capelli, con le spalle che gli tremavano per l'emozione.

Mi tirai indietro per guardarlo di nuovo. Passai gli occhi sul suo corpo, cercando di memorizzare tutte le sue caratteristiche per poterci ripensare in futuro. Le spalle ampie, i peli radi e sottili sul petto, il profumo di pergamena e di cuoio che si sprigionava dalla sua pelle. «Come puoi essere qui? Dracula ha detto di averti ucciso.»

«Il tempo, amore mio.» Agitò una mano con aria malinconica. «Guarisce tutte le ferite, anche la morte. Potrei spiegartelo, ma abbiamo solo pochi momenti per stare insieme. È davvero di questo che vuoi parlare?»

Scossi la testa, le parole mi sfuggivano dalla lingua. Avevo così tante domande, una vita di domande, ma erano tutte mescolate in un vortice, ridotte a poltiglia nella mia bocca. Riuscii solo a dire: «Hai messo queste candele. Sapevi che non avrei potuto vederti.»

Lui ridacchiò. «Victoria ne ha di riserva, per quando vengo a trovarla. Forse non capiamo la malattia che hai tu, nel tuo tempo, però possiamo avere un po' di luce per illuminare una situazione. Come sta mia madre?»

«Stamattina ha vomitato una palla di pelo nelle pantofole di Heathcliff, quindi sta come al solito.»

«E Helen?» Ora toccò a lui non trovare le parole. «Lei sta... bene?»

«È felice. Ha un'attività che adora, ed esce con un uomo.» Un'ombra di tristezza gli passò per un istante negli occhi, ma poi sparì, sostituita da una bellissima e selvaggia gentilezza: uno sguardo che avevo già visto tante volte negli occhi di Heathcliff, uno sguardo che diceva: *"Sopporterei cento volte di più, se tu fossi felice. Fosse anche senza di me."*

Gli ero terribilmente grata per avere fatto conoscere a mia madre un amore del genere.

«Sono contento.» Homer fece penzolare un piede

dall'estremità della vasca, muovendo le dita. «Merita di essere felice.»

«Perché? Perché... tutto questo?»

«Mia carissima Mina, tu sai perché.» Mi tese le mani, con i palmi rivolti verso l'alto. Io le presi e me le avvicinai al viso, notando le macchie di pigmento e il punto ruvido dove la penna sfregava sulla pelle. Le mani dello scrittore più famoso di tutti i tempi. «Perché la storia doveva essere raccontata. Perché l'amore doveva trionfare.»

«È una risposta da *scrittore.*»

«E allora hai capito.» Il suo sorriso avrebbe potuto ricostruire il mondo, da capo a cima. «Certo che hai capito. Sei figlia di tuo padre.»

Pensai al mio schifoso manoscritto lasciato a metà, che avevo salvato sul computer. «Non sono affatto come te. Non riesco per niente a scrivere. Mi viene sempre fuori la cosa sbagliata. Non puoi pensare che io...»

Di nuovo, fece quel gesto nell'aria con le mani. «Diciamo che ormai sono diversi anni che io saltello qua e là nella tua vita. Dovevo assicurarmi che la mia bambina fosse al sicuro e ben accudita. E diciamo che ti ho vista superare il blocco dello scrittore e produrre qualcosa che renderebbe orgoglioso il tuo vecchio. Che ne pensi?»

Lacrime mi rigarono il viso. «Dimmi cosa hai visto.»

Lui rise. «E dove sarebbe il divertimento, figlia mia? A cosa serve una vita se non puoi viverla secondo i tuoi tempi?»

«Ma è andato tutto storto. Penso che Morrie e Heathcliff siano morti. E Quoth...» Allungai il braccio in modo che vedesse l'uccello ferito che mi si rannicchiava nell'incavo. «Morirà con il veleno di Dracula nelle vene. Morirà senza ricordare chi era o cosa amava fare in questo mondo. Ti ho deluso. Ho deluso tutti. Ho pensato che forse, se fossi passata di qui, avremmo potuto tornare indietro nel tempo insieme e sistemare tutto.»

Lui mi baciò la fronte. «Oh, Mina. Tu non potresti mai deludermi.»

«Mamma sente la tua mancanza.» Strizzai gli occhi per evitare ad altre lacrime di scorrere. «Da quando te ne sei andato, ha sempre lottato per cercare di riempire un vuoto grande come un intero Omero. Niente l'ha soddisfatta, nemmeno io. Non puoi tornare da lei?»

Mio padre scosse la testa. «La nostra storia d'amore è già stata scritta. Non sempre la vita ti dà il lieto fine. Ma questo non significa che non si possa trasformare una tragedia in qualcosa di bello. Tua madre è in ogni parola che ho scritto, e le mie parole ispirano amanti, scrittori e artisti da secoli. Ho un regalo per te. Ma prima, reggimi l'asciugamano mentre esco dalla vasca. Non voglio che mia figlia rimanga scioccata per il resto della sua vita.»

Presi un asciugamano morbido dallo sgabello nell'angolo e glielo porsi. Lui si infilò tra le mie braccia, tirando i bordi per coprirsi. Sembrava incredibilmente leggero e fragile. Quando guardai nella vasca, vidi che era completamente vuota. Ma solo un attimo prima era piena. E avevo le maniche del cappotto umide per essere state nell'acqua.

«È colpa di quelle maledette tubature,» mi disse Victoria dall'ingresso. «La vasca da bagno non rimane mai piena a lungo e non riesco a capire dove vada a finire tutta l'acqua.»

L'impianto idraulico...

Mi ricordai di Dracula che teneva in mano quel libro imbibito, e di una cosa che Grimalkin aveva detto quando aveva rivelato per la prima volta la storia di mio padre. "Ovunque e *in qualsiasi momento* scorressero le acque del Meles, mio figlio sarebbe stato in grado di usarle per sfuggire ai suoi nemici".

L'impianto idraulico...

Fissai la vasca vuota mentre mi si formava un'idea nella

mente: gli ultimi pezzi del puzzle della Nevermore stavano andando al loro posto.

Omero imprecò saltellando dietro di me e fece cadere diverse candele mentre cercava di infilarsi i vestiti. «Maledetti pantaloni. Preferisco di gran lunga il *chitone*.»

«Sei presentabile?» Mi misi a quattro zampe per raddrizzare le candele prima che prendesse fuoco tutto.

«Sì, certo.»

Mi voltai. C'era mio padre, con un abito vittoriano impeccabile, completo con una giacca da tight di velluto così fantastica che sarei stata disposta a uccidere pur di averla. Dalla tasca della giacca estrasse una piccola pergamena avvolta nel cuoio. «È ora che tu abbia questo.»

«Potrei avere la tua giacca, invece?»

Lui rise. «Credo che, tutto sommato, questo ti piacerà di più.»

«Cos'è?» Cominciai a slacciare la cinghia di cuoio.

Mi prese le mani tra le sue. Il suo tocco mi riempì di calore. «Aprilo dopo. Quando sarai tornata nel tuo mondo capirai.»

«Non posso tornare indietro. Non hai sentito? C'è Dracula. Ha ucciso tutti i miei amici e probabilmente anche la mamma. E non ho modo di fermarlo. La tua ultima lettera era maledettamente inutile, tra l'altro. *Porta il vino.* Ma cosa volevi dire?»

Omero sorrise.

«È il suo terribile senso dell'umorismo. Anch'io ho qualcosa per te.» Victoria mi condusse nella stanza principale, dove sollevò un oggetto pesante da dietro il letto per poi mettermelo tra le mani. La luce della lampada brillò su una lama scintillante.

«È uno *xiphos* greco, con una venatura d'argento al centro della lama. È stato immerso nelle acque del Meles per conferirgli ulteriori poteri.» Victoria sorrise. «Non ho passato la vita a frequentare maestri dell'occulto senza imparare qualcosina su come sbarazzarsi dei vampiri.»

Fissai l'oggetto. «Io non so usare la spada.»

«Credo che tu ti sottovaluti,» mi disse con dolcezza. «Dopotutto, hai già partecipato una volta a un'uccisione di vampiri, *Mina*.»

Mina.

Deglutii. *Mina*. Mina Harker. L'eroina del romanzo di Bram Stoker.

Mio padre mi aveva dato la mia eredità, racchiusa nel mio nome, nel mio sangue e nei miei occhi malandati.

Arretrai di un passo da Victoria e feci roteare la spada in aria. L'arma colpì il bordo del copriletto, squarciando i fili di seta e lasciandovi un vistoso taglio. Victoria sussultò.

«Ops.» Mi strinsi nelle spalle.

Mio padre scoppiò a ridere. «Sei davvero mia figlia.»

«Oh, per carità.» Victoria mi spinse verso la porta. «Smettila di distruggere le mie cose e infilza quel vampiro.»

«Aspetta, non mi hai detto come aiutare i miei amici, e non ti ho nemmeno salutato...»

Riuscii solo a intravedere il sorriso triste di mio padre prima che Victoria spalancasse la porta e mi ci spingesse. Io incespicai, sempre tenendomi il corpo immobile di Quoth ben stretto al petto mentre cadevo nella penombra. Allungai la mano per attutire la caduta...

...la mano che teneva ancora la spada...

La lama si infilò in qualcosa di solido, come un coltello che si infilza in un panetto di burro.

Aprii gli occhi e vidi, senza vederla, l'inconfondibile figura di Dracula che cadeva a terra. Dalle sue labbra si levò un urlo disumano, un rumore che avrebbe potuto squarciare il mondo.

Gli occhi gli si rovesciarono all'indietro nella testa, mentre le mani cercavano di afferrare la spada. Ma non riuscì a toccarla.

La pelle intorno al taglio ribolliva e sibilava nel consumarsi, lasciando una cavità fumante e sfrigolante.

Ritrassi la mano, togliendogli l'arma dal petto. «Questo era per aver fatto del male ai miei amici, e questo...» Spinsi di nuovo in giù la lama, affondandogliela tra le costole mentre il suo volto si contorceva per l'agonia. «Questo è per Heathcliff e Morrie.»

L'odore di bruciato aumentava man mano che i miei colpi andavano a segno. Il corpo di Dracula sussultò quando gli conficcai la spada nel cuore. L'urlo che emise viaggiava su un'altra frequenza: non era più solo un suono, ma aveva forma e massa. Mi schiacciava le orecchie e mi stringeva il petto. Era il suono più bello che avessi mai sentito.

«E questo,» urlai più forte di lui mentre ritiravo la lama, « è per aver ferito il mio uccellino.»

Il grido di Dracula si interruppe bruscamente quando gli feci passare la lama attraverso il collo, decapitandolo. La sua pelle si raggrinzì, gli occhi e il naso si disintegrarono e il suo corpo si accartocciò sul pavimento in un mucchietto di cenere e ossa.

Crollai in ginocchio accanto ai resti, abbandonando la spada al mio fianco. Mi strinsi il corpo di Quoth al viso mentre sentivo che gli ultimi fremiti di vita lo stavano abbandonando. Il mio cuore di carta si strappò in mille pezzi. *No, no, no. Devo fare qualcosa. Non posso lasciare che mi abbandoni così.*

Non lasciarmi nell'oscurità.

Gli premetti le labbra sulla testa fredda. «Resisti, Quoth. Ti voglio bene. Troverò un modo per...»

«Nyah...»

Dei passi rimbombano nel corridoio.

No. Basta. Nessuno si avvicinerà al mio Quoth.

Ricacciai indietro le lacrime e mi scagliai contro l'ombra, brandendo la mia spada in direzione della sua testa.

«Ehi, bellezza.» Una mano forte mi afferrò il polso, bloccandomi. «Puoi smetterla di brandire quel pezzo di metallo.»

«Ma Dracula...»

«Non ha più la testa attaccata al corpo. Siamo a posto.»

Mi accasciai tra le braccia di Morrie. «Morrie, sei vivo.»

«A malapena,» tossì. Io mi ritrassi leggermente, passandogli le dita sul profilo della mascella, sentendo il sangue che gocciolava dalla ferita irregolare che aveva sul collo. Il sangue mi ricoprì le dita. «Quel bastardo mi ha dato un bel morso, ma aveva in mente una preda più prelibata...»

Un piccolo grido si infranse sulle parole di Morrie. «Cra?»

«Quoth?» Lo sollevai, in direzione di Morrie.

«Craaaaaaa.»

Mina, Mina... La voce di Quoth mi entrò nella testa, così silenziosa e flebile che non potevo essere certa di non averla immaginata. *Mi dispiace tanto.*

«No.» Lo cullai contro il mio petto. Morrie gli accarezzò la testa.

«Ci deve essere qualcosa che possiamo fare per lui. Il veterinario del dopolavoro...»

«Si è scagliato contro Dracula per salvarmi.» Cullai Quoth. «È stato sbattuto a terra con forza e ha perso molto sangue. Pensavo che ormai fosse perso, ma c'è ancora una parte di lui che si ricorda che mi ama. Lui mi ha salvata, però ora io non posso salvare lui.»

«Cosa hai in tasca?» Morrie estrasse la pergamena.

«È una cosa che mi ha dato mio padre...» Non me ne importava più nulla. Cullai Quoth e gli sussurrai tutte le parole d'amore che avrei voluto dirgli. Gli dissi quanto mi dispiaceva che avessimo litigato. Avrei voluto rimangiarmi ogni parola che gli avevo detto. Avrei voluto baciarlo finché non fossimo morti entrambi di fame.

Senza Quoth, nulla aveva alcun significato.

Morrie aprì l'involucro di cuoio ed estrasse la pergamena. Non mi preoccupai nemmeno di guardarla. Che importanza aveva un mucchio di greco antico, ora che Quoth era morto? «Mina, questa è una copia originale di un capitolo dell'Odissea di Omero. *Inestimabile*.»

Tirai su con il naso. Non aveva nessuna importanza. Niente aveva importanza.

«È il capitolo in cui Odisseo va agli inferi per conoscere il suo destino dal profeta cieco Tiresia.» Morrie si accigliò mentre girava la pergamena al contrario. «Mina, credo che tu debba vederlo.»

Mi mise il libro tra le mani. Quando lo toccai, *luccicò*: è l'unico modo in cui potrei descrivere la sensazione delle pagine che vibravano sotto le mie dita. Anche se era troppo buio per leggere qualcosa sulle pagine, *sentivo* le file di lettere greche ordinatamente stampate che mi danzavano sotto le dita, e sentii la forma in rilievo di un'anfora da vino disegnata in un angolo. Fu lì che *capii* cosa dovevo fare.

Una forza nel petto mi costrinse a mettermi in piedi. Tenni la pergamena contro il corpo distrutto di Quoth e lasciai che un filo invisibile mi trascinasse dove voleva. Mi ritrovai in cucina, dove afferrai dallo scaffale la bottiglia di vino che Morrie aveva rubato dalla casa perfetta di Grey.

«Mina, dove stai andando?»

«Credo di sapere come usarlo.» Mi avvicinai alle scale e scesi, un piede davanti all'altro, nella penombra. Anche senza Oscar, conoscevo la strada a memoria. I gradini erano impressi nella mia memoria muscolare dalle centinaia di giorni felici che avevo trascorso camminando su quelle assi ormai familiari.

Mi fermai nel corridoio, combattuta dal desiderio di cercare Heathcliff. Ma dovevo continuare. Passai davanti agli scaffali dei Classici. I miei piedi fecero *ciaff ciaff* sulla moquette zuppa. Spalancai la porta della cantina.

L'acqua mi lambiva i piedi. La cantina era completamente allagata. Un freddo pungente saliva dalla superficie dell'acqua, facendomi rizzare i peli delle braccia e trasformandoli in tanti soldati in marcia verso la guerra.

Un rumore sulle scale dietro di me. Il respiro di Morrie mi accarezzò l'orecchio. «Cosa stai facendo, bellezza? Quella pergamena non ha prezzo. E quella bottiglia la stavo conservando per il tuo compleanno.»

Mi strinsi il mio uccellino al petto. «Quoth non ha prezzo. È quello che mio padre cercava di dirmi.»

Le lacrime mi pungevano gli angoli degli occhi. Mio padre mi aveva dato tutto ciò di cui avevo bisogno. Dovevo solo mettere tutto insieme. Ero Mina Wilde, cacciatrice di vampiri, manager di una libreria e, soprattutto, narratrice di storie.

Il filo invisibile mi tirava il cuore.

Dovevo finire la storia.

Gettai la pergamena nelle acque del Meles.

Mi infilai il corpo floscio di Quoth nell'incavo del braccio, strinsi più forte la bottiglia di vino e mi tuffai anche io.

30

L'acqua gelida mi avvolse. Lo shock mi fece uscire l'aria dai polmoni. Il dolore mi attraversò le tempie e mi scoppiò l'emicrania. Aprii gli occhi, ma fu inutile: guizzi di verde e di arancio mi attraversarono il campo visivo, ultime vestigia delle mie retine sovrastimolate. Non riuscivo a vedere la strada.

Ma laggiù non avevo bisogno di occhi. Il filo invisibile avvolto intorno al mio cuore mi trascinò a fondo. Il mio piede sfiorò i gradini di legno. I polmoni mi bruciavano e mi affannavo per tornare in superficie, alla disperata ricerca di una boccata d'aria. Ma una corrente proveniente da un luogo sconosciuto mi trascinò giù, giù, giù, più a fondo dei due metri della cantina. Così a fondo che sapevo di non avere alcuna speranza di tornare in superficie.

Con le dita cercai di aggrapparmi alle pareti di pietra senza riuscire a trovare una presa. Scivolai via mentre i miei polmoni si restringevano, bruciavano e si congelavano. Non sentivo più nulla, l'unica sensazione era il freddo che mi artigliava i polmoni, e le piume di Quoth che mi solleticavano la pelle.

Attraverso la foschia, intravidi qualcosa. Una luce, forse?

Una forma, così incredibilmente lontana che pensai di averla immaginata. Fu l'ultimo flusso di ossigeno al mio cervello, che mi diede l'allucinazione di Morrie nel rettangolo di luce sulla porta aperta della cantina, che allungava la mano verso di me.

Poi tutto si fece nero.

31

Aprii a fatica gli occhi.

Non faceva alcuna differenza. Non riuscivo a vedere nulla.

Sentii lo sciabordio dell'acqua nelle vicinanze e un suono che poteva essere un tuono lontano. Mi alzai a sedere e passai le dita sulle superfici intorno a me, cercando di capire dove mi trovassi. Della sabbia mi scivolava tra le dita e avevo i vestiti zuppi, appiccicati al corpo.

La testa mi martellava per il dolore, mentre i miei occhi cercavano un singolo puntino di luce, un qualche indizio visivo, ma era troppo buio. Era più buio del buio.

Sono morta? Ho attraversato a nuoto un buco, nel centro del mondo?

Tenevo ancora il corpo floscio di Quoth stretto al petto, accarezzandogli le piume, sussurrandogli tutte le cose che avrei voluto potergli dire prima di perderlo.

Un minuscolo rantolo gli sfuggì dalle narici e un movimento tremante gli squassò il petto. Era vivo, ma non per molto. Avvicinai il suo corpicino al viso e gli diedi un bacio sulla testa.

«Vorrei... vorrei avere un modo per salvarti.»

Sobbalzai quando all'orizzonte balenò una luce. Un fuoco ardeva in un punto lontano, non abbastanza vicino da emanare calore, ma la luce... gli occhi bruciavano per la gioia di avere finalmente una scintilla luminosa nel buio.

Una figura solitaria si stagliava sullo sfondo, contro il cielo infuocato. Indossava un mantello fluente fatto di notte.

«Ciao.» Mi salutò con la mano. Ma era ancora troppo lontano e troppo in ombra per poterlo distinguere.

«Mi dispiace,» gli risposi. «Ho bisogno che ti avvicini. Nell'ombra non ci vedo più.»

«Perdonami, Mina.» La figura si mosse in avanti. Con quell'unico passo attraversò centinaia di metri, così da apparire a pochi passi da me, in ogni sfolgorante e bellissimo dettaglio. Era un bell'uomo di mezza età, con capelli ondulati che gli scendevano oltre le spalle, un naso prominente, un mantello che completava uno strano abbigliamento con un farsetto marrone e un berrettino di lana cinto da una corona di rami d'alloro, e un sorriso gentile e triste.

«Ade?» Gli feci un cenno con la mano. «Ciao, immagino che questo significhi che sono morta? Io...»

«Ottima ipotesi, Mina. Però no.» L'uomo si tolse la corona e me la pose sulla testa. «E io non sono Ade. Sono Dante Alighieri.»

«Il poeta che ha scritto l'*Inferno*?» chiesi, confusa.

«E il *Purgatorio*. E il *Paradiso*. Ma riconosco che forse sono meno divertenti.» Si inchinò. «So chi tu sei, Mina Wilde. Te tu sei la figlia del mio amico Omero. Benvenuta nella mia umile dimora. Ho sentito parlare molto di te.»

«Tu... davvero?» Non era esattamente il tipo di conversazione che mi aspettavo di avere nell'aldilà.

Dante rise. «Io e il tu' babbo siamo vecchi compagni di bevute. Tutti i poeti si ritrovano insieme nell'aldilà. Nessun altro vòle parlare con noi. Omero non la smette di parlare di te, ma almeno sei un argomento di conversazione interessante. Non puoi immaginare quanto noi si faccia fatica a tenere il passo di Robert Burns. Quel bischero si beve anche Lord Byron, e l'è impossibile capire una sola parola di ciò che ei va dicendo.»

Diedi un'occhiata alla distesa sterile. «Ma allora lo gestisci tu l'aldilà? Mi sembra di essere dentro una delle tue poesie.»

«Tesoro, non è che io gestisca il *locale*, io l'ho creato. Il tu' babbo mi ha aiutato con alcuni dettagli minori. Come i fiumi. Omero adora i fiumi. Probabilmente c'entra con quella storia di "mia madre è una ninfa d'acqua che è stata violentata da Meles". Ma tutto il resto l'ho inventato io, perdinci! Dovresti vedere i campi del tormento: quella l'è roba di altissimo livello.» Dante si batté il petto con orgoglio.

«Ehm, forse un'altra volta. Credo di non capire bene perché sono qui. *Come* ho fatto ad arrivare qui. Sono morta?»

«Tutt'altro. Te tu sei qui perché la storia dice che devi essere qui.» Dalle pieghe del farsetto estrasse un libro. Feci per afferrarlo, ma lui me lo allontanò. Schioccò la lingua: «Questa non l'è una storia per i tuoi occhi.»

Strizzai gli occhi mentre Dante consultava il suo libro. Quoth era diventato completamente immobile. Il panico mi salì al petto. «Non capisco.»

«Ovvìa, ma certo che capisci. Te tu sai bene che sono le storie che creano il mondo. Lavori in una libreria. Conosci il potere delle parole. Le storie sono ciò che ci collega, ci plasma, ci fa nascere e ci cancella dalla storia.» Dante fece un gesto intorno a sé verso la vastità delle pianure. «La realtà di tutto questo, e di ciò che v'è al di là, è troppo complessa perché la mente umana possa concepirla. Ma le storie danno forma all'universo, ordine al caos e sostanza all'ignoto. Le storie ci danno inizi, parti centrali e finali. Le storie prendono i nostri istinti di base e li intrecciano ad amore, dolore, redenzione, piacere e perdono. In ogni parola, fino a farci credere di essere essenziali per la trama piuttosto che esser da essa trascinati. Sei sorpresa che la tua storia ti abbia condotta sin qui?»

«Forse no.» Guardai l'aridità che mi circondava e pensai che avrei anche potuto azzardare. «Credo di essere venuta a chiederti un favore.»

Dante girò la pagina. «Lo immaginavo. Sono in debito con Omero per quella volta che mi ha tirato fuori dai guai con Sylvia Plath. Chi l'avrebbe mai detto che il Sovrano dei Cieli fosse così contrariato per un polletto al forno?»

«Aspetta, Sylvia Plath è Dio? Voglio dire, sì, ovvio, ma...» Scossi la testa. «No, aspetta, non è importante. Quindi sì, vorrei incassare il favore di papà. Ho anche portato questo vino, che suppongo sia una sorta di libagione? Devo scavare una trincea come nell'Odissea e versarlo...»

Dante mi strappò di mano la bottiglia e fece saltare il tappo. «Non osare sprecarne una goccia. In questo posto non si trova una buona bottiglia di vinaccio nemmanco a pagarla. Bene, sputa fuori, quale favore devo concedere alla grande Mina Wilde?»

Tesi le braccia, rivelando il corpo senza vita di Quoth. «Dracula lo ha trasformato in un vampiro e ora è...» Non riuscivo nemmeno a dire le parole. «Puoi riportarlo in vita? Però, può tornare in vita come Quoth? Non come vampiro.»

«È questo che vuoi?» Dante beve un sorso dalla bottiglia. «Ho il potere di ripristinare *tutto ciò che* desideri. Non vorresti essere guarita dalla cecità tua?»

«No, grazie. Voglio solo che il mio amico...»

«Posso farti tornare novi gli occhi, più che novi. Posso darti la visione del futuro. Posso farti fare sogni che divinano le sorti della razza umana. Oppure, che ne dici del potere di volare? O di una forza sovrumana?» Bevve un altro grosso sorso. «Te tu hai infinite possibilità.»

Scossi la testa. «Non mi interessa nulla di tutto ciò. Che

senso ha avere occhi se Quoth non è nel mondo con me? Quindi se tu potessi sistemarlo... Ah, anche Fiona, e Grey Lachlan, e tutti gli altri che sono stati morsi da Dracula sulla Terra.»

Dante mi fece un cenno con il dito. «Oh via, sembra più di un favore.»

«Ti prego! Ti prometto che, una volta tornata indietro, getterò qualche bottiglia di vino in più nell'acqua.»

«Affare fatto.» Dante si sfregò le mani. «E hai deciso definitivamente?»

«Sì, certo.»

«E non vuoi assolutamente avere nuovi occhi? O poter attraversare i muri? O poter volare?» Sembrava leggermente deluso. «Ho sempre avuto il desio di dar le ali a qualcuno.»

«No, grazie. Mi basta che i miei amici stiano bene.»

«Non ti pentirai di tal decisione?»

«Promesso.» Gli strinsi la mano che mi porgeva.

«Bene, allora. Visto che lo chiedi con cotanta grazia.» Dante prese Quoth dalle mie braccia. Gli versò una minuscola goccia di vino sulla fronte, lo lavò nell'acqua e me lo restituì.

«Quoth?» Guardai quel mucchietto informe. Sembrava ancora freddo, vuoto e... *altrove...*

Poi sbatté un'ala.

Pensai di averlo immaginato. Lo stomaco mi si rivoltò per la speranza e l'orrore. Mi chinai, sfiorandogli la testolina con le labbra. Il suo corpo si contorse, si ritrasse, scattò e si attorcigliò in un modo in cui nessun uccello avrebbe dovuto fare.

«Craaaaaa?»

Lanciai un'occhiata a Dante. «Che cosa sta succedendo? Che hai fatto?»

Il grido di Quoth mi lacerò l'anima. Stava morendo di nuovo e io stavo morendo con lui. Chiusi gli occhi e desiderai, sperai e implorai, mentre il suo corpo si contorceva e sussultava tra le mie braccia. *Ti prego, Quoth. Non lasciarmi in questo abisso senza di te. Né gli angeli in cielo né i poeti sotto le acque del Meles potranno mai separare la mia anima dalla tua.*

Ti prego, ti prego, ti prego...

«Attenta, Mina,» disse Dante. «Poe potrebbe denunziarti per inosservanza dei diritti d'autore, e credimi, non vorresti avere addosso quel grullo deprimente.»

Aprii gli occhi. Due occhi di un castano intenso, cerchiati di fiamme arancione, mi fissavano da dietro una cortina di capelli lucidi come la notte.

«Mina?»

Quoth.

Il mio bellissimo Quoth.

Mi prese tra le sue lunghe braccia e mi fece rotolare sulla sabbia. Mi sentivo come se non pesassi nulla, come se il mio cuore stesse per uscirmi dal petto e volare via. Mi baciò le labbra, le palpebre, ogni centimetro del viso. Aveva ancora il sugo all'aglio spalmato sul petto e sulla schiena. Gli accarezzai la pelle morbida, calda e *viva* e non riuscivo a credere che fosse lì, vivo, insieme a me.

«La mia Mina,» sussurrò Quoth, affondando la testa nel mio collo per baciare il punto in cui mi aveva morso. La ferita era misteriosamente scomparsa.

«Pensavo di averti perso.» Gli accarezzai una guancia. Non riuscivo a smettere di toccarlo, meravigliandomi di quanto fosse caldo e bello.

«Per un po' mi avevi effettivamente perso.» Quoth si sedette, e nei suoi occhi cerchiati di fuoco vidi tutto il dolore e il rimpianto per ciò che aveva fatto. «Non ti merito. Non merito questa seconda possibilità. Sono stato debole. Avrei dovuto essere in grado di resistergli. Potrai mai perdonarmi per averti fatto del male?»

«Non eri te stesso. Ti aveva manipolato.»

«Ma quanto ho lottato? Quanto è stato facile per lui

portarmi via da te?» Socchiuse le palpebre, con le sue ciglia lunghissime. «Non so se riuscirò a perdonarmi. Ho fatto del male a Oscar. Ti ho aggredita. Ho fatto la spia e gli ho dato tutte le informazioni di cui aveva bisogno per trovare il terriccio e uccidere quelle donne. Mi ha detto che se non avessi obbedito ti avrebbe fatto del male. Ti capirei perfettamente se non volessi più vedermi.»

Gli scese una sola lacrima.

«No, no.» Gliela asciugai con un dito. «Non eri tu a fare quelle cose. Era Dracula. Era il suo veleno dentro di te, la sua volontà che muoveva le tue membra. È lui il responsabile. E lo so perché ho visto quanto hai lottato contro di lui. Alla fine, sei fuggito. Sei riuscito a rivoltarti contro di lui perché, nonostante quello che ti ha fatto, non è riuscito a toglierti la tua umanità.»

Quoth scosse la testa, con i capelli che gli ricadevano sulle spalle. «Non è abbastanza.»

«È tutto.» Avvicinai le mie labbra alle sue. In quel bacio misi a nudo tutto ciò che avevo avuto troppa paura di dirgli in tutti i mesi in cui ero stata con lui. Che non avevo mai saputo che fosse possibile amare qualcuno in modo così totale, con tutto il cuore, il corpo e la mente. Che in lui avevo trovato un'anima gemella, qualcuno che aveva capito la scintilla creativa che c'era in me e l'aveva alimentata fino a farla ardere in modo autonomo. Che non avevo mai saputo cosa significasse veramente la parola casa prima di scovarlo in quella piccola soffitta della Libreria Nevermore.

Quando ci rialzammo entrambi per prendere aria, eravamo un disastro, tra lacrime, labbra gonfie e occhi arrossati. Risi e lo baciai ancora e ancora, finché Dante non si schiarì la gola dietro di me e gettò la bottiglia vuota nella sabbia accanto a noi.

«Il tempo l'è scaduto, Mina.» Dante si guardò il polso e vidi che portava un raffinato orologio d'oro con nove quadranti. «Ho un appuntamento al fiume di sangue e fuoco a cui non voglio mancare.»

«Rivedrò mio padre?» gli chiesi. «So che Dracula lo ha ucciso, ma è successo solo nel mio tempo, giusto? Quindi lui potrebbe uscire dalla stanza che viaggia nel tempo e rientrare nella mia vita?»

Dante scosse la testa. «Sai che non funziona così. Ma non rattristarti. I vecchi narratori non muoiono mai. Semplicemente, scompaiono nei loro racconti.» Dante accostò una mano alla mia. «Ora tocca a te, Mina Wilde, figlia di Omero. Scrivi tu il prossimo capitolo. E non dimenticarti di portare il mio vino.»

Dante si avvicinò al bordo dell'acqua. Scalciò con un piede, provocando uno spruzzo che turbinò nell'aria in totale disobbedienza alle leggi di gravità. Le gocce formarono una porta scintillante e io sentii il familiare strattone della corda invisibile che mi cingeva il cuore tirarmi verso di essa.

Le mie dita si intrecciarono a quelle di Quoth e insieme guadammo l'acqua. Ci avvicinammo e ci baciammo un'ultima volta prima di attraversare la porta verso l'ignoto.

32

Al di là della porta, tutto era avvolto dall'oscurità. Ci incamminammo insieme nelle tenebre, con la mano di Quoth che non lasciava mai la mia. Tenevo l'altra davanti a me, in attesa del momento in cui le acque gelide del Meles si sarebbero ritirate e le mie dita avrebbero sfiorato la pietra fresca e umida. I miei piedi schizzavano sui ciottoli bagnati.

Una luce brillante si precipitò verso di me e io sbattei le palpebre. Le braccia di Quoth mi stringevano e io andai incontro a quella luce con gli occhi aperti e il cuore integro. Se era un treno che mi veniva incontro ad alta velocità, ero pronta.

«Sono qui. Quei bastardi sono vivi.»

La torcia andò a sbattere sul pavimento della cantina e Heathcliff si precipitò su di me, prendendo me e Quoth nelle sue enormi e potenti braccia. Ci strinse entrambi, come se avesse voluto assorbirci nel suo corpo tramite i suoi pori.

«Ma guarda un po'.» La voce di Morrie scese dalla cima dei gradini. «Tutta la famiglia riunita.»

«Non ancora,» ringhiò Heathcliff. Si staccò da noi e corse su per le scale. Morrie gridò quando fu preso in spalla e portato di peso giù, da noi. Quando Heathcliff lo fece scendere appoggiandolo al centro del nostro cerchio, Morrie abbracciò tutti fino a farci quasi soffocare.

«Possiamo fare la riunione di famiglia da un'altra parte? Questa umidità mi rovinerà le scarpe...» La lamentela di Morrie fu messa a tacere dalle labbra di Heathcliff che si avventarono sulle sue.

La mano di Heathcliff mi afferrò il colletto tirandomi verso di lui, e poi mi baciò, e Morrie baciò Quoth, e ridevamo e ci abbracciavamo e ci baciavamo a vicenda, strafelici di essere vivi, tutti insieme, in estasi e selvaggiamente innamorati.

Non avrei creduto fosse possibile essere così piena di gioia. Ce l'avevamo fatta. Noi quattro avevamo sconfitto Dracula e nel farlo ci eravamo ritrovati.

E non ci saremmo mai più persi nel buio.

Ci fu un rumore dalla cima delle scale. Staccai le labbra da quelle di Morrie per strizzare gli occhi verso l'oscurità. Victor fece capolino. «Mina, non so se è il momento giusto, ma c'è un uomo che vuole vederti. Dice che è venuto a riparare la corrente e l'impianto idraulico.»

Non potei trattenermi e scoppiai a ridere.

33

«Sei sicuro che vada bene usare un normale idraulico?» chiesi mentre passavo lo straccio sulle assi del pavimento alla base degli scaffali dei Classici, cercando di raccogliere fino all'ultima goccia delle acque del Meles. «Non sono esattamente tubi normali.»

«Oh, scusami. Devo essermi perso la sezione delle Pagine Gialle dedicata agli "idraulici magici",» brontolò Heathcliff. «Non sembra che l'acqua faccia male alle persone. Sono i nostri libri a essere in pericolo, e tutto a causa delle tubature scadenti di tuo padre.»

Non si sbagliava. Passammo tutta la settimana a sgomberare tutti i libri dagli scaffali dei Classici per consentire a Andy l'Aggiustino l'accesso al muro retrostante, per riparare le tubature. Quando tutti i libri furono rimossi, ci rendemmo conto che erano stati danneggiati più di quanto pensassimo. La maggior parte di essi era completamente fradicia. Disponemmo molti dei libri meno danneggiati sui termosifoni del negozio, affinché le pagine si asciugassero. Molti non erano più salvabili e non potevamo rischiare che finissero a casa dei clienti e iniziassero a dare vita a personaggi letterari in luoghi diversi dal negozio. Ma avevamo un piano.

Ora avevamo risolto il mistero della Libreria Nevermore. Almeno, una parte del mistero. Quando aveva dotato il negozio di comfort moderni, il mio intraprendente padre aveva deciso di utilizzare le acque del Meles per l'edificio, forse pensando di risparmiare sulle bollette attingendo all'antica sorgente che si trovava nel profondo della casa. Le scadenti tubature vittoriane perdevano già da anni, e questo aveva fatto sì che l'acqua trasformasse il muro dietro gli scaffali dei libri in una spugna. Quando l'acqua magica bagnava le pagine dei libri, dava vita ai personaggi all'interno di quelle pagine.

E ciò spiegava perché all'improvviso c'era stato quell'enorme aumento del numero di personaggi letterari. Le tubature erano una bomba a orologeria: avrebbero potuto saltare in qualsiasi momento degli ultimi dieci anni. Avevano scelto di scoppiare in quel momento, provocando una riduzione drastica della pressione dell'acqua dai rubinetti, e al contempo inzuppando gli scaffali dei Classici e allagando la cantina. Una sfortunata coincidenza. Una perdita idraulica. Niente a che vedere con Mina Wilde e la sua stravagante magia dei libri.

Non ero io che controllavo il caos della Libreria Nevermore. Ero ancora una normale ragazza dagli occhi malconci, con tre amanti e un guardaroba da urlo. E non avrei potuto essere più felice di così.

Avevo liberato il mondo da Dracula e salvato Quoth e gli altri dal suo incantesimo. Jo aveva riavuto Fiona e le due erano adorabilmente e fastidiosamente innamorate. Le Cacciatrici di Spiriti avevano realizzato un filmato incredibile della serata, che i telespettatori erano convinti fosse falso, ma comunque avevano voluto dare alla signora Ellis la sua vetrina. Dorothy Ingram era stata mandata in una struttura speciale dove si sperava potesse ricevere l'aiuto di cui aveva bisogno. E noi avevamo ottenuto giustizia per Jenna Mclarey: Jo e io avevamo presentato a Hayes le nostre prove e lui, dopo averci rimproverate per aver preso la legge nelle nostre mani, aveva arrestato Connor per l'omicidio.

I buoni avevano avuto il loro lieto fine, e i cattivi erano finiti con un paletto nel cuore. Era così che funzionava la Libreria Nevermore.

«Questo significa che non ci saranno più personaggi di fantasia ad Argleton?» chiese Jo mentre Andy l'Aggiustino portava su dalla cantina gli ultimi attrezzi. Ci aveva impiegato più di una settimana a individuare i tubi usurati e a sostituirli con altri nuovi, e aveva ancora molto lavoro da fare. Per fortuna, l'assicurazione per il negozio che avevo fatto stipulare a Heathcliff aveva coperto tutto.

«Non credo.» Girai una copia delle opere di Shakespeare sul termosifone per farla asciugare. Anche se ero un po' triste per il fatto che non avrei più incontrato i miei eroi e le mie eroine della letteratura, ne valeva la pena, per proteggere il mondo da personaggi come il dottor Jekyll, o Grendel, o Moby Dick o, Iside ci salvi, Edward Cullen. Inoltre, i personaggi letterari della mia vita causavano già abbastanza caos e scompiglio.

Dopo aver messo ad asciugare gli ultimi libri, mi accasciai sulla sedia di Heathcliff, appoggiando gli stivali sulla scrivania. Ero distrutta. Il mio telefono squillò. «Chiamata in arrivo da Helen Wilde,» recitava lo schermo. Diedi un calcio al telefono e lo feci volare giù dalla scrivania. Ero davvero felice che mia madre fosse viva, ma non volevo sentire i suoi sproloqui su quanto fosse innamorata di Andy l'Aggiustino.

Ogni figlio di genitori separati ha il segreto desiderio che tornino insieme. Omero ed Elena, ovvero Homer e Helen, erano scritti nelle stelle... ma forse mio padre aveva ragione e ora toccava a me raccontare la storia.

Morrie prese in mano una copia malconcia de *Il silenzio degli innocenti.* «Tanto per iniziare, io non voglio correre il rischio che questo Hannibal Lecter si insinui nella mia vita. In questa libreria c'è posto per una sola mente criminale.»

«E poi, già così sarà un casino trovare casa a tutti i nostri ospiti impestati.» Heathcliff fece un cenno spazientito verso Socrate, che aveva preso il mio telefono dal pavimento e lo aveva montato sul suo selfie stick per recensire a gran voce l'ultimo libro di Peter Jordanson per i suoi follower di Instagram. «Mina, è ora.»

«Bau,» concordò Oscar.

Sospirai. «Sì, hai ragione.»

Tutti seguirono me e Oscar al piano di sopra e ci ammassammo nel soggiorno dell'appartamento. Accanto al camino c'era una pila di libri intrisi d'acqua, e io mi inginocchiai per metterci sopra quelli provenienti dallo sgombero della giornata.

Heathcliff si inginocchiò e accese i ceppi del fuoco fino a fare un bel fuoco vivace. Mi porse un volume rilegato in pelle. «Prima tu.»

Guardai il titolo, con il cuore che mi si stringeva in gola. *Cime tempestose.*

Proprio il volume che aveva portato lui nella mia vita. Le parole che avevano tanto agitato la mia anima erano ora macchie d'inchiostro sulle pagine rovinate.

Alzai lo sguardo su Heathcliff, sorpresa. Lui mi sorrise. «Buttalo. Non sono più la persona che ero quando stavo in quelle pagine. Grazie a te, sono un uomo migliore. La mia storia non è finita. La *nostra* storia non è finita.»

Ripensai all'offerta che mi aveva fatto Dante e a quanto fosse stato facile rinunciare a riavere la vista, la cosa che un anno prima avevo pensato di desiderare di più al mondo, per riunire la mia famiglia. Come non si fosse nemmeno trattato di una vera e propria scelta.

Gettai il libro tra le fiamme. Il fuoco lambì il dorso, poi avvolse il tomo in un bagliore di luce arancione. Le pagine si arricciarono e si staccarono, tornando alla terra sotto forma di fumo e cenere.

Lungi dal "libricidio" promosso da Dorothy Ingram, che era stato basato sulla paura, quel rogo di libri aveva lo scopo di *salvare* i libri, di tenere le storie nei nostri cuori invece di mandarle in giro per le strade a fare del male alla gente. Dovevamo lasciare quei personaggi liberi di vivere le loro vite all'interno delle pagine.

Feci un respiro. Anche se sapevo che era la cosa giusta da fare, c'era qualcosa di sacrilego nel guardare un libro che bruciava. Mi aspettavo quasi che Ray Bradbury o la dea Sylvia Plath scendessero dal cielo a distruggerci tutti.

Invece no, la Dea Plath aveva di meglio da fare. Sapeva, proprio come lo sapevo io, che eravamo noi gli scrittori delle nostre storie.

Heathcliff lanciò un libro a Morrie. «Tocca a te.»

Morrie prese il libro con una mano. Non dovetti guardarlo da vicino per capire che si trattava di una raccolta di storie di Sherlock Holmes. Si chinò a premere le sue labbra sulle mie mentre si gettava il libro dietro le spalle. Morrie era fatto così: non aveva bisogno di guardarsi indietro.

Presto prendemmo tutti parte al rito: Quoth starnazzava di gioia e lasciava cadere i tomi nelle fiamme vivaci da una grande altezza. Socrate si esercitava con dei lanci da sotto il braccio. Jo ne lanciò alcuni con un preciso gioco di polso. Morrie faceva girare gli spiedini con i marshmallow.

«Che ne sarà di questi?» Jo indicò con un gesto la folla di personaggi letterari che si accapigliavano per avere uno spazio davanti al fuoco per abbrustolire i loro spiedini.

«Sto lavorandoci.» Morrie tornò al suo telefono. «Victor lavorerà al Museo delle Cere Madame Tussauds, e il suo mostro ha già un lavoro come buttafuori in un club di Londra. Robin si unirà a una compagnia di rievocazione storica medievale, vicino a Nottingham. Il vecchio ha appena firmato un contratto con uno sponsor che produce abbigliamento di lusso, quindi abbandonerà i suoi modi da sofista per diventare una puttana consumista. Il Cavaliere Senza Testa infesterà il maniero di Lachlan, giusto per ricordare a Grey che penseremo a lui durante la sua pensione anticipata.»

Grey Lachlan era appena tornato a casa dall'ospedale, e si stava riprendendo da una serie di lesioni interne dopo che i medici gli avevano rimosso il paletto dalla schiena. L'esperienza come servitore di Dracula lo aveva scosso a tal punto che quando Morrie si era offerto (o, come era tipico di Morrie, gli aveva fatto capire che non c'era scelta) di acquistare il vecchio appartamento della signora Ellis per una frazione del prezzo richiesto, aveva firmato i documenti il giorno stesso. Aveva deciso di uscire dal settore immobiliare e di dedicare il resto della sua vita a trattare Cynthia come una principessa, una decisione che io approvavo di cuore.

Questo significava che Morrie era il proprietario del negozio di fronte e noi stavamo ancora decidendo (o meglio litigando) su cosa farne. Morrie pensava a degli alloggi di lusso, io ci avevo messo gli occhi per uno spazio eventi, Quoth lo vedeva come una potenziale galleria d'arte e Heathcliff voleva mettere sulla porta un cartello NON ENTRARE e riempire il posto di libri, whisky e un letto grande e comodo.

Mi rivolsi a Puck. «E tu? Sam, della Scuola di Sopravvivenza Wild Oats dice che non vede l'ora di addestrare un altro cercatore di cibo selvatico.»

Puck fece un gran sorriso a Morrie. «In realtà, ho intenzione di vagare ancora un po' per Argleton. Ho visto al pub che il prossimo appuntamento del villaggio è il Festival shakespeariano annuale.»

Il Festival shakespeariano di Argleton. Una celebrazione lunga un mese dei capolavori del Bardo, con opere teatrali, gruppi musicali e zero omicidi. E tutti gli abitanti del villaggio avrebbero avuto un ruolo.

Non servivano solo attori, ma anche scenografi e attrezzisti, addetti al reparto costumi e a tutti gli altri ruoli dietro le quinte. Pensai agli scaffali dei classici, ormai vuoti, immaginando un'esposizione di edizioni di Shakespeare splendidamente rilegate, magari con qualche tè a tema...

Sì. Il futuro della Libreria Nevermore si prospettava davvero molto luminoso.

FINE... O NO?

I misteri della Libreria Nevermore avranno altri tre libri. Quoth lotta con il suo senso di colpa, Mina termina il suo romanzo e Puck scatena il caos al festival shakespeariano di Argleton in *Much Ado About Murder*: acquistate subito la vostra copia:

http://books2read.com/muchadoaboutmurderitalian

Non ne avete mai abbastanza di Mina e dei suoi ragazzi? Leggete gratuitamente una scena alternativa dal punto di vista di Quoth e altre scene bonus e storie extra che potrete avere con l'iscrizione alla newsletter di Steffanie Holmes.

http://steffanieholmes.com/newsletteritalian

DALL'AUTRICE

Bentornati alla Libreria Nevermore. So che è passato un po' di tempo da quando abbiamo varcato la porta d'ingresso per incontrare un gigante brontolone e adorabile, un genio del crimine soave e sfacciato, un corvo bello e gentile, per non dimenticare l'armadillo di peluche.

Me l'avete chiesto e io lo sto facendo: la serie Nevermore Bookshop Mysteries avrà altri tre libri, a partire da *Molto Rumore per un Omicidio*. Preparatevi a costumi sciocchini, insulti shakespeariani e a un numero sempre crescente di cadaveri. Acquistate qui il libro 7: http://books2read.com/muchadoabout murderitalian.

Se volete confrontarvi su tutto ciò che riguarda la Nevermore, ricevere aggiornamenti e un libro gratuito di scene tagliate e storie bonus, potete iscrivervi alla mia newsletter - http://steffanieholmes.com/newsletteritalian.

Una parte del ricavato di ogni libro Nevermore va a sostegno della Blind Low Vision NZ Guide Dogs, e nel mio gruppo Facebook condivido sempre foto e video di cani guida.

Sono felice che questa storia vi sia piaciuta! Apprezzerei

molto se voleste lasciare una recensione su Amazon o Goodreads. Aiuterà altri lettori a trovare la loro prossima lettura.

Grazie, grazie! Vi voglio un sacco di bene! Alla prossima.
Steffanie

INFORMAZIONI SULL'AUTRICE

Steffanie Holmes è autrice bestseller di *USA Today* e scrive romanzi dark, gotici e peccaminosi. I suoi libri sono caratterizzati da eroine intelligenti e spiritose, società segrete, antiche dimore da brivido e maschi alfa che ottengono *sempre* ciò che vogliono.

Ipovedente dalla nascita, Steffanie ha ricevuto il premio Attitude Award for Artistic Achievement nel 2017. È stata anche finalista del premio Women of Influence 2018.

Steff è anche la creatrice di *Rage Against the Manuscript*: una fonte di contenuti, libri e corsi gratuiti per aiutare gli scrittori a raccontare storie, a trovare lettori e a costruirsi una carriera di scrittori rampanti.

Steffanie vive in Nuova Zelanda con il marito, la loro collezione di spade medievali e un'orda di gatti irascibili e.

Newsletter di Steffanie Holmes

Iscrivendoti alla newsletter di Steffanie Holmes riceverai una copia gratuita di *Cabinet of Curiosities:* un compendio di racconti e scene bonus scritte da Steffanie Holmes, compresa una scena bonus della Libreria Nevermore.